U0820069

蕉叶冻

JIAOYE DONG

梁晴◎著

ARSTIME 时代出版

时代出版传媒股份有限公司
安徽文艺出版社

图书在版编目(CIP)数据

蕉叶冻/梁晴著. —合肥:安徽文艺出版社,2016.7
ISBN 978-7-5396-5713-4

Ⅰ. ①蕉… Ⅱ. ①梁… Ⅲ. ①散文集-中国-当代 Ⅳ. ①I267

中国版本图书馆CIP数据核字(2016)第078846号

出 版 人:朱寒冬
责任编辑:张妍妍　　　　装帧设计:张诚鑫

出版发行:时代出版传媒股份有限公司 www.press-mart.com
　　　　　安徽文艺出版社 www.awpub.com
地　　址:合肥市翡翠路1118号 邮政编码:230071
营 销 部:(0551)63533889
印　　制:合肥星光印务有限责任公司 (0551)64235059

开本:700×1000 1/16 印张:17 字数:300千字
版次:2016年7月第1版 2016年7月第1次印刷
定价:35.00元

(如发现印装质量问题,影响阅读,请与出版社联系调换)

版权所有,侵权必究

目　　录

B 超室外

本来要请一位多年生病的同事小杨吃饭,可是电话打过去,她丈夫说她又住院了。之所以用"又"这个字眼,是因为她为医院"资深病客"。

小杨此次住院,是治疗糖尿病足,她说小意思不用探视,等出院继续咱们的饭局。可是这天正好路过医院,我未打招呼,直接闯入住院区,试图给她一个惊喜。

因为要打听她可能住哪个病区,打听病区在哪一层,到了病区又打听她的病床,这就费了不少时间。小杨的病房是四人间,其他仨老太都在,只有她的病床空着。

病友们都还热情,抢着告之小杨去4楼做B超,去了已好一阵。

我赶紧去按电梯下行键,因知道B超室外有很好的座椅,如能在4楼截到小杨,肯定强似在拥挤的病房里聊天。

我在14楼搭上电梯,4楼的键却按不动,仔细一看说明,才知道该电梯7层之下直达底层,我到了7楼再等别的电梯,只担心会与小杨失之交臂。

总算到了4楼,跨出电梯大喜过望——小杨正站在B超室门口跟人聊天。

远远这么一看小杨,不免想起二十多年前初见,她甜美的脸上一对酒窝,白色的网球裤外两条漂亮长腿,阳光逼人。如今面目全非。

小杨见到我眉弯眼弯,巧笑倩兮。我说:"幸好你还没有离开。"小杨笑道:"我已经让了好几拨人进去了,他们说实在憋不住了,我反正无尿好憋。"

小杨是多年的尿毒症患者,排除体内的毒素和水分,唯靠一周三次做透析。

然后我们坐下闲聊。我招呼一女士坐旁边的空座位,小杨笑,说她坐不下来。女士苦笑,频频点头。B超室外走来走去都是胃里灌足了水的病人,只等着这些水快点撑满膀胱,好让内脏接受B超机透视。

对面一老太太握杯水端坐,她女儿在一侧气急败坏。原来女儿刚走开两分钟,老太太就进卫生间自行解除了尿禁。老太太好脾气，说："你不用着急，我把这杯水再喝进去。"女儿跺脚，说等这杯水变成尿，猴年马月啊！说着笑出来。小杨赶紧鼓动，说："笑嘛，这么好笑的事，笑笑多开心。"

小杨病了二十来年，最初的病友早都去了另一个世界，也许让九死一生的她顽强活着的良药，就是笑。

有位体面的老先生终于进了 B 超室，之前总是摸摸他脸、理理他衣领的老伴儿心神不宁地等，刚过一会儿，老爷子就出来了。小杨鼓掌，说："老爷子这么快，肯定没有大问题。"她说她进去，总是照来照去没个完，又把主任找过来分析。

我忽然醒悟，问："你是脚的问题，干吗做 B 超？"

小杨漫不经心道："我左侧肾不是前年长癌拿了吗？现在他们怀疑我右侧肾也有肿瘤。好笑不好笑？我的肾早就是摆设了，还一个都不肯安生。"

她完全是与己无关的表情。我还记得那年她拿掉左肾出手术室，曾经疼得肝肠寸断。

我应该说，所谓英雄，不过如此。我景仰小杨。

八 府 塘

我每从长白街与白下路的交会处路过，都会留意八府塘还在不在，结果似乎是不在了。这一带变化非常大，当年趣味横生的弯街陋巷，被时代的米达尺重新划过，然后高楼耸立，所有的边角料都被裁掉了。

20世纪五六十年代，我们家住很大一个院落，院里数百人家的日常生活，与三两条街巷外的八府塘息息相关。八府塘之所以叫“塘”，肯定与旧时的一片水有关，后来水被填平，不规则的民居应运而生，辐射出曲里拐弯的小巷，中心地带便成了菜场、店铺密集的市井。

八府塘是我少年时寒暑假不可或缺的去处，至少是买买西瓜或早点，逛逛小人书摊或杂货铺。学会在八府塘菜场买菜，是在“文革”停课之后，当时大串联和斗走资派的热潮已然消退，造反派忙于夺权，由此衍生出一群未成年的逍遥派。大院里有个闺密，每天天不亮起床，臂弯挂着篮子，嘴里叼着发卡，边拢头发边往菜场走，去得早了，可以在一个清秀小伙的肉摊前排个好位置，然后趁他磨刀和分解生猪的机会，跟他说话。

我后来也跟着她去买菜，那个菜场肉案的学徒工每次都很腼腆，红着脸小心操刀，割一片三五毛钱的好肉给我们，有时还奉闺密之命，一刀刀替我们切成肉丝。

小伙子十六七岁的样子，细挑挑的身体还没长开，可能家境不好，早早做了菜场学徒。

我和闺密去八府塘买菜，起先是醉翁之意不在酒，后来渐渐品尝到了做巧妇的乐趣：买块冬瓜，加上虾米做汤，冬瓜皮还可以炒个辣椒；三五毛钱的肉丝加上蒜薹或者榨菜，可以炒好大一盘，闺密缺乏食欲的爸爸都能因它多吃半碗米饭。

闺密其实身世不俗，父亲是昆曲方面具相当权威的专家，“文革”初期被打倒前，他们家住一个豪宅，家里的一应衣物都是交给正章洗染店去打理，连最简单的手绢都熨得笔挺。搬进我们大院后，一家人住很小一间屋子，被褥铺在摞起的樟木箱上，爬上去还得踩凳子。他们家没有厨房，做饭的煤炉放在公共楼梯的楼梯肚里，一有人上下楼就往案板上掉灰。但闺密天性乐观，把勉为其难做家务弄成了玩票性质。

黎明时分的八府塘菜场，灯光昏暗，到处湿漉漉的。很多砖头在空荡荡的水产品或豆制品柜台前排着队。顾客们睡眼惺忪，说话的声音在菜场的顶棚上空回荡。到处是菜场腐烂垃圾的气味。

买完东西走出菜场，天色已经大亮，石子路边排开盛放龙虾的木盆。我们间或也买上一回价格极其便宜的龙虾，一只只捏肚子挑选，看龙虾是否饱满。大家都这样捏，落市的时候，堆在路边的死龙虾就有了些规模，有褴褛老太在里面扒拉，找些不太差的回家，烧出来也算一道荤菜。

如果这天买了龙虾，我们会在菜场外侧的调味品柜台买几分钱辣椒、八角。这个柜台散发的味道千奇百怪，到了梅雨季节，装酱油的大缸回潮，店里的地面踩上去粘鞋底。莴笋下市的季节，柜台上会出现一只硕大的陶盆，里面盛着暗绿色的时令下饭小菜“漂莴笋”。“漂莴笋”咸中带微甜，可以切碎了拌麻油，也可以直接拿一条在手上，嚼一截“漂莴笋”吃一口泡饭，非常爽口，过了季节再想吃，就要等来年了。

调味品柜台的玻璃台面裂了一道纹，贴上的医用胶布变成了污灰色。但是这个柜台上有一件令人景仰的东西，那是一部用于传呼的电话机。

我从未想过这部电话机会与我产生联系。一个冰天雪地的冬天，忽然调味品柜台的大妈来家里敲门，递过一张散发着纸烟和酱油味道的纸条，上面歪歪斜斜写着我们家的地址和我的名字。我不明所以，慌里慌张跟着她往八府塘菜场赶，到了那里，拿起搁在柜台上的电话听筒，好不容易才听明白是“文革”前的业余体校老师打来的，她说体校已经奉命解散，以前发给我们的运动服需要收回上缴。

老师听说我的运动服保存完好，非常高兴，说别的同学把运动服当家常服穿，几乎都无从收拾了。她说哪怕有只田径鞋的鞋底还给他们，他们也就能交代了。

老师说，通过 114 查了好久，才查到我们家附近有这台传呼电话。

从我们家走到八府塘，单程要走七八分钟，传呼一个电话往返十来分钟，这就算是近的了。

报 纸 街

我觉得很是幸运，前往意大利，遇到一个具有文人情怀的女导游。从罗马去那不勒斯的路上，她一直面对车前方，娓娓而谈“意大利情人”这个说法的来历。她说到了人人都会遭遇的中年危机，当一个人忽然对自己的以往产生了疑惑，而又恰巧遇到了自认为对的那个人，彼此就会成为情人。这种情人关系不存在物质动机，甚至连肉体的吸引也不那么重要，更多的是相互心灵的慰藉。此后男人会对家人说报名参加了一个桥牌俱乐部，每周某日的下午几点到几点，他出去了，家里人也知道他是去与自己的情人会面。

这种关系很可能伴随他们的一生，直到其中的一方去世。在葬礼举行的过程中，会有一位黑衣男士或女士悄悄尾随送葬队伍，等到大家皆已离去，暮年的他或者她才会走上前去，在墓碑前颤巍巍地放上一块巧克力或者一枝玫瑰、一枚胸针。

“意大利情人”的定位充满了略带悲悯的诗意，婉约而凄美。意大利人对带有功利目的的情人关系非常不齿。导游举例说到帕瓦罗蒂，说他被年轻的情人逼婚而休妻，妻子得到了广泛的道义同情，帕瓦罗蒂在教堂唱了一辈子圣歌的面包师父亲，甚至公开宣称今后只跟前儿媳保持亲人间的往来。

导游是位嫁了意大利人的湖北籍女士，敏感纤秀的内心与她粗犷的外表几乎看不到共同点，而她所表述的这一切，与她的导游业务也并无关系。

更让我感动的是，抵达了那不勒斯，她为我们增添了一个行程表上绝无仅有的内容——带我们去走一走“报纸街”。

去“报纸街”要沿盘山街道开上去很远。乘着旅游大巴穿城而过，导游示意两侧古老的房屋给我们看，说那不勒斯最年轻的房屋也是二战后的产物，大半个世纪之内，每一间窄小的房屋里都在绵延不绝地繁衍孩子。孩子到了十八岁有了与异性交往的需要，父母给他们的礼物就是一辆二手车。那不勒斯的二手车保养得非常好，十年龄的二手车看上去相当新，而价格只需一千欧元（相当于人民币八千元）。男孩子们结交了心仪的女孩，感情到了一定的程度，就会开车带着女孩去“报纸街”。

“报纸街”依山临海，民宅稀少，一棵棵巨伞般的地中海松下，经常会井然有序地泊满形形色色的二手车。如果车内的男孩女孩需要亲热，他们只需要用报纸把车窗遮上，不会有任何人给予他们任何的干涉，“报纸街”的昵称便由此而来。

大巴司机明知道在“报纸街”无法掉头，他还是尽量把车开进去很长一段路，然后毫无怨言地徐徐倒退。退的过程中我产生了诸多感慨，首先是这样的街不可能出现在我们国内；其次是即使我们身边有了这样的街，它也会随之出现种种的收费机构：停车费、保洁费、治安费等等；再一个，那会有多少喧嚣不堪的商店和摊点应运而生啊！

而在那不勒斯的“报纸街”，一切皆静悄悄，花盛开，海风拂面，地中海松宛若慈母的怀抱。那些暂时无法拥有婚房的年轻人，依然可以在他们的二手车里，“面朝大海，春暖花开”。

电影里的意大利总被形容成一个充斥着黑社会的国度，尤其是那不勒斯，可是那位感性的女导游，让我们看到了意大利洋溢着温情和人性的一面。

北海道的冰天雪地

受川端康成《伊豆的舞女》和《雪国》影响，我一直向往去北海道，而且是严冬季节的北海道。几经周折之后，终于在去年年底成行。

飞机在千岁机场着陆后，我们住进札幌的一家宾馆。从宾馆出来去街对面的超市买泡面，满目是皑皑白雪，吸上一口清冽无比的空气，脚底瞬间就感受到了冰玻璃一般的溜滑。我迈着僵硬的腿脚，好不容易才小心翼翼地过了街。

次日出行，第一眼看到车窗外银光闪闪的羊蹄山，忙不迭地摁相机快门，之后窗外的冰雪绵延不绝，很快让人司空见惯。

来到丽日蓝天之下的世界一级滑雪胜地二世古粉雪天堂，换上全套滑雪服，蹬上滑雪板，滑雪场的员工小伙子赶过来，单膝跪在雪地里，一下一下勒紧我脚上的滑雪板齿扣。

一步一个雪窝登上峰顶，满山是由白桦林和白雪组成的琼瑶仙境，无人的静寂里，我举起手中的滑雪杖，仿佛只要敲过去，近在眼前的羊蹄山就会发出锡铁般的金属声。

在雪地摩托车的再三催促下，流连于雪野的人们陆续回到板房，炉火的温暖和可可的香味扑面而来，真没想到，滑完雪之后，还可以喝到香浓醇厚的热可可。

北海道的雪是细碎的晶体雪，所以有“粉雪”之称，但是一过下午四点，沙沙作响的粉雪就结成了结结实实的冰，滑不可言。札幌市的大通公园正在举行第三十三届札幌白色灯光节，我们赶去游览，团队里一个大个儿男人刚一下车，就轰然摔倒在冰冻的街道上，忙不迭跳起来，隐没在公园的璀璨灯光里。这里的灯饰一律呈白色，真可谓雪树银花。公园里帐篷一排接着一排，出售各种各样的美食和圣诞工艺品。年轻人围着倒扣在雪地上的大啤酒桶，站着喝啤酒，其中不乏光腿穿长靴的美女，而围着啤酒桶品尝美食的老人们也随处可见，他们真的是在尽情享受着北海道的严寒。

因为在北海道下榻的都是温泉宾馆，大家至少一天泡三次温泉。第一次泡在水亭雪之谷的露天温泉里，仰头看头枕的一块泉边岩石，岩石上就覆盖着皑皑白雪。温泉的氤氲热气衬托着周围的冰雪世界，呈现出一种独特的美轮美奂。

在北海道，所有的男汤女汤都是每过几小时就会互换门帘，这样大家都可以欣赏到不同的泉边雪景。在札幌市定山溪的十六楼泡露天温泉时，正好遇到男汤女汤交换场地。一位服务阿姨先来锁了进口门，等到清场后，就会把男汤的进口门打开了。在定山溪十六楼的楼顶泡温泉，欣赏的不是雪景，而是漫天寒星。

北海道附近的海域得天独厚，一方面千岛寒流与日本暖流的交汇产生了繁盛的浮游物，为鱼类提供了丰富的食物；一方面寒暖流交汇形成的"水障"阻止了鱼群的游动，使其成为优秀渔场。所以北海道有"世界第一大渔场"之称。在小樽海鲜市场，一切的海产品都可以剖开生吃，味道甘甜，绝不会拉肚子。最值得一提的是北海道盛产的鲑鱼（三文鱼），在市场上一概只出售鱼身，而鱼头在捕获时即被截取冷藏，由国家统一熬制成鲑鱼头汤，统一调配至所有的小学食堂。据说鲑鱼头颇含极其高的益智元素，于是日本就用这样的方法去强壮他们国家未来的主人。

北海道的牛奶一流，因此到处可见出售冰淇淋的小屋。著名的情人冰淇淋是一种巨无霸冰淇淋，情侣们举着它，像举着一座五颜六色的冰淇淋塔。

北海道的冬季漫长，村镇里每座玲珑别致的组装屋舍外，都有一个空调外机似的箱子。那是家庭取暖器储存煤油的设备，里面的煤油读数清晰显示，专门的机构会在夜里巡视每户人家的煤油储备情况，人们早上起来，会在门缝里收到一张单据，告之箱里的煤油已加满。

北海道老年人居多，冬季开车的也多半是老人。为老人们的安全起见，政府在公路的每一个坡道处都铺设了带感应功能的地暖，一旦天空飘雪，气温超过冰点，地暖自行启动，于是冬季里"须发皆白"的北海道总有很多路段呈现着"年轻"的"乌发"状态，它们永远都不会被冰雪所覆盖。

别出心裁

睢宁是个偏远且需要“扶贫”的地方，去了那里，却发现它滞顿气息全无，它甚至给我一个接着一个的意外。

首先，别的城市都不惜工本修筑通往市区的“通衢大道”，无论城区规模如何，这条路肯定是气派的双向八车道，新颖漂亮的太阳能路灯也是题中应有之义。睢宁则完全相反，它往城区的路竟为极其婉约的园林小品，上坡下坡，曲曲弯弯，花香十里，树影婆娑，双向两车道而已。车下了高速开到这里，迎头一块刻写“花径”二字的巨石，车立刻勒马缓行，且换上一份闲适的心情。

县城市民广场的设计也可谓绝无仅有，一条木板铺设的长廊凌空高架，供人行走，也供自行车和轮椅推行，其作用仅为观景。它居然也设计得曲折蜿蜒、起承转合，极致地演绎长廊的含蓄之美。再看它的名字，它叫“水袖长廊”——其别致优雅的想象力让我长吸一口气！

睢宁历史上人丁兴旺、商贸繁荣，历代为兵家必争之地。一百五十八年前黄河决堤，这座千年古城淹没于洪水之中。饱受黄水之患的地区不止这一处，可到了如今，别人在黄河故道上造林、养麋鹿，开发带有天鹅湖的度假村，它却刻意保留了房湾湿地原生态的古黄河风貌，草甸漫漫，芦苇簇簇，野鸭、白鹭竞相出没，两岸的百姓人家，依然沿袭在黄河湿地放牧牛羊的习俗。这样一幅未经修饰的天然画卷，应该是可以跟杨柳青和桃花坞的年画一样，申报世界非物质文化遗产的。

睢宁的超凡脱俗，在即将竣工的水月禅寺上体现得最匪夷所思。这座禅寺位于县城西北部一个叫白塘河的省级湿地保护园区。园区地势低洼，水源丰富，于是设计者真可谓“异想天开”，在禅寺北部堆一弯月牙形的风水山丘，在寺的南部则挖土围水，将整座寺院架空于明净的水面之上——你完全可以遥想皓月当空之时，这里呈现的是怎样一种水月之清凉的尘外境界！

最奇特的是，这座由北京大学教授、博士生导师，美国哈佛大学设计学博士任首席设计师设计的寺庙，完全违反了传统的宫殿式模式，非但不见大屋顶，甚至是完全看不到屋顶，无论正殿、偏殿，全部为木纹色不锈钢方管搭建的几何立体型建筑，其简洁明朗的构思，几乎是开现代风格佛教活动场所之先河。

我真的不敢相信它是寺院，它似乎更像是一座现代风格的图书馆或大剧院。设计者笑言，水月禅寺除了在建筑艺术上力求实现佛教元素与现代建筑艺术的完美结合，实现古典格局与实用功能的完美结合，追求的更是质朴亲切的人文关怀和空间精神的感染力呀！

水月禅寺的名字本身就明澈静美，现在打出了“入世精神，简约建筑；禅宗美学，禅意空间”的建筑理念，更是让人们在聆听佛陀法音的同时，也充分地感受到了它与湿地公园生态环境的相得益彰。一花一世界，一叶一菩提，更何况水月禅寺整座建筑群呢？

在参观享誉中外的睢宁儿童画时，我发现儿童笔下的人物五官经常是倒着的。思忖片刻，我忽然发现，那表明这个孩子是在仰望长空啊！看到想象奇特的睢宁儿童画，我茅塞顿开。为什么睢宁总爱别出心裁？也许因为这块土地的“特产”就是长着翅膀的心灵和带有童真的目光吧。

草 天 堂

五一前夕，一老同学的女儿突击完成店里订单，准备自己带三天孩子。长年带外孙的老同学忽然间有了假期，紧急打来电话，问："我们几个同学有无可能来个说走就走的旅行？"

紧锣密鼓一番策划，五个五十年前成为同学的女人，抛开家中一切杂务结伴出行。

其中一丈夫为此行自愿提供帕萨特，交付加满油的帕萨特之际，详细解说驾车要领，叮嘱临时司机一路小心，遇到问题切勿顾及车子，牢记人的安全第一。临时司机诺诺应答，车一上手绝尘而去，抢在路堵之前，跌跌撞撞地开上了长江四桥。

所谓的"跌跌撞撞"，并非指我们中充当司机的两位同学驾驶技术生涩，她们二三十年前即已获得驾照，其中一位还是持 A 照的卡车司机。她们的问题是退出江湖多年，不够熟悉路况，来不及分辨匝道口的路标。

总之帕萨特先是在仙林兜兜转转，及至终于过了江，开到葛塘后才发现居然是南辕北辙。

我们的目的地是江都市的邵伯镇，一是因为插队时在运河里乘坐小火轮，总要在邵伯船闸等候调整水位；二是邵伯作为明清时的商埠重镇，有很多遗迹可供怀古；三是邵伯被咫尺外的扬州遮挡，未受到过多的现代文明冲击，保留了淳朴民风和未经污染的美味湖鲜。

帕萨特刚抵镇界，我们便勒马滚鞍，在路边店大啖一餐龙虾。进了镇忽然发现大事不妙——所有的宾馆旅店招待所统统爆棚，专营龙虾的美食街塞满层层叠叠的机动车，各方食客仍然源源不绝纷至沓来。

我们本是去邵伯捡漏，未料却赶上邵伯龙虾的大热门。

坐在古船闸边的绿荫地里，我们吃三百多年老字号的蒲包茶干，小风悠悠，古河道里缓缓流淌的水，曾载旧时舟，曾映旧时月。

找不到住处的我们醺醺然，说，就算在车里坐一夜，也是不错的。

旁边一带孙子的本镇妇女闻言插话：“对面家庭旅社可以住的，有卫生间有热水。”她自告奋勇带路，自我解嘲，说：“我帮别人挣钞票呢。”

我们居然顺利住下，只花预算里三分之一的钱。

旅社房间只有气窗，窗外横陈邻家屋顶的鱼鳞瓦。隔壁房间的客人在打手机，通话内容句句在耳。黑白电视机只有一个频道，遥控板全然被省略。开水瓶排列在前面麻将档，要喝开水自己去拎一瓶回来。大家住定下来，穿过石板铺就的明清老街，去找卖拖鞋和牙刷、牙膏的超市。街边人家敞门做饭，老灯泡悬垂于老电线末端，照着锅里几尾炖杂鱼，照着案板上的风干切面和一笊篱洗好的菠菜。

夜里雨打芭蕉，天亮开门，蒙蒙雨雾里，负离子顷刻灌满心肺。古船闸畔寥无人迹，花红柳绿，杜鹃声声。开车进古街吃早点，围着木板桌，坐着木条凳，喝本味浓豆浆，吃酥脆大油条，再来两份麻油饺面。早点店的顶棚板壁被上百年的烟尘熏得黢黑，置身其间，仿佛穿过虫洞返回到半个世纪前。

早点店老板至为热忱，说此去向北，三十五公里外便是高邮。如此我们便开上帕萨特，前往兴之所至的高邮。在一家经济型酒店落脚，在方兴未艾的早集市上买瓜秧、豆秧，在酒店一侧美食街上，啃着美味烧饼挑选饭馆，再然后，逐一饕餮高邮佳肴。

次日早晨品尝了高邮著名的干拌阳春面，买了不注水的土产黑猪肉，买了瘦条条的野生鱼，买了只掐一个嫩尖的豌豆苗，买了双黄的咸鸭蛋，买了窝成团的风干切面。

后备厢渐次被塞满。年轻的宾馆经理过来指路，瞄一眼车里，驾驶座上的老太太正戴着花镜看仪表盘。他倒退一步满脸错愕，说：“你们自己开车？开的还是手动挡？”

显然他是第一次见识到老太太们自己开车旅游的潇洒。

佛说，一花一世界，一草一天堂。

人们总在寻觅幸福，殊不知所谓的“花世界”和“草天堂”根本是唾手可得。我们这样的旅行既谈不上高贵，也谈不上辉煌，将它称为“草天堂”，或许正是恰如其分。

长　鱼

鳝鱼过了长江，它的名字就返璞归真，叫作了长鱼。我们家自从到苏北落过户之后，也就习惯称鳝鱼为长鱼了。

苏北的长鱼生长在稻田里。记得早夏季节，天不亮到秧田里起秧，两只手冷不防就摸到了一个又凉又滑的活物，活物和人同时受惊吓，它嗖地逃走，人一屁股跌坐在泥水里。一开始以为是蛇，后来就知道了那是长鱼。长鱼在秧田里的时候还是前程未卜的童年，到了稻田里就尘埃落定安居乐业。我弟弟在长长的暑假里，每天都能在稻田里收获到他捕捉的长鱼。他用的工具叫"椏子"，是一种用芦篾编成的Y形筒儿，筒口有倒刺，放上蚯蚓置于稻田，便可以坐享其成。长鱼进了筒儿大概不会转身，就只好待在里面。我弟弟很多年都没有想通一个道理，就是为什么他的椏子里捉到的都是小长鱼？难道大长鱼也欺负他是城里来的小孩？后来总算想明白，一定是黎明时分沿着稻田持锹看水的农民，先一步把他椏子里的大长鱼挑走了。

想明白这个道理，我们全家都哈哈大笑，觉得往事真像一幅很温馨的画，我弟弟和鲁迅笔下戴着银项圈的闰土堪可一比，闰土胯下逃走的是"猹"，我弟弟椏子里"逃"走的是大长鱼。

苏北大平原实行的是自流灌溉，稻田里的长鱼随着渠水进来，据说源头在洪泽湖，所以可以说是地地道道的野生长鱼。

苏北人用长鱼做菜，风格也不似苏南以重油重料的"爆鳝"见长。他们做得最好的是"软兜"，整片的长鱼在沸水里氽过烹制，长鱼自身的鲜美发挥到极致。

我母亲在世的时候，非常喜欢下小馆子。有次我乘公交车路过某广场，发现广场附近新开了一家"野生长鱼面馆"，回去禀告母亲，她立刻着急过去一尝究竟。过了几天，赶上我哥哥有空，开上车接上二老和我，由我领路，果然找到了那家"野生长鱼面馆”。

开店的老汉是洪泽人，声称所有的长鱼都是当天凌晨收购于洪泽集镇，保证是用桠子捕捉的野生长鱼。我们再跟他一聊桠子，他满脸放光，仿佛是他乡遇故知。

小店的长鱼面分红、白汤两种，母亲特意要了白汤的，说最能尝出长鱼的新鲜。片刻之后，老板亲自从蓝印花布的帘子后面端出大托盘，给我们每个人上了大碗的宽汤长鱼面。红汤的面里除了浓卤的长鱼段，还配有青红椒和蒜苗段；白汤的则除了带虎皮纹的软兜，还漂着碧绿的香菜和玉色的胡椒粉。母亲刚尝了一口她的白汤，便朝老板竖起了大拇指。

这家店我们又去过几次，直到母亲生病住院。

母亲去世后，父亲急于去这家店怀旧，可是这家店不见了。有次同事叶兆言告诉我，离他们家不远的地方开了一家叫“两淮一绝”的面馆，里面就有非常好的长鱼面。我转告父亲，然后又是我哥哥开车带上我父亲，由我指路，找到那家古色古香显然高档许多的面馆。

父亲正在野生长鱼面里浑然忘我之际，我哥哥的手机响，是在北京的弟弟打来的，说他正在某老伯处做客，老伯打电话找我父亲聊天找不到，不知我们上了哪里在干什么。弟弟问父亲能不能在手机里跟老伯聊几句。父亲埋头饕餮，说：“你告诉老伯，我现在不方便跟他通话，等回家后我打给他。”

弟弟错愕之余，反复劝说，父亲这才拿起手机，在店堂的喧哗声里夸耀自己正在享受的美食。

老伯通话之后，饶有兴味地告知我弟弟：“你晓得你爸爸此刻在干什么？他在一个叫两淮一绝的面馆里，吃一碗地地道道的野生长鱼面！”

他说此话时的神往表情，完全可以想见。

地位非同小可的老伯，就是在苏北水乡长大的。不知跟他说一说桠子，他会不会也兴奋到击节？

迟　暮

对于现代人而言,“迟暮”的意思应该就是“姗姗来迟的暮年”吧。

小的时候看大人,六十岁的男人那就是“白胡子的老爷爷”,六十岁的女人那就该拄拐杖啦!可是如今公交车上刷老年卡的乘客们,个个运动鞋户外装,吆三喝六,登山远足,不少人下车前还要把车厢里的拉手当吊环使一使。

大前年的秋天,我陪八十多岁的父母去北京。我和母亲住的豪华包厢虽然有洗手间,可是车身晃荡,洗手间的门又很逼仄,我每次扶母亲如厕,她都会有些尿裤子。由于需要不停地给母亲洗裤子,还要举在暖气的通风口吹干,那一夜我基本上没怎么睡。天亮时刚有点打盹,住另一豪华包厢的父亲催我们去餐车吃牛肉面。他敲门敲得太急,我尚在上铺就试图拉门开关,火车一晃,我结结实实摔在地上。因为翻身爬起的动作过于敏捷,门开后父亲完全没意识到发生过惊险,睡着的母亲也如同置身局外。我于是只好自我打趣,说:“要知道,刚才摔下来的是个准老太太啊!”

现代人太不容易老也是个问题,以前我很喜欢欣赏一位首长在电视新闻里的玉树临风,可是忽然之间他就在镜头里匿迹了。我向一位熟悉他的人打探情况,那位老兄痛心疾首的表情令我印象深刻,他说:“唉,到了年龄,全退了!”

那么少壮派的人物,退回家去干什么好呢?真是太叫人惆怅了!

前不久在日本观光,得知为我们开旅游大巴的帅气司机其实是个重新工作的退休人士。司机制服笔挺,沉默寡言而又服务周到,就餐时矜持地坐在一侧,举止端庄,吃得很少。后来发现活跃在服务行业的几乎都是这类前成功男士,有的已经明显驼背,制服帽下露出两鬓白发。在日本这个老龄社会里,退休后重新工作的现象非常普遍,再次就业的工资虽然很少,作为对退休工资的补贴,还是相当不错的选择。这样,一方面保证了需要高体力和高学位的高薪岗位全面留给年轻人;另外一方面，也避免了老年家庭的婚姻解体——据说因为日本的职业男人习惯下班后逗留于酒肆歌厅，与家人相处的机会甚少，乍一退休，夫妇双方都严重不适应，所以六十五岁后的离婚率一度非常之高。

日本在这方面的经验，对于正在步入老龄社会的中国来说，也许会有一定的启迪吧。

我的同事大多于20世纪80年代初进入作家协会，当时个个小有文学成就，女士们也堪称才貌双全。有一年赴京参加青年创作工作会议，江苏的美女阵容震惊全场，至今仍是一段佳话。如今光阴荏苒，美女们已向理论上的“老太太”行列迈进，由于视觉效果滞后，反而衍生了一个“资深美女”的称谓。

也许毕竟是文化单位，已然退休的哥们儿均有不俗表现，好几位文坛名声赫赫者虽然连电脑都不会，退休后的首举却都是去考驾驶执照，然后告别专车接送生涯，用自己的车豪迈代步。

这些哥们儿轻易不与人照面，据说都在专心种菜。前不久应邀参观其中一位的菜园，主人开豪华皇冠引路，同事们各自驾车逶迤其后。皇冠出了城区直奔荒郊，车队在飞扬的尘土中很快蓬头垢面。最终抵达已被市政征收的一处村庄，废墟中刨出了几畦田垄，上面覆满山芋藤和南瓜叶。

主人准许每人采摘一只南瓜做拍照的道具兼此行馈赠，同时正告不得觊觎泥土中若隐若现的山芋。百般交涉之后，各人获准采摘一把山芋藤。主人说：“这玩意儿比山芋营养价值高。回去撕去外皮用辣椒、蒜瓣爆炒，可好吃了！”

有次赴外地采写报告文学，说好与一退休哥们儿在高速公路收费口会合，车驶近了，一“老农”径自登车，环视一番笑道：“这满车人我瞧着都面熟。”原来这“老农”即那哥们儿。哥们儿的菜地已颇具规模，哥们儿炫耀说：“今年光黄瓜就收获了九百来根！”哥们儿也是每天开豪车下地，然后从后备厢里取出工具，为灌溉黄瓜至少挑十余担水。

另一哥们儿住依山而筑的别墅，种菜不需车马劳顿，每每盛情割一畦韭菜馈赠给同事。同事好不容易把头发丝般的韭菜择出个头绪，下锅一炒，百般缠绕于齿颊，不肯轻易滑落食道。大家劝他努力为韭菜施肥，哥们儿不免抱屈，说：“怎么没施肥呀？我那别墅三个厕所，老婆关闭了两个，剩下那个还是只限客人使用。可是你想，我们两口子再是使劲积攒，又能积下多少肥料呢？”

其实营养不良的韭菜味道极其纯正，挨刀切碎的韭菜搅上面糊和蛋液，能摊出美味难挡的韭菜饼。

当年单位盖宿舍，大家劝我交了旧房子换套大房子，可是那时我虽然还很年轻，却为晚年考虑，放弃了那套大房子。现在大家换了立场，羡慕这处住所的人越来越多。这处房子位于本市黄金地段，上医院、去闹市异常方便，而玄武湖和紫金山均在一箭之内。我常常遥想未来的自己，拄杖穿过绮丽纷飞的樱花雨，在鸡鸣寺喝罢一盏清茶、吃完一碗素面，然后沿着台城的明城墙一路东行，饱览湖光山色之后，由九华山顺级而下，穿过南京最好的菜场，提着两棵菜、一尾鱼，就回到了自己的家。

未来的我虽然无法尝试种菜，却能收获很多的闲情和风景。

话说回来，旅游也好，种菜和享受闲情也罢，受益者都是单方面的个体。人这么不容易老，从退休到耄耋，至少还有近二十年的时光可以用来产生社会价值，聪明的社会似乎也应该懂得如何“榨取”这些宝贵资源。国家前副总理吴仪的“裸退”固然令人敬仰，但如果她能到外交学院去参与选拔和培养外交人才，至少我们国家十年内的外交形象不会出现差强人意的局面。

我听说有位资深公务员退休后成了辅导高考作文的高手，他不但从多年的官样文章撰写中提取了议论文的精髓，还把对世事炉火纯青的洞悉归纳进了叙述文的写作。他说，你只要牢牢记住，写事的叙述文必须写人，写人的叙述文必须写事，那就一切 OK 了。

仔细想想他的话，真是令终身从事“叙述文”的我们这些文学工作者惊出一身冷汗。

我们的社会与日本的社会肯定是国情有异，可是他们的退休人员能够放下身段去做一切可以做的工作，而社会也给予他们最大的热情和施展空间，这才是最值得我们学习的地方吧。

春暖花开

春天来了，减去厚重的冬装，发现背有点驼。

这天完成一部书稿，用鼠标在邮件上点完“发送”，一种打开身体的冲动油然而生。正值上午十点，大好春光泻满屋外，每一张掠过窗前的脸莫不盛开春天般的笑靥。

已是清明小长假最后的一个明艳上午，我快速换好衣服蹬上旅游鞋，甩门而去。

走在路上，我给女儿打手机：“我正在去往玄武湖！”

女儿好笑我的郑重其事。很多年来，我无数次放弃拿这套“有价无市”的“双学区房”换取一处时尚大宅，就是因为一箭之遥外的玄武湖。

“我要在玄武湖边养老呀！”

话虽如此，我几乎就没有让自己的脚步迈出过解放门。有时我去湖南路，骑车上了鸡鸣寺大坡，瞄一眼解放门内外涌动的人流，就沿着明城墙径直往玄武门去了。

我有一位同事，每晚跟着一帮同好，骑车好几站路来解放门，然后出了城门沿湖一圈暴走。据她形容彼时玄武湖畔的盛况，那真叫“摩肩接踵”，她说有人不当心一个趔趄，至少六七个人不自在，怕被误认为是用脚跟制造了障碍的事主。

我于是想，既然远道来玄武湖的人那么多，我这个近邻就暂时不去凑热闹了吧。

可是这一天，我迈出解放门，好风迎面吹来，水波不兴，满眼桃红柳绿、天蓝云白，我立刻对身边的熙攘人流浑然失去感觉。

我选一块水边岩石，抱膝而坐，有一家人隔着一丛探春叫叫嚷嚷拍照，我还对他们的孩子笑一笑。渐渐人声似被过滤，湖水在我脚下拍打，柳絮轻落于我的掌心，桃花瓣追逐水浪，野芹菜散发清香。湖上有游人泛舟，彩旗猎猎，让我想起儿时春游，十来个孩子挤一只游船在湖心打转，全靠老师在岸上吹哨子指挥掌舵的那个孩子，让游船靠了岸。

过了很多很多年，班上的同学说起这件往事，我方得知，那个掌舵的孩子居然是我。

我倒是清楚记得儿时的哥哥，令我用小裙子兜住他在湖边攀摘的毛桃，此后我用小裙子擦汗，满脸起了红疹。

我这样地离开现实走进冥想，整个的身心都在春暖花开。

不知自何时开始，海子的诗走向了大众，大家都喜欢引用他的句子："面朝大海，春暖花开。"我猜想，那或许就是因为大家都跟我一样，无意中发现腰背变得重了，变得弯了，于是向往一个能让自己尽情展开胸襟的时刻吧。

其实人心的春暖花开未必需要大海，进入无我之境，面朝一片湖同样可以呀！我甚至想起了女儿在日本时买给我的那只漂亮便当盒，下次再来玄武湖，我可以带一瓶水，带几样好吃的点心，我可以在湖边吃过喝过再回去。

我真是庆幸保留了紧邻玄武湖的这处房子。

春田花花同学会

我们一起插过队的女同学，一到春天就频频约会。以前是约到郊外去挖野菜，然后选一个没有男人管束的家包饺子吃。包饺子的主要意义在于诉苦，把人生的负面信息交流够了之后，大家一身轻松回家去。

这种聚会俗称“倒恶水”，跟大自然需要在春天里新陈代谢一样，我们借此把情绪里的剩饭馊菜丢掉。

现在下岗的基本卸掉了儿女负担，内退者也拿到了全额的退休工资，约会的规格开始发生微妙升级。今年春天大家决定跑远一些，于是听从我的建议去马鞍山。马鞍山虽说比挖野菜的郊外远不了多少，毕竟说起来是到了外省，再何况，那里的菜很好吃呢！

背上旅行包，大家一清早跑到长途汽车站去集结。同学们多年没有出差经验，往返路费的数额让大家猝不及防。我习惯由单位安排出差，下了长途车在马鞍山街头找不到北，同学们的脸色更多了一层不好看。所幸门票昂贵的景点我们不去，而马鞍山城区的面积有限，步行不久也就到了商业区。省掉公交钱的同时，惊喜也随之出现——沿街店铺都在换季打折，本来价格就比南京低很多，再一打折，几乎叫人不敢相信自己的眼睛。

几件衣服一买，众人的恶劣情绪云消雾散，考察完一家老字号徽菜馆的菜价单，没有任何异议就进了包间。一桌好菜吃下来，花费不过两百来元，还额外奉送了一张五十元的餐饮赠券。脸色最不好的那位同学，不日兴致勃勃带上老公重返马鞍山，让那张五十元的赠券实现了物质和精神的价值最大化。

活动之后不到二十天，同学们又在着急见面。恰好我单位对面出现了一家即将开张的小饭馆，明厨明灶，菜单似曾相识，原来正好是一家徽菜馆。

小饭馆开业当日酬宾，同学们欣然而至——这回或乘公交或步行，路费一项可完全忽略不计。一餐饭人均十来元，餐后去我单位喝自备茶，趁午休健身房无人，数十年不打乒乓的还打了一回乒乓。

这是有史以来最轻松愉快的一次同学聚会。

今年聚会频繁，还和留在插队当地的一位男同学查出癌症有关。他做手术的时候，大家经常集体去医院陪护，同学间的手足之情因此得到空前张扬。生病的同学倒也并不悲观，就是回家养病之后，对我们的聚会耿耿于怀。每次把现场情况用手机发给他，他都抓耳挠腮，恨不能伸一双筷子到我们的餐桌上。这种聚会信息的频繁“干扰”，使得他的心思不再集中在病痛上。不久前他过生日，大家专程乘长途车去看他，事先对他保密，订下餐馆告诉他我们又在聚会，他正待着急，转眼间成了我们中的幸福一员。

同学聚会带来的愉悦，让我们开始思考我们的晚年，也许最好的晚年就是同学们共同经营快乐和一起变老吧。

以前我非常喜欢一部香港电影，它讲述了一个幼稚园的小朋友五十年前后的有趣故事。这部以动画和真人演绎结合而成的影片，获得了世界华语影坛的一致好评，也得到了广大观众的喜爱。现在每当看到同学们对眼下的聚会欲罢不能，我的脑海里就会想到这部电影的名字——《春田花花同学会》。

那些幼稚园的小朋友曾经担心因为长痘痘或香港脚成不了社会栋梁，可是成年以后，他们有的在卖牛肉面，有的是冰鲜肉店的鸡爪去骨员，有的最高理想是吃到一碗窝蛋牛肉面，这些傻傻的、目标不明的东西却都与简单和快乐有关。影片里那一群凡人追求的人生境界，与我们今天的心态是多么相像啊！

打老远拖来一根芦柴

说到过年，借托尔斯泰的一句话，叫："乡下的过年各有各的滋味，城里的过年都是相似的。"

我们家下放后过的第一个春节，全家七口人借住着农民的一间半泥屋，暗无天日、憋憋屈屈，完全没有心境过乡下味的大年。可是到了第二年，情况就大不一样了。这时候，我们有了一大排敞亮的屋子，九架梁，前后五间，每一间都可以从玻璃窗里欣赏到一望无际的田野。远远近近的农民们喜欢站在运河大堤上看我们的房子，所见略同地称它为"火车"。

这一次过年，我们也有自己养的猪可以杀了。不过这只猪饲料吃得太精，只长油光水滑的皮毛不长膘，一双漂亮的双眼皮大眼睛忽闪忽闪地瞧人，谁忍心杀它或者是谁屑于杀它呢？于是农民赶紧争着把他们杀完猪后的猪大腿给我们扛过来——他们最爱跟下放干部做交易了，马上可以现金到手，而赊给乡亲们的猪肉，猴年马月也见不到收益。

这样，妈开始拿那些猪肉煎炸烹煮，还用最新鲜的猪油丁和山楂糕丁做了很多极品水晶汤圆馅儿。我于是泡了半笆斗糯米，到后面的腊月子家去借石磨磨汤圆粉。那石磨竟然还会欺生，我不会使用腰和腿的巧劲儿便罢了，那湿糯米在磨盘里却又比其他粮食滞重无数倍，我跟这半笆斗糯米较劲的过程，如今想来简直可以称作九死一生。

腊月子的爸有家传的炒米手艺，那年头割"资本主义的尾巴"，他不敢走街串巷，就带着工具挨个潜入雇主家的灶房。他替我们炒炒米不用锅铲，用一只小竹推子，边炒边指点火候，然后悄没声里，一粒粒雪白的糯米就开始珠圆玉润。

乡下人过年待客，一般都是用炒米泡茶，再加上一勺红糖。有一天，我们正在煮水晶汤圆，一个口碑很坏的大队干部掀开我们用新稻草编的厚门帘，闯进来"打秋风”。妈把锅里的水晶汤圆拨到一边，只用煮汤圆的水给他泡了一碗炒米，然后就把他打发了。我们都没有想到，这碗炒米茶就为我今后的招工和上大学设下了永远无法逾越的障碍。

转眼到了年初五，陆陆续续有人背个口袋拿只瓢，上门来讨吃的。这一带有冬闲以乞讨为副业的习俗，队里还给开证明。一般来说，到我们庄子的都是外庄人，而我们庄子的人到外庄去。当地的老百姓过年，事先会蒸上很多包了青菜或咸菜的馒头，冻硬了放在缸里，一直要吃到度过春荒。那时候馒头都裂了口子长了毛，里面的菜一掰拉好长的丝，用菜刀刮一刮就煮到粥汤里吃。而这些趁着过年乞讨的人，就是冲着别人家缸里的馒头来的。

我们家也蒸馒头，每天现吃现蒸，发面用的不是农民家的面头和碱，是外婆夹在信里从上海寄来的干酵母。那时候没有干酵母供应，外婆每次买了鲜酵母放在北窗台上吹干，然后用手仔细地捻成碎末，这才给我们寄来，每次只能寄一点。我们家的馒头又香又暄，妈不舍得把她母亲的母爱拿去施舍，有乞讨者上门，她宁愿给他们舀上一碗米，他们更是欢天喜地。

快到中午的时候，远处冻得硬邦邦的田间阡陌上，摇摇晃晃地走来了“菜老头”。

为什么老远就认得出他呢？乡间挑担子的人多得是啊。说来简单，这是因为菜老头的打扮独一无二：他穿一件旧式的长棉袍子，为了方便走路，棉袍的一角撩起来掖在腰带上，里面的棉裤上还扎着绑腿。老头有八十多岁了，经常从城郊贩点蔬菜过来卖给下放干部。菜老头的经历好像跟新四军沾点边，又是五保户，所以别人严禁做生意，他可以例外。

妈跟菜老头特别谈得来，他那些干巴巴的土豆、萝卜和冻得缩成一团的“青菜”，妈往往兜底都买下来。赶上饭时，妈还会掰开一个大馒头，夹上两块红烧肉递给他，菜老头鼻涕吊好长地吃，妈一点都不嫌。

远远看上去，菜老头的挑子里有点红颜色。妈说：“不会是红辣椒吧？”近了再看，原来那些芹菜、白菜都拦腰贴了一条红纸。菜老头蹒跚着到得门前，搁下挑子抹一把鼻涕，突然之间仰天高歌，有板有眼的，只是不知道唱了些什么。邻家的女人笑道：“老头子给你家唱喜歌哩！”

菜老头远远走来时，我们都以为他手里牵着个什么东西，这会儿才发现是一根细细长长的芦柴篾子。菜老头唱完，郑重其事地把这根篾子送进我们厨房，放到我们的柴火堆上。

这是干什么？给我们添一根柴？

“哈哈，老头搞‘四旧’哎——他给你家送‘财’哎！”邻家女人说。

妈笑着，递一条凳子请菜老头坐。菜老头不坐，一脸凝重地对我妈说：“你这几个孩子我都替你看过相了。将来个个有出息。”

菜老头临走的时候，妈用笼布包了十来个冻结实的水晶汤圆掖到他的腰带上。妈说：“煮熟了吃的时候慢着点啊！当心里面的馅儿把您老烫着了！”

我至今都很想知道，菜老头咬开汤圆皮的时候，到底有没有被那里面流出的不可思议的、红色的、透亮的、酸甜浓稠的蜜油给吓一大跳呢？

大 报 恩 寺

日前来到长干里，站在一座建筑的水泥平台上，俯瞰大报恩寺塔的遗址。那里正在做昔日寺塔地宫的勘查工作，一层层不同朝代的夯土层，通过挖掘的横断面令人吃惊地呈现。就是说，一百五十年前，当矗立在中华门外达四百四十四年之久的大报恩寺塔毁于天京事变时，它的前生来世已经经历过数度的轮回。

史学家论证，最早用于建造寺塔的夯土层产生于东汉，距今已逾上千年。

如果这不是一块非同一般的佛门宝地，它又怎么能导演出寺塔们一次又一次的涅槃哩？

今天站在这里，已经听到大报恩寺塔又一次复建的紧锣密鼓。三年之后，人们只要一迈出中华门城堡，以大报恩寺塔为主体建筑的明文化园景，便以 115 亩的气势展现在眼前，香烛鼎盛、香客如云，金碧辉煌的大报恩寺琉璃塔下，将流连着无数瞻仰这座“中世纪七大奇迹”之一的国际友人。

可是，当年的大报恩寺塔是以堆土代替脚手架的方式，耗费十九年的岁月，由人力把浩如烟海的琉璃构件一件一件地拼装完成的。我们今天的复建，借助现代化的设施和钢筋水泥，这样的“伪古董”，是否有让其问世的足够意义？

我想，它是有足够意义的。

可以推断，最早诞生在这块土地上的东汉寺塔，一定远不具备明成祖年间建造的大报恩寺塔的恢宏气势和精湛工艺，否则饰有飞天、飞羊、狮子、白象、金翅鸟、莲座、昙花、蔓草等五色琉璃砖的九层寺塔，不会博得“中国之大古董，永乐之大窑器”的至高美誉。人类的每一种文化，都是以不断融入新的时代元素而繁衍的。三年后再生的大报恩寺塔，会因为拥有了钢筋水泥的骨骼，而不会再似它的前生，轻易地就被一伙太平军摧毁；而电力带给它的璀璨，也将是过去日耗灯油六十四斤的豪华所难以媲美的。

作为文化人，我其实也不可避免地喜欢体现历史厚重感的残垣废墟，比如圆明园，比如古罗马斗兽场。三十年前，经过“文革”浩劫的鸡鸣寺一派潦倒，石阶上荒草蔓生，墙壁上残留标语，破败的寺庙木门上，前来访古者留下了惆怅的墨迹：“应怜屐齿印苍苔，小扣柴扉久不开……”如此所在令我产生的痴迷，真是难以言喻。后来它修缮后扩建，黄墙黛瓦、飞檐铁马，建筑层层叠叠，山门高大庄严，尤其是新建的药王塔，把我熟悉的旧画面变得不但疏离而且陌生。

然而这座崭新的鸡鸣寺很快得到了人们的接纳，逢到佛教纪念日，人山人海，香火浓得化不开。日久天长，它和大自然的磨合也进入了佳期，春暖花开之时，灿若云霞的樱花和浓墨重彩的鸡鸣寺相得益彰，就如同是一个好性情的人，慢慢地成了自己新衣服的灵魂。

由此我明白，人对于历史遗迹的感受，“屐齿苍苔”并不是唯一的境界。有的时候，或许我们也需要一份大自然那样的仁厚随和之心。

作为一个南京居民，当我将目睹大报恩寺塔这座“绝世东南最壮丽之建筑”的再一次重生时，我应该说，我三生有幸。

大　漠

没有见到大漠之前，我以为那里满目是沙的峰峦，金色绸缎一般地起伏逶迤。然而我错了，大漠不但单调平板，而且粗粝。可以想象，千年万载的风，早把能够吹动的细沙横扫到某个角落去了。

这里是真正的不毛之地。

难怪在旷古的荒凉和死寂当中，用狼烟传递的信息，会比北京吉普早两个昼夜送抵目的地。

8 月的天气，人在大漠上行走，感觉不久便要自燃。空调大巴开起来，动辄便是数百公里，车窗外除了枯褐色还是枯褐色。司机说："看见没有？前面有一片海——其实啥也没有！"

我立刻想象一个濒临绝望的人，拼尽全力奔向那片永远也奔不到的虚幻的水。

没有水，没有绿，没有生命的任何痕迹，这是何等恐怖的一个境地！

多年以前，我在小说里读到过一个难忘的故事，说一个被囚禁在大漠深处的重刑犯人，千方百计要逃出大漠去向临终的父亲忏悔。他在劳动中私藏了一块木板和十多个南瓜，找到一个机会开始了他的逃亡之旅。他用绳子拖着那块载着南瓜的木板，昼伏夜行，南瓜吃完的时候，他逃出了大漠。虽然警察早已在他父亲的病榻前守候着他，他毕竟了却了自己的心愿。

是那些可以解饥解渴的南瓜帮助他征服了大漠。

到过大漠之后，我忽然明白，这是一个全然杜撰的故事。

且不说平坦如砥的大漠如何使人难以藏匿，就说那十多个南瓜，如何在烈日和沙石的炙烤下长时间地保持水分。

不出两日，便全成南瓜干了。

干燥的大漠，连空中的云，也终年不含一丝雨。同行的专家们由衷地说："对大漠里生存的任何一个生命,我们都抱以崇高的敬意。”

然而大漠以前并不都是死亡之地,就拿只剩半截烽火台残垣的阳关来说,它就曾经目睹过汉代以来丝绸之路的无数辉煌。直到公元6世纪之后,设于魏晋的阳关城池才逐渐被风沙掩埋,最终遭到废弃。近在眼前的同样悲剧是罗布泊,仅仅在二十多年前,那里还有过河流和绿地,曾几何时,这一切荡然无存,任何生命再也无法在罗布泊存活。

我最早是在嘉峪关宾馆看到那份《告贵宾书》的,它以卡片的形式贴在浴室的瓷砖壁上,内容是这样的:“尊敬的贵宾,为了保护世界生态环境和水资源,我们不再每天为您更换可以重复使用的棉织品。需要换洗的织物,您可以单独放在浴缸里。感谢您对保护人类生态环境的热心支持。”

之后在敦煌、在乌鲁木齐等地的宾馆里,我又一一见到了同样的卡片。

其实在去过大漠之后,在对“水是生命之源”的提法有了切肤的体会之后,即使没有这样的卡片,我也已经充分懂得了水的宝贵。

大　　院

在我十岁至十七岁的那些年里，我们家住在白下路附近的一座大院里。这座院子共有22幢一模一样的三层住宅楼，当时堪称蔚为壮观。我们家住的是最前面一座楼的三楼，夏天所有的人家窗户洞开，从我们家的窗里一直可以看到最后一幢楼外池塘边的绿树。

大院里的孩子各个都为自己的院子感到骄傲，因为我们除了这么多的楼房，还拥有一个大操场、一个大池塘、两座带防空洞的假山，以及大大小小若干个花园。我们在院子里打球，捉迷藏，疯跑，采浆果和蘑菇，种不需要悉心照料的毛豆和向日葵。有一年我的摩登外公从上海来，“老夫聊发少年狂”，跑到操场上西装革履地放他自制的马褂风筝。风筝飞上天，大家都看见糊风筝的纸是当时控制很严的《参考消息》，因为这件事，父亲还挨了组织的批评。

这座大院归属戏剧学院，教工宿舍与学生宿舍混杂，我们家对门的单元就一度是话剧班女生的宿舍。有一天忽下雷阵雨，父亲冲到公用阳台上去收衣服，淋得眼镜片都往下滴水。母亲递毛巾给他的时候表情有些复杂，因为父亲稀里糊涂地没发现，收回来的衣服里面，有很多是话剧班女生的内衣。后来对面的单元改住一对新婚的教员夫妇，男的回来敲门，女的一开门，男的撒了欢地上去咯吱，两人笑得不可开交。再后来住过三位京剧系不怎么团结的男旦教师，他们各自用小手绢提回吃食，各人使用各人的茶壶，彼此什么话都不说。一楼的单元不住人，放了钢琴供学生练声，就连只能放下一琴一凳的厨房里，也整天有学生在不厌其烦地唱《金瓶似的小山》。

我们的房子据说是日本人留下来的，基本上是木结构，从我们住的三楼可以骑着楼梯扶手一直滑到底楼。夏天的夜里我们在干净的木地板上睡觉，胳膊和腿上很快就出现一溜一溜的红疙瘩，坐起来一看，地板缝里是一排臭虫的小尖嘴。我喜欢看天花板上的水渍，它们有时候像奔跑的仙女，有时候像直立的狗熊。

每晚临睡之前，父亲会用一根铁棍扫荡床底。有次一只被穷追猛打的老鼠奇迹般失踪，后来才发现藏在父亲大衣的口袋里。

我们的住宅单元不知为什么不配备厕所，位于二楼的公用厕所只好给每家分了一个隔间。有时候我们刚刚在自己的隔间里方便完，隔壁就进来了邻家的胖大老爷子，他门户大敞，我们一时无法出去，只好屏息蜷腿，艰难地熬完他方便的全过程。

楼下的院墙下倒是有一个用车库改建的大公厕，一条深沟环屋而筑，据说到了使用的高峰期，男厕所里大家首尾相接地抽烟看报纸。扫厕所的老头经常会站在女厕所的门口，用河南话放声大叫："有人没有？"

有一次我的大弟在阳台上玩打游击，一脚踏空从三楼上摔下来。邻楼一位艺人老太太第一时间抱起他，胸有成竹地一手堵肛门、一手掐人中，一直坚持到救护车到来。结果我的大弟除了下巴上多了道伤疤，安然无恙。

大弟出事的当口儿，全院的大人孩子潮涌一般过来看，我哭着驱赶他们，心里痛恨他们的围观。可是数十年的时间过去，我一旦想起大院、想起他们，就觉得像是想起了老家、想起了乡亲。

淡水豚的天堂

当年在苏北农村插队，来去搭乘小江轮，航程既长且单调，但只要把目光投向江面，总会看到长江的浊浪里起伏着黑黢黢的“江猪”。“江猪”们显然是无比地喜欢着这个快乐的家园，它们追逐舞蹈嬉戏，偶尔甩去脸上的水花看一眼我们，也就是目送一下长江的过客而已。

等到我知道“江猪”就是江豚的时候，江豚已经被列入了国家级水生野生动物保护名册，而带着一抹天然装饰的白暨豚，挂上了濒临绝迹的“珍稀”标签。

有机会再在长江上行走，果然浊浪滔滔里，再无那些快乐精灵的踪迹。

我不知道这一切是如何发生的。我只知道，人和江豚同属一个母亲河，如果江豚在长江里已经活不下去，人的末日还会遥远吗？

意外的是，这次在铜陵，我的眼前重现了快乐的江豚。

这是一个创办于1985年的白暨豚养护场，它巧妙地利用了铜陵市郊大通镇与悦州、铁板洲之间长1620米、宽220米的夹江，把110公里的江域变成了白暨豚们免除了一切生存忧患的天堂。

我们在习习清风里踏上占地面积409亩的保护区，看到这里云淡天高，杨柳依依，刚刚凭栏站定，脚下的江水里就此起彼伏地出现了嬉戏的江豚。这次我看得好清楚哇！它们不光是体态乌黑溜滑，而且有翘翘的鼻子和笑得飞扬的嘴角。饲养员把新鲜的小鱼扔下去，它们叼起一条就走，快乐地兜一个弧线又回来，喷一朵小小的水花，那就是它们的笑声吧！

让我眼睛看得发直的是几条豚宝宝，它们都是经人工繁育后来到这个世界的，最小的那条出生仅三天，可是宝宝们跟着妈妈穿梭腾越，亦步亦趋，动作精确潇洒到让人不敢相信！

我设想着小江豚在豚妈妈怀里吮吸乳汁的场面，那该是多么令人动容的亲子图啊!

铜陵的淡水豚国家级自然保护区是世界上首个利用半自然条件对白暨豚进行易地养殖的场所,是安徽大学生命科学教学研究基地、青少年科普教育基地和国家AAA级旅游区。该保护区主要保护白暨豚、中华鲟、胭脂鱼等国家级一、二类重点保护动物。由于其科技含量高,知识与趣味性强,加之白暨豚驰名中外,江豚憨态可掬,这里成为广大游客旅游、观光、休闲的好去处。

不期然的是,就在从铜陵回到南京的当天,我在报纸上看到了令人触目惊心的大标题《江豚幼仔漂尸长江》,副标题是《湖北江苏今年多次发生江豚死亡,南师大专家解剖寻找死亡原因》。

消息说,前日上午,一只出生仅一个月的小江豚漂浮在江面上,死亡时间不少于三天。解剖时发现,小江豚胃里并没有乳汁。专家认为母性极强的母江豚不可能抛弃自己的幼崽,加之小江豚头骨有破裂,那么最大的可能是小江豚不是死于饥饿,而是头部碰上了轮船的螺旋桨。

报纸的链接新闻还披露,今年1月也有一条受伤的江豚幼崽被渔民发现,小江豚嘴里不停地流血,身体痛苦地翻滚,虽然大家尽力抢救,最终未能救它一命。

我的心被这些残酷的文字揪得生疼,尤其是此刻我刚从江豚的天堂返来。我是这样遗憾,遗憾铜陵的淡水豚保护区虽然挂着"国家级"的牌子,却由于种种的条件限制,它只能涵盖八百里皖江,只能为自枞阳县三江口至繁昌县荻港镇内的淡水豚们提供一片保护水域。

遗憾之余,我想我们都应该追问自己,我们能为江豚,为这样一种天生会"微笑"的动物做些什么?

首先,就像位于铜陵大通口的淡水豚保护区那样,关注它们的生存状态,为它们提供一个良好的生存空间。其次,请江边的居民不要再用电击、拖网、滚钩等方法捕鱼,以免误伤江豚。而城市的居民们应尽量减少洗涤污水的排放,应拒绝乘坐高速客船,并应通过各种渠道宣传江豚保护的紧迫性。

长江本来就属于江豚们,请把江豚们世代拥有的天堂还给它们吧!

第一次住宾馆

20 世纪 70 年代末，我在省级文学刊物当见习编辑。初春时节，两位资深男编辑和一位刚从省委宣传部调来的女编辑，带上我，到苏州去组稿。

两位男编辑一路斗嘴——类似亲兄弟间的那种斗嘴，争论的都是在当时的我听来很艰深的文学话题。

到了苏州，穿过观前街，他俩把我俩“扔”到苏州饭店一个堂皇的标准间里，说第二天上午来接我们，就继续着他俩的争论扬长而去。

我追出去，问他们去哪儿。他们不耐烦，说：“问那么多干啥？我们住市郊的部队招待所。”

他们走了，我俩开始仔细研究我们的房间，忽然发现除了以前只在外国电影里见过的席梦思，还有空调、拖鞋、浴衣、洗发露和二十四小时无限量供应的热水！

当时我的身份是知青，女编辑是从党政机关出来的年轻干部，我俩从未见过如此世面，当即喜出望外，直扑浴室。

我先洗澡洗头，发现一大浴缸热水放掉可惜，干脆只穿浴衣，把里外衣服统统洗了个彻底。

女编辑进去享用热水的时候，我慵懒地躺在床上翻看苏州饭店的服务手册。苏州饭店是当时著名的四星级涉外饭店，毗邻京杭大运河和网狮园，拥有宽敞的天鹅绒草坪、茂密的树木绿荫和具有古园林特色的池塘假山。酒店以苏帮菜为主，有健身房、棋牌室、美容院等娱乐设施。饭店有不同等级的客房，分套间、标间和单间，各有各的价格。我对照图片找到我们这个标准的房间，一看价格，五雷轰顶——居然每晚三十元！

三十元是什么概念？当时我的临时工工资每月二十元都不到，他们正式机关工作人员的工资也就每月四十来元。而当时正常的出差住宿标准，只有几元。

我跑去拍浴室门。女编辑也是只穿浴衣大洗特洗衣服,她披散头发,热气腾腾地跑出来,摸了眼镜去看服务手册,然后她也吓坏了!

我俩抱怨男编辑们只忙着斗嘴,根本都没搞清苏州饭店的房价。那时没有手机,完全不知如何联系两位男编辑。我俩不敢花钱吃晚饭,在席梦思上彻夜辗转,一心只盼着快点天亮,赶在饭店结算房费的规定时间前结束这个可怕的错误。

幸好房间里有空调,一夜过来,我们的内衣基本干了,可是混纺纤维的外套依然颜色深沉,摸上去硬邦邦,至少残留三分之一的水分。

我俩穿好内衣,硬着头皮套上外套出门,虽然饥肠辘辘,也不敢觊觎任何的早点摊,因为要做好自己补付住宿差额的准备。

问了很多人,找到去那家部队招待所的公交车。刚开始车不挤,慢慢地上班的人多起来,往市郊的路又变得有点差,车摇摇晃晃。我奇怪地发现,无论车如何挤,我和女编辑周围总有相宜的空间。我内心感叹,有教养的苏州人对外地客人真是礼貌有加。

车到站,我抓住女编辑的衣袖拉她下车,然后哭笑不得地目送公交车远去。

直到此刻我才明白,车上乘客何以对我俩敬而远之——我俩的外套,此时简直是冰冷如铁!

好不容易找到两位男编辑,其中之一对我俩破口大骂:“真是土包子!苏州饭店的房间是我战友帮忙解决的,你俩瞎操什么心呀!”

这就是我第一次住宾馆的故事。

都 在 笑

这是我们家最经典的一张老照片，它摄于1962年的春节，地点是父亲当时工作的江苏省戏剧学院1号楼前。照相机是跟公家借的，摄影师是我的父亲。

你可以感觉到镜头之外的我父亲那股兴致勃勃的劲儿。掐指算一算，那年的他也不过三十七岁。有一次全家去游玄武湖，母亲和我们在公交车上，父亲忽然骑着自行车蹿到公交车前，来了个双手大脱把，把司机吓了一大跳。父亲的这个意外节目把我们五个孩子弄得兴奋至极，至今我都记得在我们的喝彩声里父亲脸上的得意。

我忘了父亲在按下快门的时候说了什么，他让我们以各种各样的神态绽开了笑容。真的，所有看到这张照片的人，都会对衣服上的补丁与花朵般笑脸之间的反差产生感动。

那时候我们还没有完全走出饥饿的阴影。哥哥会偷炒一把米灌在裤子口袋里，跑下楼梯时米不停地烫他腿。大弟那时刚生过一场肝炎，他乱吃东西到了匪夷所思的程度，有一次爬到总统府西花园的墙上（他所在的幼儿园位于总统府东花园），攀摘了一把可疑的果子吞下去。他还经常光顾巷口一个脏老头的摊子，花一分钱买十来颗半生不熟的盐水煮螺蛳，用脏老头吸在半块磁铁上的锈缝衣针挑了吃。

大弟得肝炎住在儿童医院时，母亲为他准备的手纸被别的病孩偷走，母亲只好买了一本描红簿做替代品——那时的手纸也是定量供应的。他住院时的食谱中有一道是“鸡丝粥”，我们在隔离门外看到这几个字，都恨自己没能生场肝炎。

五岁的小弟长得黑矬，一点不像我们家的孩子。他生麻疹时保姆老抱着他在风口，还给他吃很咸的螺蛳尾巴，留下了流鼻涕的后遗症，而且因为懂事时就是饥荒年代，他都不知道不饿是什么滋味。还好母亲很疼爱这个“老巴子”，母亲总抱着他，长腿拖到地上，令我们侧目。没想到小弟长大后仪表堂堂，个头也是三兄弟中最高的。

那年我正好满十岁。据儿时的同学回忆说，那时很少有同学穿得起灯芯绒的衣服，所以我算是奢侈的。可是母亲忙到连过年了都没有帮我和妹妹把脱落的纽扣配齐全，而我们也完全未因此影响情绪。

因为过年，我和妹妹都扎了蝴蝶结。那时我非常希望有一条很宽很宽的粉红色纱质蝴蝶结（好像是在《儿童时代》杂志封面上看过一个摆芭蕾造型的女孩头顶上戴着这种蝴蝶结），无奈母亲每次买给我们的都是窄条的普通缎带。母亲说我要的那种不知道在哪里能买到。

五个孩子中，只有我哥哥的衣服没有补丁，他的裤子还有裤缝。可是仔细瞧瞧就可以发现，他的那件外套源自母亲的卡其布两用衫，领子完全是女式的。

数十年的光阴过去，五个孩子衬托着补丁的笑，似乎永远没有褪色的迹象。

断肠人在天涯

你走时,没有留下一个字。

都以为你不知道你的病,你却是知道的。

你只是不肯承认而已。你不想死。

可是,也只有一死,才能掐灭掉这一段已经枯萎和褪色的苦恋。

当今世界,情人膏肓,为情而伤、而累、而最终香消玉殒的女人,还能找得到几个?你竟是疼极而死的,心的疼极引发肉体的山崩地裂。

走的时候,带走的是一颗千疮百孔的心和一具仿佛受过车裂之刑的躯体,难怪你再也没有支撑下去的勇气。

离婚十年,坐困愁城十年,痴情不减十年。不敢老,不敢憔悴,不敢尤怨,唯恐那人彻底地绝情。

都快死了,还挣扎着吞服养颜的药。来人探视,一律让看抽屉里病前拍摄的写真,照片上的你美若青春少女。这厚厚一本苦心孤诣的花容月貌,全是为了衬托他偶尔在你枕边出现的那一瞬。现在,仅仅一步之遥,你的不悔不改,你的死去活来,统统瓦解成了一缕青烟。究竟,值不值得?

病重时,你也曾幡然醒悟,说,病好后,要立刻去嫁一个真心疼你的人。其实你也明白,这一切俱已晚矣。生命脆若蝶衣,为什么硬要它承受它无法承受的东西?

你女儿在遗体前替你致的那一段辞真是令人心碎。

你女儿说:妈妈病重时总是不安,不知道如何报答大家给予她的这许多关爱。现在,妈妈走了,结束了她苦难的人生。我替妈妈请大家各自珍重,因为活着的人还要去继续他苦难的人生。妈妈如果有在天之灵,她一定会保佑大家的……

你呀,在你的绝望一寸寸成灰的时候,你才知道,不可有人再去步你的后尘。

饭　局

商界称作“应酬”的那项社会活动，以前文学界的人把它叫作“聚会”——有朋自远方来，召集人便会下达通知，说：“请大家来聚一聚。”

“聚一聚”的说法非常儒雅，不但不提“吃”，而且绝对考虑到被邀请者的自尊，一个“聚”字，抹掉了掏钱者与白吃者之间的关系，使落座者在精神上一律平等。

以前的文人雅士信奉魏晋风度，聚会的时候甚至撤掉所有的桌椅，大家席地而坐，曲水流觞，宾主之间的差异更是等于零了。

与聚会相比，“应酬”的说法于无奈之中透出几分冷漠，明摆着缘自物质利益的交易与较量，是“应付”或“应对”的代名词。它不可避免地从表面到内涵都充满了务实精神。

如今“大款”满天飞，“应酬”成了一种时髦身份的象征。当满世界都开口闭口把吃饭叫作“应酬”的时候，文人们也把“聚会”的说法改了口——改作了“饭局”。

“饭局”的说法透着浓浓的市井气息，体现了文人们一俗到底的洒脱。以一种大俗抗衡一般意义上的“俗”，是文人们一贯用以克敌制胜的法宝，是精神上的优越感使然。

当然，这种精神胜利法多少牺牲了几分文人的可爱。文人多为食客，自诩吃白食为赴饭局，对主人的盛情实际上已经还以相当的无情。

有家少儿刊物通过熟人关系，请到一位当红作家去吃饭。在路边等车来接的时候，作家懵懵懂懂地发问：“今天这个饭局是个什么饭局？”把期望约到稿子的小女编辑听得心里又凉又惊。

“聚会”改叫“饭局”，似乎体现了某种价值观的变化，至少说明了文人们非但不再热衷于“打秋风”，而且连被恭请都带了几分勉强——即使去吃，也是爱吃不吃的心态。

作为作家中的一分子，我为这种变化而高兴；作为编辑中的一员，我为这种变化而悲哀。

众所周知，档次越高的“饭局”其实越与“饭”无关。把山珍海味故意称作“饭局”，也是文人的某种语言游戏。倒是我插队时见识过的农家宴席，才是所谓的真正的“饭局”——平时喝了太多的稀粥，终于逮住了大口扒饭的机会，于是一碗接一碗，碗碗是堆尖的米饭。在那种宴席上，人们使劲拼的往往不是酒，是米饭。

有趣至极的是，那样的“饭局”却偏偏避讳一个“饭”字，都是说成去吃“八大碗”。“八大碗”是指宴席上的八个菜，其实那八个菜除了有限的几片肉，也就是农人们最不稀罕的冬瓜豆角、豆腐白菜。

现在的农村也早已不缺“饭”了，那么，他们现在是不是也把“八大碗”改称为“饭局”呢？

方　便

说到中文的奥妙，有一个段子是专门拿“方便”这个词语开涮的。说是有位老外参加中国的一个饭局，其间主人短暂离席，说：“对不起，我去方便一下。”老外好不容易弄明白，“方便”的意思就是去上厕所。主人返回后，双方洽谈甚欢。宴请即将结束，主人特地又敬老外一杯酒，说：“希望今后能在您方便的时候去拜访您的国家。”老外目瞪口呆，差点把手里的酒连杯子吞下肚去。

现在我要说的“方便”，指的是前一个意思。

单位搬至环境优美的奥体附近后，我每天特地少转一次公交车，留半小时的路程步行。由于全程花费的时间约一个半小时，一个比较现实的问题就随之出现了：如此的长途跋涉之中，万一需要解决“方便”问题，那该怎么办？于是未雨绸缪，我开始考察“旅途”中的厕所。可是真是无比奇怪，偌大的河西新区，竟然见不到一座公厕！有天发现路边停靠一辆环卫工使用的小车，正待近前找人咨询，却看到束着裤子的环卫女工从绿地的灌木丛里转出来。

一次我进到途经的一家菜场去巡视厕所，眼前的情景可真是把我吓得不轻！只见两个无所遮挡的简易蹲坑已被解大手者占据，而陆续进来者全然无视满地横流的屎尿，脚踩两块破砖头就地解决，大家高谈阔论的兴致丝毫不减。

我曾考虑过提前两站下公交车的方案，因为下车的地方有个儿童活动中心，早上有很多妈妈、奶奶牵着宝宝往里走。我相信那座漂亮的建筑里面有很漂亮的厕所。可是那天我刚尝试着往里走，就被一位目光锐利的老师发现了，她大喝一声：“你是干什么的？”我说：“不干什么。”她马上朝门口的保安吼叫：“你们把陌生人放进来怎么回事？”

逃脱之后我把这件事想了很久，难道我看上去像个儿童贩子吗？我女儿帮我分析，说那是因为我手里没牵小孩，而且神色张皇、东张西望。如果我明说自己不过是借用厕所,也许就不会遭受到如此的断喝。话虽如此,众目睽睽之下让我开这样的口,真是太难了。

河西地大“物”却不博,一路走来,除了绿地和小区,几乎没有公共场所。我曾闯入一家小而隐蔽的职工医院,一楼、二楼皆是厕所满员,上到三楼居然是人家的办公区,我忙不迭地跑下来。

自从贯通了地铁 2 号线,步行路附近的地铁站有了可借用厕所的洋快餐店。可是如果总是享用人家的厕纸、水电、洗手液却不往前台消费,那也是很需要勇气的。我设想进去的时候要拿捏时机混迹于其他顾客中,出来的时候要坦荡荡不感到芒刺在背,那也是很需要具备心理素质的。

最后,总算还剩下了一个可行方案,那就是下了公交车往回走半站路,去借用一家大型超市的厕所。第一次进到这间厕所,亲民气息真是扑面而来。管理人员当时正往墙上的厕纸箱里放裁好的简易厕纸,一排老太太从敞开的隔间门里纷纷朝我高喊:“姑娘,帮我递张纸哎!”

我拿了一大沓纸,挨个递给老太太,从头到尾乐不可支。

我由此喜欢上了这座厕所。为此,我调整了出门上班的时间——下公交车切不宜太早,否则,超市还没有开门啊!

分　寸

我小的时候，非常喜欢看外婆做针线。如果她是剪裁缝制新衣服，其过程当然极具观赏价值，可惜每年入冬之前她从上海赶过来，都是为了拆洗缝补我们的旧棉衣。所以我了解最多的工艺是如何把板结的棉花撕蓬松，如何在破烂的地方打上补丁，如何把变得短小的棉衣接长加宽。这个过程虽然不够愉悦，但每每化腐朽为神奇，我看得同样津津有味。

有时外婆会带来几件大人穿旧的两用衫，改一改，可以做我们棉袄的罩衫。外婆拆开这些衣服重新剪裁，每次都要特地告诉我一个口诀，叫："长不减寸，宽不减分。"意思是，衣服长短的尺度或可粗略，而肥瘦的增减则必须非常之慎重。她虽然给了我如此教诲，等到我开始自己动手改衣服，却还是生出许多痛不欲生的失误——我觉得余地很宽的尺寸，稍稍多下了韭菜叶那么宽的一剪子，缝好后就只能给妹妹穿了！

最难忘的一次，是改一条裤子。那时我在农村插队，长年穿补丁衣服，裤子尤其不讲究，因为总是在泥里跌打滚爬，裤腿又是卷着的时候多，后来有条裤子干脆是剪了裤腿补屁股，连卷裤腿的程序也省略了。某年某艺术院校前来招考，我要去县里参加面试，忽然发现没有一条裤子穿得出去！临时找到一条大弟去建设兵团前留下的又肥又短的卡其布裤子，连夜挑灯修改。我把裤子打了一个翻，裤脚贴边放长，裤腰口袋全部重上一遍，前开门换成了侧开口。弄完一吹灯，外面已经鸡鸣狗吠大天亮，抓过镜子看看，两眼通红，鼻孔被油灯熏得漆黑，刘海还被油灯燎焦了一绺。穿上裤子一试，不料侧面的开口怎么都扣不上扣子，原来我仗着裤子肥，每道缝都多缝进去了两厘米！焦头烂额之际，我忽然就明白了"分寸"这个词语的含意——一十"分"当"寸"，遇事用"分"还是用"寸"，斟酌的要义真是无比严峻啊！

现在重提这个话题，是因为电视剧里的女演员们，不分老幼，几乎全都变成了刀条脸。人脸的美本来各具千秋，她们削脸的尺度却千篇一律，弄得观众很长时间都搞不清剧中人物的对应。我尤感不解的是，“刀条”分明与“瓜子”不在同一个概念范畴，为什么她们对自己后天的美就如此得过且过呢？

电视上曾经有过下颌骨切削术的直播，电锯割下两块三角形骨头，黏糊糊血淋淋地放在纱布上，让我看了一惊，“宽不减分”啊！这样地大刀阔斧，人脸的线条吃得消吗？

果然，美女都成了“刀条”。

或许为了“美丽”这个词语的安全稳妥，整形大师们应该考虑少用切割工艺，多用打磨工艺，以免动辄“分”就逾了“寸”哩。

弗朗明戈

去西班牙前，并未打算看弗朗明戈。

其实我很爱西班牙斗牛舞，舞蹈里口叼鲜花的女郎高高踢起裙子，艳丽的多层裙裾似彩浪翻卷，男女演员大幅度的奔放动作与细碎急促的快板节奏反差强烈，极具观赏冲击力。

可是外国电影里的原生态弗朗明戈并非如此，昏暗狭窄的舞台上，一男一女角逐进退，表情凝然动作凶悍，舞台下观众参差、场面混乱，明显带着吉卜赛人街头演出的痕迹。

进入格拉纳达，弗朗明戈气息扑面，满街的工艺品店出售舞蹈用的扇子、响板、仿真鲜花及各式夸张的大耳环。导游在车上登记去剧场的人数，近半数人弃权。有同事说，她看过弗朗明戈，甚为震撼，所以此次来再看。我的立场因之动摇。女儿则毋庸置疑，说："来格拉纳达怎能不看弗朗明戈？"我于是交一百二十欧元门票费给导游。

剧场果然空气浑浊、灯光暗淡，小舞台既无幕布也无影片，正前方座位被其他旅行团订光，我们只能就座于柱子后的简易折叠椅。因为门票含饮料一杯，若干把椅子配备一只也是极其简易的窄条桌。

服务生端来盛放饮料的托盘，我欲取舍芬达或咖啡，我女儿抢先竖起两根手指，说："雪莉，2。"

事后查百度，我始知雪莉酒曾获莎士比亚"装在瓶子里的西班牙阳光"之美誉，其原料为生长在西班牙南部海岸赫雷斯的白葡萄。赫雷斯富含石灰质的土壤，赋予了雪莉酒又黑又稠又甜的特质。所以既来西班牙，真的不可以不喝雪莉酒。

我的酒约大半玻璃杯，喝下三分之二，忍痛放至后排台湾老太太们的小条桌上——索取困难，才能有效戒酒，否则我将回不了酒店。

台上出现一吉他、两歌者。特制的弗朗明戈吉他音量大而音色明亮，上了年纪的男歌手为点燃观众心中的热情之火而发出喊叫和感叹。据说演唱者带鼻音的暗哑音色与用在微分音上的装饰音为其他欧洲国家之少见，可是该特色被我所忽略，我倾倒于歌者气质中少见的儒雅。

男女演员登场，一般是一对一。暂时的休舞者，会坐在舞台一侧的椅子上，用不同节奏为表演者击掌——弗朗明戈基本属于无伴奏舞蹈，吉他在独奏环节之外，只做舞蹈的引子和前奏，全场有拍子足矣。

弗朗明戈的创造者是西班牙不合群的堕落贵族，而舞蹈表现的人物，则为15世纪为躲避君主和天主教迫害而流离失所的吉卜赛人，所以身着黑长裤、白衬衫及饰花马甲的男演员以斗牛者的姿态，在没落贵族的气息里混杂了强盗和流氓混混的特征。而女演员以疯狂追求爱情的卡门为基调，高仰发髻光滑的脑袋，袒露紧身胸衣外颀长的脖颈和双臂，舞姿热情似火。男舞者注重脚的动作，脚跟清脆而节奏分明地敲击地板，女舞者更注重手、腕、臂、腰、臀的动作，舞步踢踏的同时捻手指或叩响板，与歌声、击掌声、喊叫声交相呼应，气氛热烈。

据说弗朗明戈的最佳演绎者是中年演员，可是台上这些中年演员无一不是天使面孔和魔鬼身材。我的思想又开了小差。我想上帝在造东方人的时候，肯定是捏好了随手往地上一摊；而在造西班牙人的时候，则是成打地码齐了紧排于木架上，所以他们全是细窄的身材和脸型，精致至极的五官充满雕塑般的立体感。

演出告一段落，片刻后吉他、歌者和演员又依次登场。如是者四。我看出虽然弗朗明戈舞步万变不离其宗，但每个段落均有各自剧情，比如表现卡门、表现疯女胡安娜、表现历史上著名的阿拉贡凯瑟琳公主姐妹花……我旁边的韩国男人不谙剧情，早早表现出不耐烦，由嘟嘟囔囔而鼾声断续，再后来大打哈欠直至旁若无人地发牢骚。好不容易四个段落结束，所有演员又全体集中于台上，武林大会般逐一出列打擂。韩国男人终于忍无可忍，推开折叠椅拔地而起，骂骂咧咧地离场。

我听说弗朗明戈的动人之处在舞者于举手投足间表达的人性最无保留的情绪，而整个表演过程中，演员和观众共同追求叫作“杜恩德”的最高境界，即心灵之相通。

舞台上的舞者无疑目睹了韩国男人的突兀离场，这让我替全体观众感到了汗颜。

可是回到酒店，当我回答同伴们关于弗朗明戈的观感时，很惭愧，我说得最多的居然是雪莉酒和韩国男人。

回到南京，看到一则关于弗朗明戈将在1912某酒吧演绎的海报，于是得知近来一些年轻人已将弗朗明戈与爵士乐、波萨诺瓦、沙尔萨和布鲁斯摇滚乐相结合，形成了一种新的流行艺术派别。

父亲的酒吧

二十多年前,酒吧这样的东西还罕见着呢!

那天我们闲逛一个家具城,忽然看到了一个高档的聚酯家用小酒吧。一眼看到它,我们全都啊了一声,表示了一致性的惊叹。父亲当即走进了吧台,拉开一扇扇精致的柜门,抽出一只只考究的小抽屉,然后打开顶灯坐上了吧凳。

他坐在吧凳上的时候,神态是一种彻底的沉迷。

逛罢一圈回家,出了家具城不见父亲,找回去一看,他又坐在吧凳上。

这个小吧台从此成了我父亲的一个梦。它标价八千余元,在当时我们不可能有这笔闲钱。

父亲又去看过它一次,回来时十分怅然。原来吧台已被一位款爷买走。

我不是一个奢望发财的人,可是那天我信誓旦旦地向父亲表示:“如果我能发一笔财,我第一件事就是给您买一个吧台!”

父亲对这张空头支票非常感动,伸手拍拍我的脑袋。

假如有上帝,上帝一定听到了这番对话。虽然他没让我发财,可是他让我发现了一个奇迹。那是年底的时候,我无意中在一个家具展销厅里发现了一个吧台,它的式样比我们第一次看到的那个还要高贵、典雅、大方。它是那么让人感到亲近,明知纯属多问,我还是上前打听了价格。对方明确无误地告诉我:“一千八。”我的脑袋嗡了一声,定神再问,他仍说:“一千八。”

原来有位顾客为迁新居定做了它,可是事到临头新居泡了汤,他只好委托厂家代售,因为每天都要付场地费,他只好把价格一落再落。

我飞奔回去禀告父亲,父亲百般不信。我请他立刻去眼见为实,他却又近“爱”情怯,一定要等儿子回来陪了同去。结果苦熬到暮霭重重,儿子终于下班,展厅早已歇业打烊。

这一夜父亲的辗转反侧可想而知。次日清晨，我们带着钱直扑展厅，幸好吧台还好端端地立在原地，没有被人横刀夺爱。

弟弟成功地把价钱还到了一千五，工人千辛万苦地把它运回家，搬上了六楼。母亲立刻被它的堂皇炫花了眼，摇头道："简直就像是白捡的！"父亲聊发少年狂，宣布道："书房和写字台全归夫人了——我今后就在吧台上写文章了！"

次日我回父母家，看到父亲珍藏的洋酒、名酒全都上了柜。他还自拟了一份酒吧价目表，郑重其事地递给我，酒类以杯论价，价格惊人。父亲说这是四星级宾馆的酒吧标准，不过中等偏上。话虽如此，他仍让他的"领班"——我的小侄子给我来了一杯雀巢。小侄子一本正经地开了账单，让"总经理"签了字，这就算是父亲请我喝了一杯免单咖啡。

我喝着咖啡，看他们煞有介事地忙作一团，深深感受到这件新来的大玩具是多么的"天伦"。

恰逢春节将至，父亲单位的首长上门来看望，不免同样扮演了一回酒吧的免费宾客。首长以后逢人便宣传梁氏酒吧。单位开团拜会那天，首长当门而立，一本正经地向父亲伸手道："总经理亲自光临，不胜荣幸！"

众人都笑，父亲也笑。首长又添一句，说："这个总经理的职务，是经过我们机关领导小组研究之后予以认可的！"

父亲陶陶然回来述说这一段幽默，母亲夸赞道："首长挺会用词儿的——没用'批准'，用了'认可'！"

有了家庭酒吧，家里的乐趣不知道多了多少。而这种乐趣溢到了家庭之外，给别人也带来了乐趣，却在我们的意料之外。

父亲的邮局

我的父亲是个一生与邮局结有不解之缘的人。每次搬家,他的行李中最蔚为壮观的除了书,就是无数旧信札。它们捆扎有序,编有序号,注有往复日期,几乎就是他的一部人际交往史。他把这个嗜好带到了当初下放的苏北农村,便给乡邮员带来了很多的痛苦,经常看到遥远的乡道上,乡邮员和他可怜的破自行车在与泥泞坎坷作殊死较量,车杠上的乡邮袋沉甸甸地往下坠。

最麻烦的是父亲喜欢袭用外交礼仪给亲友拍电报,“欣闻”什么、“惊悉”什么,祝寿的、往病榻上去问安的,他不远十余里乡路跑到公社邮局去拍给人家,人家当然不好不在必要的时候以同样的礼仪奉还。这样,他给祖国的乡邮事业可就更加添累了。

父亲倚重邮政的本意,是可以借此传达一些不便当面溢美的语汇或不便当面商榷的意见,可是一张邮票在给他带来方便的同时,也带来了一些难以言传的苦头。其中最典型的一件事,就是20世纪50年代初期,他把他一位老领导的书大加批改之后寄了回去。他以为这样做避免了当面直谏的唐突,可是他真正是上了那张邮票的大当。

父亲这样的性格,离休以后的寂寞和失落可想而知。父亲的晚年,是一个把写信当作“办公”的状态,他对邮政更到了依赖的程度。无奈电信和电子通讯时代的到来,使很多老友不太再热衷于陪他玩跑邮局的游戏,父亲的信件饥渴症甚至要借助“小康之家”这样的邮购服务完成。

三年前,年届八十岁的父亲以少年人的热情和冲动卖掉原住房,搬进了江东南路的一个崭新小区,他的心情因与将来的奥体中心为邻而兴奋。但是问题很快产生——门前的“奥体中心”一直都是一片可做古战场的开阔地,而道路上成天奔驰着横冲直撞的渣土车,父亲已经无法骑着他的自行车去寻找那个目前属于他的“上新河邮局”。他再也不能像以前那样，赶在邮递员开信箱之前，把写好的邮件投到马路对面的信箱里。

一生不愿求人的父亲，只好在写好的信件已经积了一大摞的时候，眼巴巴地等着我的妹夫专程去一趟“上新河”。我妹夫有一次冒着雨替父亲出“公差”，又要拿雨披，又要贴邮票，又要取指甲刀之类的邮购包裹，忙乱中还丢了他和我父亲的身份证。

对于我的父亲而言，这真是一段苦不堪言的日子。

没想到在那片似乎一直没有动静的开阔地上，突然之间就长出了贵妇草帽般的“奥体”，长出了春笋般簇密的楼群，尘土飞扬、混乱不堪的江东大道一夜间变得豪华开阔，缀满了明珠般的灯光和锦绣般的绿地。最令人不可思议的是，正对着父亲小区的一条崭新小道的尽头，出现了一个梦幻般的邮局！它简直就是我们所见过的最俊美、最玲珑剔透的邮局，是邮局中充满灵逸之气的公主。父亲几乎不敢相信奇迹的发生，直到我们拍下他与“公主”相依相偎的各种角度的照片。

从此以后，父亲每天只要悠闲地在美丽小道上散着步，就可以完成他的邮政之旅。

这座叫作“奥体邮局”的邮局，是天意的邮局，是父亲的邮局。

富 士 山

我以为远远地可以看到富士山的模样，谁知车子下了高速往缓坡上开着，就已经进入了富士山。

除了路很静、人很少，路两侧的斑斓秋色，跟我们紫金山的差别似乎并不大。

车上的华语电视片告诉我们，富士山梯状的形成与它的历次爆发有关，每一次火山灰喷泻而下，就像是建筑工人筛沙子，筛下的沙子自然而然形成了非常具有几何意义的线条。当然，这些线条规整的地方寸草不生，跟富士山腰部以下的葱茏形成反差，而山的最顶部残存积雪，这种等腰梯形的“三段论”，造就了富士山非同一般的美丽。

电视片说，日本人有每年举家攀登富士山，在富士山最高点十合目以黎明第一缕曙光祈福的习俗，由于气候的关系，这个活动只能放在夏天举行。那些火山灰堆积的地方根本无法通车，甚至没有正常的道路，每年的7、8、9三个月里，灰秃秃的斜坡完全被颜色复杂的人群覆盖。

导游说，山上有限的木屋根本供不应求，那么怎么办呢？人们就在榻榻米上像冰柜里的鱼一样紧贴着侧卧，需要翻身的话，不喊号子大概是不行的吧。

最麻烦的是山上无水，人们不得不用背囊背着沉重的给养。然后严重的问题产生了——人类带给富士山的垃圾如何处理呢？

电视片上出现了志愿者捡拾垃圾的镜头，还特地拍摄了人们使用厕所的情况。那些厕所很像我们的乡间茅厕，人类的排泄物大概会用特制的容器收取后运下山。

日本柴油跟我们的比显然不是一般的精良，庞大的旅游车完全听不到发动机的声音，车窗外轻快地掠过指示牌上的“一合目”“二合目”，很快我们就可以抵达目的地五合目了。

导游说，富士山会唱自己的“山歌”，诸位一会儿就可以欣赏到。正说着，前方路面出现一支簪子状的音乐符号，司机放慢车速，车轮下隐约传来一段低沉浑厚的音乐——没想到这种靠路面震动传感的音乐不是钢琴的声音，而是美妙的管风琴！

五合目是交通工具所能抵达的最高点，再往上就要仰仗双脚了。但是这里能最近地拍摄到富士山的雄姿，山上还有一个邮局，帮你把盖有富士山邮戳的明信片寄往世界的任何一个角落。

山上寒意顿生，邮局生了取暖的炉子，衣着单薄的少男少女们在这里流连。唯一不收费的公厕不分男女只有两个厕位，大家矜持地排队，然后用门外载水车前的长柄勺舀水洗手。

富士山不是太让人亲近，刚在它的面前拍完留影照片，它就扯来云雾遮住了自己。

下山抵达二合目，路面上又出现了“簪子”的图形，而且因为下山的车轮滚动欢快，那段“管风琴”演奏得极其清晰，车上的所有人都听见了！

盖 被 子

冬天的某一天我躺进被窝，伸手熄了灯，然后辗转反侧，轮番从身子底下拉扯被子，试图把脑袋以下的脖子和肩膀裹严实。也许是动作幅度偏大，忽然之间我掉到了地上。虽然裹着被子哪里都没碰到，但事出意外，黑暗之中我好半天才搞清楚自己的方位，然后又是好半天才从被子的纠缠中脱身。

想想真是好笑，跟被子合作了几十年，居然会遭到被子如此抵抗。

我也不知道我对被子的要求是不是过于苛刻，因为从电视、电影上看，大家盖被子的动作都极其随意，尤其是西方人，岂止是脖子和肩膀，往往整条胳膊和半个脊背都潇洒地露在被子外面。

我不知道西方人有没有"五十肩"这个说法，按他们这个大而化之的盖被子方法，他们要是没有"五十肩"现象，那就太奇怪了。

我住到宾馆里的时候(尤其是国外的宾馆)，对他们的被子始终是非常不适应。他们对卧具的设置，显然只考虑胸脯以下身体的温暖，而且强行以此定位，用被单把半截被子紧紧绷定在席梦思上。几乎整个夜里，我都在下意识地跟被子和被单较量，较量得既辛苦又不见多少成效。这个时候就会想到，还是中国的被窝最亲近人性。

当然，在我的儿时，因为有物质匮乏和兄弟姐妹众多的前提，被窝的人性化也不是太能得以体现，一条大被子盖几个小孩，里面喊冷的、打闹的、尿床的，不一而足，母亲最怕听到被子里面传来裂帛声。有一年被里实在是无法连缀了，母亲就拆了一顶蚊帐来代替被里，那条被子到现在都会让我联想到一个谜语："麻屋子，红帐子，里面睡个白胖子。"其实我们当时的境况是："麻被子，破帐子，里面睡伙黑瘦子。"睡在那条被子里，要想为自己谋求温暖和舒适几乎没有什么可行性。

我的大弟弟小时候异常顽皮，父母总是在为他闯下的祸收拾残局，可是打从他十六岁离家，就再也没有得到过父母的庇护。父母晚年从大弟那里享受到的孝心最多，可是偶尔开玩笑的时候，大弟也会不堪回首，说当年他去兵团的时候，行李只有一只破箱子，里面放条旧棉絮，打开一看，棉絮上还有一个儿时蹬破的洞。他小小年纪在黄海边上围海造田，冬天踩着结了冰的芦苇茬，胼手胝足承受重体力劳动，夜里就只能靠这条破棉絮给他可怜的温暖。

记忆里我们家好像就没有一条蓬松轻柔的好被子，我下乡插队的时候，带去的被子也是棉絮既硬且尺寸又短小。冬天我用绳子扎住被子尾，头上戴着帽子，脖子上围着围巾睡觉，早上起来，围巾上的呵气会结冰。

记得我已经快二十岁了，在上海的姑婆家小住，睡觉时因为珍惜舒适的被窝，总是坐在枕头上往被窝里伸身体，生怕把被窝弄乱。姑婆无意中看到，乐不可支，说你完全可以掀开被子上床，进了被窝再把被角掖紧嘛。

我从那时开始用成人方式进被窝，直到如今，直到被子把我甩到床底下。

可能就是因为在盖被子的问题上一丝不苟，我才在大家都经历过的“五十肩”关隘上幸免于难吧。

赶　海

去年初春时节，我往如东出差，看到一处叫“海上迪斯科”的旅游景点。这个景点我来过，年代很是遥远，路途也很遥远，只记得换车倒车若干，最后是牛车在滩涂上慢吞吞蹚泥蹚水，最后终于提着鞋子站在蓝天海泥间，身后海鸥与白云齐飞。

记得踩到的文蛤并不是太多，倒是拍了不少照片，海风撩起大家的头发和衣袂，人人都是泥腿子。

且说此次再来，路况之好之便且不说，这个设置了服务中心和电瓶车的景点已经非常之完善。我马上想到我那些什么都错过了，唯独没错过种种人生重负的闺密，什么时候我能带她们来此一销其魂呢？

这个季节无法赤脚下滩涂赶海，所以景点是关闭的。据说每年也就是夏季才开放迎客。

这件事放在心里，一放数月。这期间，最年长的一位闺密失偶，且自己做了甲状腺肿瘤切除手术，亟待改换心境，而我无意间发现，乘火车去如东极其便利，这使得我的心愿有了成为现实的可能。

我们呼朋唤友如期登车，年长的闺密居然郑重其事地拖着拉杆箱。暑假前的非双休日，如东滩涂游人稀疏，上午时分，海退往远处，鸥鸟掠过发际，赤脚踩上的滩涂，像插队时踩过的秧田。

自愿陪同的当地朋友，指着泥水中不显眼的一摊“鼻涕”，说，那就是泥螺。又示范，说，在滩涂上找到这么一处小白点，两脚原地交替踩踏锲而不舍，必会收获惊喜。

大家分散开去，终于，所有关于讨教和质疑的喊叫，全部演化为大笑和惊叫。

我试一试，一处小白点下面，最多踩出过八九只文蛤——是否是“一家人”正在酣睡，而我打扰了它们？

我时而抬首起身，以目光扫描我的闺密，然后忙不迭用泥手打开相机。我的摄影无技术含量，只擅长抓拍人物神态，所以每次闺密出游，我的角色都是“随团记者”。

镜头里的闺密们，已谙熟如何配合大自然之美，她们的衣裙、围巾和遮阳帽都用色大胆，就连灰沉多的年长的闺密，也穿了一套美丽的中式绣花装。

她对我举起一只小海蟹，另一只手比画了一个“V”。海风拂过她的灰白发，她满脸绽开无比灿烂的笑纹。

海水开始涨潮，我们离开之前，把每个人塑料袋里的战利品悉数倒回海滩。

但愿它们凭着各自的基因信息，顺利找回自己的家人。

享用着当地朋友安排的海鲜餐，我微醺的眼睛贪婪地捕捉我处在狂欢状态的闺密们。我对当地朋友说，看到那位头发灰白的大姐了吗？我至少有三十年没见到过她的笑容了。

是的，她最早从街道小企业下岗，艰难抚养一双儿女。自私的丈夫似高尔基笔下的外祖父，在同一个窄小的屋檐下与她分锅而食。最后他沉疴卧床，还是她这个发妻抱病照料，直至送终。

她的头发曾经又黑又密，丈夫曾在新婚夜笑着抱怨，说她的发卡钩坏了枕巾，如今她的头发没有一根还是黑的。当年她的肩背宽厚健硕，挑一大担粮草健步如飞，如今照片里的她，腰背单薄且佝曲。

回到南京，我把她们每个人在滩涂上的留影都洗成了照片，留在我电脑里的文件夹，我命名它为“赶海”。

百度上说，赶海的意思，即居住在海边的人们，根据潮涨潮落的规律，赶在潮落的时机，到海岸的滩涂和礁石上打捞或采集海产品。

我也是这样，我要抓住无情岁月流逝的间隙，打捞闺密们失却的欢笑。

感 应 灯

这里说的是设在现代公寓楼道里的感应灯，触摸之后亮十秒钟自动熄灭，在时间上足以衔接下一盏灯或上一盏灯的照明，非常科学。

我很是喜欢体验这样的灯，有时候故意不乘电梯，一路触摸感应灯开关跑下楼去，有一种弹拨灯光琴键的感觉。以前无论大小城市，公寓的楼道灯几乎都是失效灯，人们各个练就了摸黑上下楼和找准钥匙眼的本领。我始终想不明白，那些极其简易的灯泡为什么总是难逃被窃取或被砸破的命运呢？

也不知道从什么时候开始，再没有人去破坏楼道灯，这也算是一种时代的进步吧。

不过关于楼道的感应灯，倒是有两个好玩极了的故事演绎出来了。

第一个故事来自我的一位女同事。她出差回来，发现忘了带家门钥匙，于是打手机给她的先生。先生正跟一群狐朋狗友喝酒，酒至半酣，坚决不肯回来送钥匙。这位女同事只好垫一本书坐在楼梯上，取另一本书边看边等她的先生喝够酒回来。本来她就一肚子怨气，头顶的感应灯偏又每过十秒就熄灭一次，频频地起立触摸开关，终于让她的书读得支离破碎。我想象那幅场景，实在是替她好笑不已。

第二个故事是我一个中学男同学的经历。这位男同学也是一个烟酒之徒，一旦狐朋狗友来访，必定意味着一场战争，因为他二婚的老婆年轻貌美，绝不能容忍家里被一群老爷们搞得乌烟瘴气。这位同学倒是想出了一个折中的办法：朋友们一来，立刻把桌椅搬到楼道里，让老婆把他们的喧嚣和气息统统关在防盗门外。

于是，有趣的画面出现了，这群酒酣耳热的男人一面夸夸其谈，一面骂骂咧咧地抢着去触摸楼道感应灯——慢一步画面就“屏蔽”了呢！

钢 琴

我女儿抱怨说,他们住宅楼里有个老女人老是在双休日的早晨用钢琴把她吵醒。

我问:"你怎么知道她是老女人呢?"

她说:"她的琴弹得磕磕绊绊,弹的还老是《浏阳河》。"

我无可奈何地承认,她的判断应该没有什么错。

我也是"老女人",我知道我们那代人的童年有过很多梦想,其中最经典的梦想,就是穿白纱裙和红皮鞋,系一只大蝴蝶结弹钢琴。当然对于我们来说,一切都耽误了,如果说老来还能抓住一件,也许就只能尝试着弹弹钢琴了。

我不知道总共有多少"老女人"在学钢琴。有人调查过上海的一所老年大学,说钢琴专业增设到了七十个班,依然不能使报名者得到满足。

记得我们班的初中女同学聚会,有一位就老是惦记着回家练琴,说第二天老年大学的老师要检查作业。这位女同学的儿子在北京工作,丈夫热衷于打麻将,她自己一个人"玩",玩得丝毫不生"闺怨",这个优势就是钢琴带给她的。

还有一次,参观另一位女同学帮女儿管理的婚纱店,琳琅满目的美丽婚纱深处,忽然传来钢琴曲《花儿与少年》。起先还以为是打开了音响,定睛一看,是女同学自己在弹琴,当时就觉得,儿时的经典梦境几乎就全在眼前了。

这么多的人选择了退休后去学钢琴,自然也有一些是被偶然因素成全的。比如有家人家乔迁,孙辈第一个要求淘汰的东西居然是钢琴。做奶奶的就想,既然小孩如此痛恨钢琴,不如就自己接过来弹吧。

老年钢琴爱好者队伍的快速形成,给老年大学和钢琴制造业之外的行业也带来了惊喜。上海一家音乐出版社本来困境重重,出版了一本一再加印的老歌简谱版《中老年钢琴练习曲一百首》之后,不但柳暗花明,而且雄风大振。

退休后的老人，在自娱的同时还能拯救市场，这简直就是在制造某种神话了。

对于我而言，先天的短手指，使弹钢琴似乎只能停留在梦想的范畴，两手的协调性再差，基本上就无药可救了。虽然一个手指头戳琴键未必不能成曲，但是身居普通公寓，如入无人之境是绝无可能的，所以只能把梦寐以求的钢琴舍弃了。

我不知道是不是应该请求年轻人，谅解那些加了许多顿号的钢琴曲。弹琴的手虽然经历了沧桑，弹琴人的心里，却依然在向往白纱裙、红皮鞋和大大的蝴蝶结哩。

格

说到“格”这个汉字，一般情况下大家的意识会在名词领域里逗留，格子嘛，就是方块状的形态，我们儿时学描红的时候就认识它了。改革开放后随着清宫剧的泛滥，很多人开始给自己刚出生的女儿取名“格格”，视女儿如尊贵的公主无可厚非，潜意识里恐怕还有让自己过把“朕”的瘾的意思吧。如此“狂妄”的想法胆敢付诸行动，在以前的历朝历代绝对是难以想象的。

可是我现在要说的“格”是动词，指蜷起一条腿，用另一条腿蹦跳着进退。这就要说到小时候男孩子的“斗鸡”和女孩子的“跳房子”游戏了。

关于“斗鸡”，似乎没有太大的阐述空间，只是常常想不明白，这种缺乏技术含量的游戏何以能在过去的年代令男孩子们乐此不疲？还有就是感叹那个时候营养不良的小孩子骨骼倒是结实无比。倘若让现在的小孩玩上一回“斗鸡”，估计就会纷纷骨折。说到“跳房子”，其实南京的女孩子从来也没有用过“跳”这个字眼，我们都是管它叫“格房子”。而更通俗的叫法是“格波儿”（南京土话常常找不到对应的汉字），所谓的“波儿”就是砖块瓦片的意思。

“波儿”找得好与不好至关重要，那种底面扁平、轻重适度的“波儿”，一扔就能扔至它该去的格子，单腿跳跃时踢它，它也不会擅自越矩。

“格波儿”游戏不仅需要技巧和好的平衡力，还有复杂的规则带来的挑战性。母亲总是奇怪我布鞋耗费得过于厉害，她生气地说：“你脚上难道长了牙不成？”

其实“波儿”才是啃噬布鞋的“牙”——它是从外面往里“啃”的。

据说人在梦中遭遇到的都是自己最不情愿的事，比如我，老是梦到迟到，梦到考试的卷子拿到手里，一道题也看不清楚。还有就是插秧，月亮都升起来，别人早回家了，只有我的那条水田是无情的空白。可是我也会在梦里“格波儿”呀，“格波儿”是非常愉快的，没有让我气急败坏的情节。

我考证过梦里的“格波儿”所为何来，因为跳皮筋似乎更是我儿时的强项。有一天下班走在家附近的路上，忽然就悟出了现实与梦境的呼应关系。

往我们家去的这条路以前是条窄巷，早晚拥挤着自发的菜摊和背书包的学生，连自行车在这里穿行都需要极度有涵养。曾几何时，一座大厦的突兀矗立，使它勉为其难地承担起了衔接交通要道的职责。小巷两侧皆为公寓，公寓被迫把院落的围墙挪到了下巴，回形针状的它依然是通衢大道与生俱来的瓶颈。于是挤榨非机动车和步行者的使用空间，就成了交管部门对付这一带堵车的唯一办法。

为什么我会从这段道路联想到“格波儿”？也许你从这里试走一次，就会心领神会了。

这里的慢车道宽不及两米，围栏拒绝了它一切可能的弹性。而只有两只鞋底宽的“人行道”，隔一段就有一根电线杆或者一棵树（这里本来就是它们的空间），单人一侧行走，遇电线杆和树必得一只脚跳至路牙下，呈“格”的态势。而实际上这段路任何人都难有长驱直入的幸运，因为即使是窄到如此程度的人行道，你依然免不了要不断地与来自反方向的同类“犬牙交错”。这样，大家贴着墙根以“格”的方式共进退，成了有趣的一景。

我每天在这条路上往返，由最初的抱怨到适应，渐渐发展到乐在其中。尤其是背着鼓鼓囊囊装着书和饭盒的大挎包，依然能从容跳跃，或在遭遇对手时出其不意地从墙与电线杆之间灵活穿越时，心中的得意无以言表。最饶有趣味的是下雨的日子，人们打着湿漉漉的雨伞，在泥水中“格”着他们的脚，依然在只有肩宽的空间里高明地交会、避让，相安无事。

如今不开车的人已然是弱势群体，可是如果这些人也都去弄辆车来开，将来的人行道恐怕做成空中栈道也是枉然。土地对于人的承载是有定数的，世上有这么一拨弱势的人，以“格”的姿态自得其乐，应该也是天意呢。

—

各有各的萌

有一年，东航请几位作家“下生活”，从南京飞桂林。作为特殊待遇，飞抵桂林时，作家们可轮流进入驾驶舱目睹降落过程。

步出驾驶舱的人均脸带惊叹，一时对观感无以言表。叶兆言例外，对扑面而来的璀璨跑道斟词酌句，由衷道：“像个巨大的苍蝇拍！”

兆言的实诚，在装修龙江宿舍的时候最得以体现。家家都在装修，唯有他家的毛坯空间，先就被六立方米的实木塞满，其蔚为壮观把兆言自己也吓得不轻。装修好后我去参观，兆言把着我的手摸门套门扇、摸书架框棱，喋喋不休地介绍其工艺的讲究和制作的结实。我猜他是力图就六立方木料的去处给自己一个交代。

也是那次去桂林，大家在去阳朔的游船上闲聊，不期然聊到了各自少年时的窘事。王干说，小学时，课文里的毛主席诗词中有“冻死苍蝇未足奇”的诗句，大家均不知何物为“未足奇”。老师思忖片刻，权威地解答：“‘未足奇’是一种有脚的、不怕冷的小动物。”对这个答案，王干一直到成年前都未产生过怀疑。

苏童接棒回忆，说小的时候，他一直以为当年革命军队的“小米加步枪”一说，是指那种步枪的名字叫作“小米加”。

苏童至今未脱学生气，为在江宁别墅种花种草，他给自己配备的农具塞满了一间屋。两口子有次同时出远门，把养在院子里的鸡抱去宠物店寄养，被断然拒绝。最后是岳父母专程从苏州赶来，照料这几只宠物鸡。

某次约好打牌，毕飞宇迟迟不到，苏童打电话去他家，开口便童言无忌，道：“你个叉人，怎么还不过来！”得知接电话的是毕飞宇父亲，苏童魂飞魄散。

毕飞宇一度做我同事，有次找我借五十元钱急用，拿钱走时特意关照：“我可能会忘了还你钱哦。”

毕飞宇那时热衷健身，夏天穿无袖T恤，提着胳膊走路。有一天我冷不防被他捏上臂，正待恼怒，他已殷勤递过自己的上臂，盛情邀我回捏。那种严重缺乏肌肉表演机会的心情，可见一斑。

同为同事的郜科，萌事也有一箩筐。最典型的是有次作协会议聚餐，郜科喝了酒对满座前辈大放厥词，说："比起一个叫汪曾祺的老家伙，你们统统不行了！我现在只崇拜汪老爷子一个人！"汪老其时恰在该桌就座，郜科闻之扔掉酒杯，啪地一个伏地长叩。

作协同人中，书呆子气最重的莫过于肖元生。有一年创作组到欧洲采风，他去商店买夫人穿的皮上衣，在空中挥臂画大大的汉字"女"，对营业员用去声强调汉语拼音："n——ü——'女'，'女'的！"

老一辈的作家似乎中规中矩，其实他们也是有萌的一面。比如陆文夫老师，在去云南出差的途中，很得意地告诉我他的一个发明：把洗过的湿袜子平铺在宾馆褥子下面，一夜过后可焐干再穿。

比如海笑老，喜欢夸耀他的石头收藏，我说里面其实有水泥疙瘩，他也不恼，笑着拍我一记。

比如《雨花》原副主编袁卓尔，才女兼将军夫人，居然在开编辑部工作会议的时候，埋头大啖下属们在取暖炉里烤的山芋，吃了一只又一只，还自言自语，说："我是欲罢不能啊。"

《雨花》老主编叶至诚先生，儒家风范浸透在骨子里，一辈子老成持重、中装布鞋，逢人便拱手作揖。那年赴泰国访问，梳上小分头、换上西装皮鞋的他，居然自告奋勇跑上台做大象表演的嘉宾，他往地上一躺，看着大象从身上跨过去。

我常常想，什么叫文人？真正的文人应该就是灵魂里住着一个可爱顽童的人吧。

锅 盖 面

我读小学五年级的时候,班里来了一个镇江的转学生。那个男生少年老成,不跟大家玩,他一开口说话,全班同学便笑作一团,从此他就更不跟大家玩了。至今我也不知道这个孤独的男生是如何把学业完成的。

这个曾经出现的同学影响了我对镇江的判断。在潜意识里,我一直以为镇江是个比较土气的小地方,所以当有人告诉我镇江人是连着锅盖一起煮面的时候,我心里就想,这样的面条是一定不能尝试的。

我想象中的锅盖就是农村灶台上的锅盖,破得龇牙咧嘴,上面的陈年粥垢和油污用刀铲的话,会铲起很多"泥卷",那里面说不定还有蟑螂屎呢。

当然这不会是成年以后的我的想法了,我总不会长成大人了还那么幼稚吧!

不过虽然是对锅盖面不再抱有成见,真正爱上它也还是需要契机的。有一次我路过一条偏街,无意中发现了一家镇江锅盖面的专卖店,店面店堂都不甚讲究,可是门口的整面墙都被一个关于锅盖面由来的介绍写满了,用的褐底楷书,古色古香,我驻足细读之后,满心是被它撩起的食欲。

锅盖面的由来是这样的:当年乾隆下江南,慕名到镇江城外的姑嫂面店去吃面。当时小姑去送外卖,店里只有嫂子一个人,前呼后拥忽然来了这么大一帮人,嫂子手忙脚乱,于是错把灶台汤罐上的小盖子"盖"到了面锅里。面条已经在锅里咕嘟嘟翻滚,这只小盖子漂浮在沸腾的面汤上,面条竟然不往外溢,嫂子正好腾出手来配面碗里的佐料。片刻之后面条煮熟,嫂子赶紧捞起面条给乾隆端上去。吃惯了山珍海味的乾隆吃了这碗面,很是意犹未尽,踱到厨间一看,恍然大悟,说:"怪不得这面条如此好吃呀,原来是把锅盖放到面锅里煮的!"

乾隆的金口一开,镇江锅盖面想不名声远扬都不可能了!

据说锅盖面之所以好吃,是因为锅盖带有杉木的香味,再者锅盖在沸汤里产生的物理作用,造就了面条口感的独树一帜。

我平常是没有勇气独自下馆子的。当时是下午两点来钟,店堂里没有一个客人,我也完全拿不准我的肚子是否盛得下额外的一碗面。尽管如此,我还是破天荒进到店里去,斗胆要了一碗锅盖面。

店主打开鼓风机烧水,从灶台竹匾里抓起一团浅灰色的生面条扔到沸水里,特地告诉我,这是用从草木灰中提取的生态碱水和的面,筋道爽口是一流的。然后我就站在灶台边,亲眼看见了这团面条在锅盖下翻滚和煮熟的过程。

这碗面完全不具备南京大碗皮肚面的喧嚣,也不似昆山奥灶面那样精致讲究。可是原本只准备浅尝辄止的我,不但吃光了整碗面,连汤和人家奉送的小菜也吃得一点不剩。

此次前去参观镇江,无论自助餐和正餐的内容如何精彩,都不能使我省略一碗锅盖面。最后一顿早餐是专门吃面,店堂一侧负责擀面的少妇端庄美丽,她不抬头看人,随着玉臂和腰肢的运力,两只耳坠在鬓间闪闪烁烁,非常动人。

历来是通衢要道的镇江其实是个十分洋气的地方,而且自古就出才华超凡的美女。镇江市郊的乔家门出过史上著名的大乔、小乔,不久前一位乔家门的美女出任了深圳一家集团的副总裁,为当地的美女故事书写了新的传奇。

我猜想,开创了锅盖面历史的那位嫂子一定也是位绝色的美女!

真希望我的这篇文章能多多地带来镇江锅盖面和镇江美女的爱好者。

极目

有一次无意中看自己的照片，发现跟年轻时相比，最明显的特征是眼睛变小了！再注意看身边的同龄人，眼皮也都挂上了或多或少的倦怠，基本停留在睁不大开的状态。

于是我知道了，人老未必先老在腿上，而是先老在眼皮上。电视里拍过一位猎人出身的老人，百岁之后依然提着猎枪、扎着绑腿满山飞跑。可是他的眼皮也已层层叠叠，不会像年轻时那样双目英气勃勃和炯炯有神。

想想也是啊，地心的引力多厉害呀！

可是闲来无事，我也会思考一下地心引力之外的问题。我发现成年之后，我们就很少像儿时那样保留着对世界的探究和惊喜。我们庸庸碌碌，目光平视，对一切事物见惯不惊，既不会张大嘴看空中飞过的小鸟和飞机，也不会坐在公交车上好奇地目送身边掠过的有趣东西。

我们只有到了郊外，才会偶尔领略一下天地之大之壮美。可是大多时候，电影、电视和电脑的高端处理，已经足以让我们对辽阔斑斓的世界身临其境，我们不再需要用眼皮大幅度运作眼球，越来越感到百无聊赖的眼皮当然只好先行养老去了。

大家都知道梅兰芳人到中年的时候，也曾为自己的眼皮不再充满张力而烦恼，他是经常要在台上扮演少女和少妇的呀！于是他的办法就是养上一群鸽子，每天观看它们在天空盘旋和起落的过程。主观上他是努力地在调动自己活泼泼的眼神，客观上就是在拉动他滞钝的眼皮呀。

既然事在人为，我也就重新开始了对这个世界的兴致。每天清晨站在公交站台上等车，我会仰脸观望蓝天白云下的树梢，寻觅藏在树叶间的鸟儿，我会极目远眺那些漂亮建筑形形色色的屋顶，我还会尽量地左顾右盼身边的一切，把眼珠在眼眶里调动到极致。

每天做着这一切，慢慢就觉得，与其说倦怠的眼皮获得了养分，不如说是倦怠的心获得了养分啊！

见情见性

“见情见性”四个字似乎很适合毕飞宇。

初在我们的一个会议报到处见到毕飞宇，他还在报社跑专题，青涩，一头黑发不甚服帖，典型的毛头小伙子。他坐下便围绕足球“夸夸其谈”，到了饭点不肯就餐，说要去踢球，然后就走了。多年之后他还记得我当时对他说的一句话，我说：“去吧去吧，跟你的足球亲热去吧。”我很诧异我曾经说过这句话，第一次见面，我居然对他如此不见外。

后来又在一个会议报到处见到他，他喜滋滋地带着老婆，打开他的大挎包给我看，极尽炫耀之能事，说：“看，这里面全是奶粉！”

原来他做了父亲——一个多么不成熟的小父亲！

他曾经跟我说起他的恋爱，说他在扬州师院念书的时候，在操场上看到一个双腿修长的女生在打排球，立刻恋上了，后来她便成了老婆。我们去扬州出差，他会把大学校园里的约会地点一个个指给我看。他更多的是说起他的儿子，说儿子怎么一看到电视里升国旗，就以为是中国队又得了冠军，催着他赶紧“奏”国歌。他说起儿子被门扇挤了手指时，脸上的表情俨然是遭遇了严重事件。

后来他做了我的同事。那时候他已经是鲁迅文学奖得主，调进作协时，坚决不去专业创作组，甘愿来我们编辑部做一名小卒。他还真的就是一名小卒，当时编辑部七名成员，除他之外各个有“官衔”——三个正、副主编，两个正、副编辑部主任，一个作协工会委员。毕飞宇向领导表态：“虽然我是这里唯一的群众，今后也不能翘尾巴嘛。”

毕飞宇果然开始像模像样地当编辑，然后，他的中篇小说《玉米》就又获得了鲁迅文学奖。

这次，组织部门来找他谈话，告诉他已决定让他担任省青联委员。毕飞宇大惊之下，强词拒绝。有人替他扼腕，说："你只要坐上这把交椅，三年之内一定可以拥有公派的专车。"

毕飞宇说："我要这些东西干吗呢？我有作品就够了。"

毕飞宇是文人圈里货真价实的运动健将，不踢足球的时候，坚持上健身房，练出了一身腱子肉。不知何时他剃了一个光葫芦头，穿无袖T恤，提着两只胳膊走来走去。有一次他猝不及防捏我胳膊，然后让我回捏他——我终于明白他多么缺少炫耀肌肉的机会。借着一次饭局，我让毕飞宇脱掉T恤表演肌肉，毕飞宇立即起身，展示他布着酒精红斑的裸背，终于达到让众人惊艳的目的。某次笔会间隙，我替他向《花城》杂志的执行主编朱燕玲发出邀请，我说："你不妨捏捏毕飞宇的胳膊。"朱燕玲吃惊的表情至今令我忍俊不禁。

毕飞宇热衷健身，难免会发生扭伤事件，这就给他后来获得茅盾文学奖的长篇小说《推拿》制造了呱呱问世的机缘。据说他至今仍拥有着诸多盲人按摩师的友谊。

毕飞宇是毋庸置疑的才子，他的作品血气方刚，生命力盎然，三五行一个神来之笔，与一些作家孵豆芽般孵出的苍白文字相比，本质上不可同日而语。同样的道理，毕飞宇一旦进入写作状态，那就是以命相许，闭门几天几夜，全家人都屏息静气。

毕飞宇出身世家，从父母处得到正统而健康的教育。有趣的是，毕飞宇的父亲对儿子的文学成就持保留态度，父子相见，父亲似乎更期望有一个讨论国际问题的对手。毕飞宇偶一展露歌喉，居然是标准的美声男高音。毕飞宇说他的好嗓子是从母亲那里继承来的。

毕飞宇的生长地是兴化，与我插队的宝应比邻，他的《玉米》还在手稿状态的时候，拿给我读，我就成了很多意义上的知音。《玉米》要改编电视剧，他认为我是最理想的编剧，反复劝说，不依不饶。我一则母亲生病，二则工作走不开，三则编剧要屈从投资方、制片方和导演的意志，我不习惯这样的角色，所以终究是未能遂他心愿。

毕飞宇在很多时候桀骜不驯，同时又保留了诸多传统美德。一次会议之后聚餐，坐定后他发现一桌子坐的都是老前辈，便恭恭敬敬、一丝不苟地敬了一圈酒。孰料其并无酒量，离开餐桌便人事不省。被抬上车的时候，身边紧随一只盛装呕吐物的塑料桶，而那时他已经把自己吐成了一个轻飘飘的"纸人"。

同事期间，我与毕飞宇的相处犹如姐弟。有一次他跟我要五十元钱急用，拿走时跟我预告："我可能记不得还哦。"我申报正高职称，因外语问题一波三折，终于通过时，我并未觉得如何高兴，在办公室等候消息的他却冲上来给我一个拥抱。我那时长期在医院值夜班陪护母亲，毕飞宇偶一端详我的面容，童言无忌，说："梁晴，你幸亏五官长得还不错，否则就是作协最难看的女人。"我的母亲去世之后，我在办公桌上看到毕飞宇给我的留条："亲爱的梁晴：我知道你家的变化，希望你一切安好。我好几次想给你打电话，拿起了又放下。保重你自己。小弟毕飞宇字。"

现在毕飞宇到南京大学去做了教授，我们不常见到，但我会一直记得这张情深义重的纸条。

蕉叶冻

某一天，刘大姐闯进我办公室，拉我上她家吃饭。她说她丈夫老徐掌勺，保证味道不错。

我不习惯在别人家吃饭。插队时有一次回南京，替同大队一女生去她家取东西，她妈妈居然跑到馄饨摊上，给我端来一碗馄饨！在全家老小的睽睽众目之下，我拔腿逃窜。

可是刘大姐有请，我想都没想，立马随她前往。

刘大姐是单位收发室的前掌门，她在任期间，单位里吆喝声不断。她当门而立，令这个拿邮件，呼那个签汇款，对领导、普通同事一视同仁，口气中听不出尊卑。

我被她强大的主妇气场吸引，路过收发室，会陪她聊会儿家长里短。

渐渐她干预起我的私事，告诫、阻止、赞同，立场鲜明、百无禁忌。别人大概也有点奇怪，何以我和她会形成挚友关系。

或许是因为她插过队，我也插过队？

刘大姐是邢燕子时代的知青，插队资历比我深远。据说她当时是风风火火的"铁姑娘"，老徐是书生气颇重的农场中层领导，在他俩的关系里，一望可知老徐是被倒追的角色。

她向我描述当年的新婚生活，住的、吃的、用的无不捉襟见肘，最主要的是老徐工作第一不顾家。好在她无怨无悔且泼辣，工作之外，家务、孩子全包干。

后来回城，一度举家无片瓦，直到老徐执教她进工厂，生活才步入正轨。

她有三个女儿，一个比一个嫁得好，前两个嫁了军队干部，第三个被一位年轻企业家追求。如今三女婿的事业已经拓展到美国。

当年单位收发室，处处显露她的苦尽甘来。玻璃板下压着这个女儿那个女儿的照片，沙发上偶尔睡个小孙儿，墙上挂着老徐的书法。

后来她因伤离职，痊愈后混迹于老徐老年大学的同学圈，哪儿哪儿都跟着。之后又拉老徐加入当年农场的插友会，今天爬山，明天唱卡拉 OK，日程排得满满。经过单位，忙中必做一番巡视，走廊上充斥起她的高谈阔论。

我随刘大姐跨进她装修过的家，我换鞋，她用脚尖敲点进口实木地板，再三向我强调，那叫“菠萝格”（我是装修盲，之所以记住这三个字，皆因为它们字面发音均很漂亮）。紧接着，简直就像是要体现最工整的对仗，她打开老徐的玻璃书橱，高举一方印章料，大声向我宣称：“看！这叫‘蕉叶冻’！”

老徐闻声跑出厨房，拿小电筒照那方印石。刘大姐喉高声响地抢话，说：“这是地道田黄！看！看！里面有萝卜纹！”

我总算还知道田黄之可遇不可求，屏住呼吸看灯光下的石头，这还真就是一方“冻”！老徐怕吓着石头般吹气如兰，说：“你看这里面萝卜纹的分布像不像芭蕉叶？像吧？所以这种田黄的名字，就叫‘蕉叶冻’。”

我正为更加漂亮的这三个字惊艳，刘大姐已搬来城砖般厚重的一部田黄辞典。她打开其中一页，让我看照片：“对不对？对不对？一模一样的‘蕉叶冻’！”

从不喜形于色的老徐，此时也激动得手足颤抖，细细道来他在地摊上淘得该印石的全过程，然后描述为了鉴证石头真伪，如何特地花数百元买来这部田黄辞典。

“买辞典的几百块钱太值太值了！证明我们老徐淘到了真宝贝！”

她让我把玩那方印石，急火启蒙：“喂，摸上去像不像宝宝皮肤？看上去是不是有露珠样的润泽？再就是，这块‘冻’在手里盘得多了，会有油从里面沁出来。你试试，你试试！看，一样不缺！”

老徐在她的聒噪中平复心境，依次将其厨艺作品端上桌，炖的煮的有些什么已被我的记忆忽略，唯有一道青红椒嫩茭白炒河虾，我始终是难以忘却，真正是滤净烟火气的一道菜，其恬淡平和之美，令人缱绻。

事后我多次回味起这次家宴，忽一日将其中缘由想了个明白，一定是因为两口子实在是无法容忍无人分享这方“蕉叶冻”带来的快乐。

想明白之后，我得出一个他们夫妇不会想到的结论——老徐最好的宝贝哪里是“蕉叶冻”？根本是他可遇不可求的老婆。

谁家的老婆能真像歌曲《牵手》里唱的那样，“所以快乐着你的快乐，追逐着你的追逐?”

什么都心甘情愿——包括为一张证明“蕉叶冻”的照片,买一部城砖般的辞典!

锦 上 花

2014 年过半，我自愿申请了退休。

办手续的过程中，得知正高职称的退休工资可观，且我沾了十六岁下乡插队的光，工龄好长。

女儿闻知测算结果，说："不用再付出任何劳动，每个月就可以坐收厚禄，什么时候我才能实现这样的天方夜谭？"

前夫听说了我的退休工资额，沉默良久，对女儿说："那你妈妈以后的日子太好过了。"

于是 2014 年的后半年，我都是在学习享受我的好日子，所做的功课，基本是在已经织就的人生锦缎上这里再绣朵花，那里再绣朵花。

我知道这样地强调享受，有离经叛道之嫌。但这世界上的许多美妙事物，其实都挂着"享受"的标签——聆听芭蕉叶上的雨滴，欣赏残荷的铁钩铜划，为一盅茶动用全套茶艺工具，端几小时相机拍摄一朵花的开放……而司空见惯的享受，在我们的身边比比皆是：公园里的葫芦丝，永远热衷于一首《月光下的凤尾竹》；广场上的大妈们，在差强人意的舞姿里自我陶醉；路边的屋檐下，或青丝或皓首，忘情地埋头于十字绣的飞针走线……

陈道明在年满六十岁的时候，悟出一句至理名言，他说："不做无用之事，何以遣有涯之生？"

那时他的妻子已经退休，两人常常同坐于窗下，一个绣花，一个缝制手工皮包，窗外落叶无声，屋内时光静好。

以上的所有一切，都让我觉得，我可以"堕落"得心安理得。

我的"堕落"是另一种"声色犬马"的方式。

我首先是力行出境游，跑到大西洋最开端的地方看海。沿着地中海，一路贪吃美妙的橡果味生火腿。

其次是频繁组织同学会，乘四十分钟市郊公交，到乌江镇去吃儿时记忆里布满芝麻的大烧饼；乘一小时火车去扬州，吃蒋家桥老字号的饺面；乘四小时火车去如东，在海滩上捡泥螺、踩文蛤……

而我的老父亲，终于不再怕耽误我的工作，安心与我约会——吃肯德基的西式早午茶套餐；喝1912的咖啡；吃鸡鸣寺色香味俱“真”的东坡肉和松鼠鳜鱼；欣赏美龄宫浓郁的民国氛围及满山的斑斓秋色；穿过过江隧道，在汤泉小镇吃味厚、质美、量丰的江米扣肉和红烧鲶鱼……

每来外地客人，我的第一选择是吃多国烧烤，看手握两柄小铲的厨师，如何以充满艺术韵律的手法在偌大的不锈钢餐台上操作佳肴，在客人惊喜的眼神里悉点菜单上的一切高大上，把好喝的梅酒一盅盅斟满饮尽……

以前我的伙食潦草简单，单位里的工作午餐带回一半，晚上加热后又算一餐。现在我合理饮食，丰俭有度，如果中午是讲究的正餐，晚上就是一小锅莲子百合粥，或者清水面疙瘩汤。

不用赶早高峰前公交的清晨，有足够充裕的时间写喜欢的文字，写得告一段落，关上电脑去亲近大自然。无论是鸡鸣寺，还是古台城抑或九华山，皆不过举步之劳。而最佳选择，是去走玄武湖北岸的十里长堤。近午时分，堤上人迹稀少，我几乎是独享波光粼粼间南京的最美城市天际线。

我大步走，深呼吸，用怀抱丈量湖边白杨的树干，看湖里的水鸭子在水面上滑翔，把省略号抛出去很远。面对长满野蓼蘅芜的池塘的长椅上躺着个疲惫的旅行者，椅背的一端是半只旅行包和一丛头发，另一端是穿着旧皮鞋的双脚。

太阳宫之侧的湖畔，有人垂钓，有人带了音响吹萨克斯。吹萨克斯的人背后是放在小车后备厢里的音箱，面前是专业的乐谱架，他努力再努力，萨克斯发出了艰难的短促音。湖畔长椅上，一位老军人打着拍子“拉练”自己的歌喉：“愉快的歌……声……满……天……涯……”

这一切，便是我喜爱的“声色犬马”。

作为乍退休者，我也难免品味到人生炎凉，偶尔袭上心头的郁结，也会影响一两次食欲。然而俗世的所有琐屑与浑浊，皆在这样的“声色犬马”中被过滤和提纯。完成十里长堤上的一个来回，我穿过太平门回家，每每满脑子跃动轻盈灵感，有次三两天就写完一篇浑然天成的小说！

2014 年年底，适逢父亲九十岁寿辰，我在温泉度假村订下一幢别墅，用以四世同堂的全家团聚。事实证明，没有比这更美妙的祝寿方式，冬阳灿烂，儿孙绕膝，父亲在自己的大书房里谈诗诵赋，在自己的室内温泉里重温儿时戏水的欢乐，那种漫卷人生的欣喜，胜得上一切落套的祝寿词。

人的生命包含肉体与灵魂，前者是基础，后者是升华。

无论你的人生是贫是富，灵魂不升华，无以言幸福。

我们生活在一个空前急功近利的时代，许多怡情悦性的事物离我们越来越远。所以我非常明白，此时我绣在人生锦缎上的“花”，虽无一关功利，但它们的每一个诠释，都有着两个字——“开心”。

锦　绣

很多很多年之前，我搭乘东方航空去巴黎，为了让12小时的漫长航程过得容易一些，我把插在前座靠背口袋里的报纸杂志都拿出来看了。那些杂志豪华精美，里面世界级的名酒、名车、名表、名化妆品、名服饰、名美食、名景点的广告琳琅满目，一些关于各国风土文化的介绍也都配有非常讲究的摄影图片。我浏览着形形色色的古堡、木屋、渔码头和繁华的都市商业街，忽然一张整幅对开的大照片出现在眼前，我倒抽一口气，连心跳都几乎发生了定格。

这就是一幅航拍的兴化油菜花垛田。

从此我再也忘不了那种扑面而来的由无限生机浓缩成的无边宁静。哪怕我把那些阿尔卑斯山古堡、瑞典小木屋、海牙渔码头和东京银座的夜景统统淡忘了，也不会忘记这页整幅对开的油菜花垛田照片！

垛田的美是难以复制的，它就像一块葱绿鹅黄的栽绒织锦，由于机杼的跳跃性处理，出现了不规则的几何形演变，它们是那样的醇厚静美和有立体感，就仿佛融融的春意在这里积淀定型，从此不再向天涯浪迹。

以前我在临近的宝应县插队，宝应虽然与兴化同为里下河地区，却是河塘众多，不似兴化水网密布，风景是不一样的。1974年初春，我随扬州地区一个普法小分队初次来到兴化，乘着小船在芦苇荡里迂回前行，忽然就看到了电影《柳堡的故事》里的风车！我当时的激动真是难以自持！柳丝飘舞中的九九艳阳天，吱呀呀的风车声里小英莲与兵哥哥的动人爱情，那一瞬全都和着春风扑面而来。

那时候我对垛田并没有概念，也不知道垛田与油菜花的关系。我只知道兴化的美就是迷宫一般的芦苇荡，然后碧水的弯道处，忽然有风车的巨大风叶在蓝天白云的衬映下缓缓转动！

自从在越洋的杂志上认识了兴化垛田的油菜花，我就梦寐以求，渴望着能够真正地亲近到它。不久兴化才子毕飞宇和我做了同事，他一口答应帮我完成这个梦想，可是小子太忙，好像又拖了好几年，我们一干人马才终于在油菜花盛开的季节成行。

记得那次游览得非常尽兴，可是虽然得以领略垛田的气势，垛田上却并没有很多的油菜花，到处栽种的都是郁郁葱葱的大葱，空气里也隐约飘浮着葱花的香味。一打听才知道，这里的日资加工厂正在大量收购鲜葱，鲜葱经过快速脱水工艺之后，成为速食泡面的葱花调料。

想想看，全球有多少速食面的需求啊！既然兴化人民拥有了这么大的致富商机，我们文化人看不看油菜花难道还有那么重要吗？

然后又过了几年，由于被邀请参加一个中学生作文大赛的颁奖活动，我与兴化市委、市政府隆重举办的油菜花节终于相逢了！

兴化以往有“锅底洼”之称，经过历代人的努力，才堆砌出水淹不到的垛田，这就决定了在不具备航拍条件的时候，要想借助山岗或高地俯瞰垛田上的油菜花，基本上不可能实现。这也就是我以前来兴化只看到芦苇、风车和葱田，看不到照片上真正垛田风光的道理所在。

没有想到的是，到了油菜花节的活动现场，老远就看到了一座巍峨的木塔，在无边油菜花的铺垫之下，那高塔像一座巨大的蜂巢，上面蜂群般密密麻麻栖满了手持形形色色摄影器材的人！

我拔脚便飞奔。然后气喘吁吁的我伫立在高塔的最上层，高天上的风吹起我的纱巾，纱巾拂去我激动的眼泪，我终于看到了我梦萦魂牵了很多年的大地织锦画面！

如今我电脑的桌面上有一个文档的名字就叫“垛田”。只要打开它，我就又回到了那一刻。

我总觉得，我用数码相机拍下的垛田，也完全可以去参加摄影展，甚至也可以印在精美的商业杂志上。

世界上所有能给人带来惊艳享受的美丽图片，都有作者最真挚的一份情感在里面。

惊艳的感觉

说实话,我是高邮这座城市的一个粉丝。这当然与痴迷于汪曾祺先生的作品有关。我对这些作品文字美、意境美尤其是人性美的领悟,还与我在高邮的邻县宝应插队多年有很大渊源。他笔下的那些风土民情,让我对自以为“水深火热”的插队经历换了完全不相同的一种心态。

其实他在《大淖纪事》里娓娓道来的那些景物,我在插队时是司空见惯的:倒映在白亮水面上的荸荠桃红,站成一排往水里撒尿的小男孩,简陋的码头和拥挤不堪的小客轮,贴着牛屎饼的农舍,挤满了松花黄色小鸡小鸭的炕房,横溢在水面上的炊烟,肥裤脚扫着尘土的担鲜货的女人们……我差不多已经成为这些画面中的一员,也没有觉得这一切是美的,劳动的辛苦且不说,我与之朝夕相处的女人们,言谈也实在是过于俗鄙。可是到了汪老的笔下,这些发髻上横插着柳球儿、艾叶儿或石榴花儿的女人,她们敢爱敢恨敢担当的模样,真是让我耳目一新。于是在我的记忆里,无数具有美的特质的女人和故事便都被发掘出来了。

我把这些写进小说,为此还拿了文学奖。

其实由于汪老的影响,对那片土地改变审美情感的不仅仅是我一个人。我的父母当时是带着几个子女一起到我插队的地方下放的,终于返城的那一天,全家人都说过:“再也不回这个地方来了!”可是到了三十年后的一个秋天,我们老少三代人却开了三辆车,浩浩荡荡地回到了这里来“省亲”,这不是在汪老影响下产生的一次诗意行动又是什么呢?

而下面这个故事才是最妙不可言的——我们本来是准备重新去爱上宝应,结果却把半道上邂逅的高邮热烈地爱上了!

那是在高邮一个小饭店里吃午饭的时候,父亲跟店里的女服务员探讨:“你们做的‘软兜’比之淮安的怎么样?”“淮安软兜”是无人不晓的一道名菜呀!女服务员眉眼不抬道:“不好比。”父亲说:“你还挺谦虚的呢。”

女服务员一抬眉眼,说:“他们跟我们不好比!”

这下不仅仅是父亲,我们全体都感到了由衷的惊艳。我马上就想到了汪老笔下的大淖,以及大淖边那些行为上透明可触的“绝色”女子。

女服务员一样样地上菜,每一样菜都证实了她所言不虚。对于我们的赞不绝口,她基本上不做回应,那真是一种让人折服的水波不兴。

就像是在《大淖纪事》里,巧云为救小锡匠十一子性命端来一碗尿碱汤,她自然而然地先“尝”了一口——高邮的民间女子,但凡是做了什么事,都不会觉得有什么不该这样做的道理。

那以后我们很难忘怀高邮,以后再陪老人来,我们都以高邮为唯一目的地,住市民聚集的城区小宾馆,一次次寻找我们称作“不好比”的小饭店。虽然所有的小饭馆都似是而非,菜却都一样好,风情都一样美。

既然是专程前来亲近高邮,我们当然每次都想去瞻仰汪老笔下的大淖,可是问来问去总是语焉不详,只好不了了之。

这次借高邮撤县设市二十周年庆典之机,我作为省作家协会采风团的一员再来高邮,不期然竟见到了大淖的真容。于是我才知道,以前之所以见不到大淖,是因为汪老笔下的大淖早已变成了“龙须沟”那样的臭水沟,而昔日的种种诗情画意,早被湮没在拥挤不堪的破落棚户里。

高邮人民毕竟是自尊的,所以羞于见人的大淖只能隐姓埋名。

现在重新被疏浚被擦亮的大淖,围一圈洁白的玉石栏杆,水波粼粼,柳暗花明。周围的民居眼看着变成了景观小“别墅”,一位老太太站在自家的院落门口,脸上笑不可支,眼神深处还带着几分迷惑——这一切的变化据说发生在五十来天的时间里。真像做了一场梦哩!

“以前臭得很!”老太太拂开柳丝指一指水面。据说从大淖里挖出来的垃圾超出了预想的四五倍!

我猜想老太太年轻的时候也是一位“不好比”的“绝色”女子,那么高的心气,半辈子被一汪臭水压抑,可见多么憋屈。现在她又可以由着性子张扬了!

谁都知道棚户区的拆迁无比艰难,那大淖周围的拆迁工程是怎么样在极短的时间内做到的?当时的工程总指挥张女士一语道破天机,她说:“高邮市委为此特地做了指示，说，要最大限度地满足市民的拆迁要求，这对于一级政府来说，就是藏富于民！”

我不知道我此刻的感觉是不是也可以称作“惊艳”。

我对高邮的爱又增加了厚厚一层！

就 怕 惦 记

早晨下过一场雨，我站在一处斑马线等绿灯，一辆右转的卡车特地画个S线呼啸而过，留下一阵笑声。我根本来不及反应，全身已经溅满了泥水——这辆卡车其实就是瞄准了我脚前的一汪积水而来的。

我立刻想到了一句话——不怕车溅水，就怕车惦记。

今年我们家枇杷结得多，伸到墙外的枇杷早早遭到人惦记。一过路小伙在我的眼皮子底下以飞身投篮姿势攀下一根枝条，连叶带果掳个干净。我经常下班到家，看到门前散落着灿烂的枇杷皮和珠玑似的枇杷核，敢情人家是坐在我们家台阶上悠然享受其果实的。

家门前的小巷以前很清静，现在车满为患的现象越来越严重，到了下班的时候，晚归的车们没头苍蝇般乱窜，四处寻找可供"钻营"的空当。有辆面包车情急之下，不管不顾挡住了我的窗户，那正好是一个周末，原可以悠闲在家里的我，被这辆面包车压抑得堪称困兽。

这辆面包车对我的侵犯还不算最可恶的。

那天也就是一转眼的工夫，一辆小车死死地堵住了我的院门，它杜绝了我推开一点点门缝的可能，更不用说屏息贴墙挪出去的任何机会。愤懑之余我只能庆幸自己是在屋里，倘若人在屋外，那就只能是有家归不得了！

经过了这样两件事，一到黄昏我就竖起了两耳，惊弓鸟般捕捉门外的一切动静，听到停车声立刻奔出去，打消车主就此泊车的念头。

门前不过是方寸之地，怕人惦记的日子却何时是个头呢？

被惦记的情形也不都是负面的，附近的野猫们就一直惦记着我每日早晨为它们提供的餐饮。老猫，要为它剔除鸭肝上的筋膜；产妇，要预先取出冰箱里的汤水；年轻的吃完一轮猫粮或许还要添加；皮包骨头的因为正在哺乳，一天之中总要过来乞食三四回。我在家里无论做着什么事，动辄就要往外瞄一眼，目光所及，往往正好看到端坐在院子里或窗台上的猫食客。

午夜电视里的电影再好，我也会忍痛放弃，因为怕早晨猫们等待开饭的时候我醒不过来。静寂无人的清晨，我把一盘切碎的鸭肝端出去，隔着纱门等候不了多一会儿，猫妈妈的身边就出现了学习吃饭的小猫，它们是那样的漂亮和活泼，我不忍心碟子端出去晚了，它们被走过的行人吓跑。

出差在外的日子，我是那样的不安，因为野猫们对我的惦记会一次又一次落空。

就医往事

大弟日前回南京来看望父母，吃饭的时候问："妈妈，当年我摔下楼的时候，下巴的骨头有没有受伤？"

母亲说："下巴摔了个大口子，缝了不少针哩。骨头倒没什么事。怎么啦？"

大弟说："我去看牙，医生给我拍片，都奇怪我的下巴上怎么有一圈金属的光。"

我们做哥哥姐姐的都笑，说："你当时牙齿摔散了，牙床上嵌了钢丝的嘛。"我们争着告诉他，他的牙齿被钢丝固定后怎么口齿不清；馋得要吃冰棒的时候，怎么必须煞费苦心地把冰棒弄碎，才能往被钢丝绑紧的牙齿间塞。

大弟抱着膀子笑，说："我还不至于弄不清牙床和下巴的区别。"

也是啊，当初固定他牙齿的钢丝早就拆掉了，怎么可能搬"家"搬到他下巴里去呢？

说起我这个大弟，当年闯祸闯得实在叫人伤心。最大的一个祸，就是九岁的夏天"打游击"从三楼阳台上掉到楼下。当时幸亏有扇窗子半空中挂了他一下，使他着地的时候屁股朝下，所以除了摔了个满屁股青紫之外，也就是下巴磕在台阶上，磕了个大口子。

大弟说："医生们判断我的下巴骨还是受了伤。当时还没有不锈钢，他们认为用来揳合我下巴骨的金属是银，否则不会这么多年毫无感觉。"

我们全体愕然。

记得大弟摔下楼后，立刻有热心人叫来了救护车，陪同去医院的除了两位邻居，就是我们当时只有十四岁的大哥。等到母亲从单位赶到医院，手术已经做完了，手术单是我哥哥签的字，而弟弟的所有医疗费用，都是由儿童公费医疗解决的。所以母亲至今都不知道孩子动了骨科手术，而且用了昂贵的银。

之前大弟还得过一次肝炎。那是困难时期，我们到儿童医院的传染病房去看他，隔着铁栅栏，见到他们小黑板的“今日食谱”上写着“鸡丝粥”三个字，馋得我们恨不得都能生上一场肝炎。

可是大弟哭哭啼啼地诉苦，说他的手纸被别的孩子偷走了。母亲气急败坏，因为那时候手纸严重缺货，有供应票也买不到。后来母亲到医院门口的小卖部买了两本小学生用的方格簿，交给大弟做手纸的代用品。母亲关照他藏在枕头下面，别再让人偷走了，还叫他用的时候一定要好好搓一搓，免得被上面的草棒子划破屁股。

那个时候的练习簿，质地实在是够粗糙的，但是它也没有影响到大家好好学习。

除了大弟，我们其他的几个孩子几乎都没有和医院打交道的经历，每次儿童公费医疗证换证，交上去的本子都是崭新的。那个年代，学生体检都由学校免费组织，小毛小病校医务室也都负责医治。读小学的时候，我还在学校免费补过牙，记得口腔医院的治疗椅在教务处的走廊上摆了一排，老师把患有龋齿的小孩一个个地抱上去。

“文革”爆发的次年冬天，我在学校的破楼梯上绊了一跤。那时学校因为发生过武斗，到处被拆得乱七八糟，我磕倒以后手伸出去，正好遇到一个尖朝上的钉子，立刻剐开道两寸来长的口子。口子很深，脂肪外翻，同学们送我去附近卫生院的时候，鲜血洒了一路。到了那里，医生二话不说就清洗消毒、打麻药缝针，还一再夸奖我勇敢，建议我去当女兵，以分散我的注意力。最后加上打防止破伤风的针和回去吃的消炎药，一共没花几块钱，同学们把她们的早点钱凑上，也就解决了。

时至今天，想起这些，真怀念那些看病既不难，也不贵，医生又特别像天使的日子。

看 得 破

林清玄在一篇文章里写到了僧人穿的鞋。他不写，我还真没注意到这鞋有什么特别。

一般来说，我们会把僧人们穿的鞋理解为穿着舒适的布凉鞋，穿上这样的鞋，托钵行走不会脚疼，朝山的步履也会相对凉爽轻捷。可是经由林清玄提醒，我才恍然意识到，这鞋是一年四季无论什么场合都要穿的，即便是在寒冷的大冬天，僧人们也只是在这样的“凉鞋”里加穿一双厚厚的棉袜子。

林清玄说，这种用六片布连缀成鞋面的鞋，意在提醒你什么叫“低头看得破”。

从此我低头看我的鞋，我也愿意它在我的意识里是用六片布连缀而成的。

不仅仅是僧人需要有这样的提醒，我们每个人也都需要“看得破”呀！

前不久同学聚会，有人说到一件事，我马上觉得应该把它与僧人的鞋联系起来。

说的是有次同学打车，遇到一位健谈的司机，没过多久我同学就知悉了司机的来历——他竟然是一位退休的中学教师！前中学教师解释他开出租车的动机，他说他喜欢跟人打交道，喜欢融入世态。他说他不缺钱。他还把他的另一把车钥匙拿给我的同学看，那竟然是一辆宝马车的钥匙。退休教师说他开宝马的时候，他就请他的二驾开出租，二驾只是象征性地交他一点份子钱。

我同学下车的时候，前退休教师也坚持只象征性地收了一点打车钱。

他愉快地开着他的出租车离开。

我同学当时问过他，为什么退休后不驾轻就熟从事收益丰厚的家教。他不愿多谈这个话题，只是挥手道：“我不误人子弟。”

听完这个故事，我便想到了前一次的同学聚会，来了一位以前的班长，我们与这位四十多年前的班长感情上很“隔”，因为当年我们这些并不出色的女同学自愿去农村插队时，这位优秀的班干部始终按兵不动，最后留城当了教师。这么多年我们历尽坎坷，他一直顺风顺水，退休前已经是资深的中学校长。

尽管大半生“道不同”，如今殊途同归，大家对同堂欢聚的气氛也是珍惜的。然而非常遗憾，刚刚酒过一巡，前班长就提前告退，说是家里有小孩子等。他走后我们才知道，等他的“小孩子”是他收的家教学生。

也许前班长的确能给很多孩子带来升学前景的福音，但我仍然知道，世上并不是所有的人都能穿上一双僧人穿的那种鞋的。

蜡染的朝天宫

我喜欢南京的朝天宫。就如同上海的城隍庙、苏州的观前街、合肥的包公祠、开封的相国寺,在殿堂的框架之内,它满满地盛装着浓郁的市井气息。可是朝天宫又更有一种善本书那样带尘封感的书卷味。朝天宫的后殿是南京市的博物馆,它与接壤于繁华人间的前殿形成了强烈反衬。它的一柱一檐、一窗一槛,甚至是一树一草,都仿佛被岁月洗净了颜色。朝天宫固然不乏历史的苍凉,可是它的古拙凝重里又带着一抹神秘的色彩。我很小就听说了朝天宫后院的狐仙会接电话,它们还会在明朗的月夜里,穿上隔壁昆剧院的戏服,在梁柱间翩翩起舞。从这个意义上来说,朝天宫的这个善本,似乎就更接近善本里的话本那一类了。

这正是我迷恋朝天宫的原因。它就像一个面容清癯、骨骼嶙峋的老人,满腹的经纶里面,藏着小小的恣肆和大大的慧黠。

单位里本来就有很多的淘书狂,后来又出现了不少的古玩爱好者,在他们的描绘里,朝天宫"露水集"色彩诡异,比之古书和古玩更充满了诱惑力。我也在黎明前去"露水集"探过奇,可是那一次留在我记忆里的却是"引车卖浆"者们的"声色犬马",我还为此扛回了一柄烙薄脆饼用的大铁钳子。

黎明前的朝天宫这一角,是真正原汁原味的百姓南京。

那年我和女儿去逛朝天宫,我们在旧书摊、旧货摊和形形色色的小吃摊间转来转去。我女儿举着一条在石板上用饴糖浇制成的金色镂空龙,饶有兴致地看小孩从朝天宫石阶两侧的石板上坐着往下滑。我也觉得奇怪,现在的小孩从生下来,出没的就是高档的游乐场所,他们居然也能无比兴奋地滑这样的石板。

这两道石板已经亲近过不知多少代孩子的屁股。我说石板上那两道明光可鉴的槽是小孩屁股磨出来的,我女儿说,才不呢,那是小孩的鞋后跟磨出来的。她把多少代家长的说法都颠覆了。可是仔细看看,果然是她观察得对。

可是在朝天宫这样的地方，人看问题的思路不妨还是感性一些吧。

有一次，我到达朝天宫的时候已近日暮，忽然之间我感受到了前所未有的心灵震撼。只见黄昏中的泮池四周，一眼望去乌压压全是消磨时光的老人，他们紧紧地挤挨着坐在一起，目光散淡，几乎没有交谈。他们坐在这里也许不为别的，只为了感受某种意义上的相互依偎。

这样悄没声息的灰蓝色人群，连同几株大树的剪影，被夕晖大大地投放在暗红色的朝天宫宫墙上，犹如一幅巨型的蜡染。

这种映照着一方民风的暗红色“蜡染”，在南京的夫子庙、明故宫、鸡鸣寺或许也都会有所展现。“南朝四百八十寺，多少楼台烟雨中。”可是在南京同类的历史文化遗迹中，我始终认为，最没有庙堂气息的、最见情见性的，还是只有朝天宫。

留　白

不知为什么，别人喜欢在三伏天"歇夏"，我喜欢在三伏天干活。我要么为买一件无足轻重的东西，在大太阳下骑着车子跑出去好远；要么埋头于一个中长篇小说，把自己写得汗流浃背。在这种越热状态越好的情况下，我常常会觉得，或许人的生命力和灵感是与汗腺相通的呢！

可是今年已经进入了中伏，我一个字的小说也没有写，甚至任那些只待努力收一个尾的约稿"雪藏"在电脑里，无论如何都不想打开它们。盛夏的白天是那样长，我不是忘乎所以地埋头于女红，就是用闲书消磨掉一个个黄昏，那种心理上的无所事事破天荒地没有令我产生任何不安。

我坦然地看着我的人生进入了"懈怠"。

记得刚念小学那年，家里有一本《大跃进民歌选》，里面图文并茂，非常令初识字的小孩产生阅读的愉悦。其中两首附有插图的民歌至今历历在目，一首是："脸上搽得香，头上梳得光；只因不生产，人人说她脏。"还有一首是："白天睡觉，晚上胡闹。你是什么？我是废料。"虽然当时对它们的喜欢只是由于朗朗上口，可是现在想来，那种人生的价值观已经很容易地烙在了稚嫩的心灵上。然后接触到保尔·柯察金的人生，理所当然地就把虚度年华上升到了罪恶的高度。于是我们这代人，总是在潜意识里把玩命工作当成了正常的人生状态。

客观地说，时间的确很像海绵，挤与不挤，里面的容量大不一样。不过现在我也会想一想，如果一块海绵终生处于拧巴状态，它哪有吸取水分的可能呢？而一块干海绵的存在意义又何在呢？

我的顿悟或许来自一篇介绍一对明星夫妇的文章。文章说到这位女明星为了辅助先生的导演事业，毅然放弃名演员和少奶奶的身份，去做专门负责为剧组"找钱"的制片人，然后几乎每一部戏都经历了不堪回首的九九八十一难。从一个角度看，他们夫妇的悲壮可以感天地泣鬼神，可是反过来想，这些以功利为目的的焦灼性产物，真的能在中国乃至世界电影史上留下他们渴望的那一笔吗？

也许静下心来十年磨一剑，倒有可能拍出一部不朽之作呢。

其实不止这对夫妇，放眼望去，林林总总的焦虑感几乎无处不在，大如高铁类的大干快上，小如官员为政绩数据的四处抓狂，其带来的后患不可估量。

我不得不拷问自己，我那些挥汗如雨的作品，真的都充满了丰盈的生命汁液和深重的社会使命感吗？它们真的不是为了在干部述职大会上给自己添彩而产生的东西吗？

据说网络上有一个提法叫“不妨虚度年华”，我不知道这种提法的思想内核是什么，如果本质与“我是废料”一脉相承，那不值得我们在这里谈论它；如果它指人在喧嚣的生命进程中偶一留步，让自己的“海绵”有一个恢复张力的时机，那我表示十分赞同。

就好像是为了印证我的这些想法，刚好又在报上读到了关于陈道明的一篇文章。文章的总题目叫《陈道明喜欢宅在家里做手工版“LV”》，段落标题分别是《从演员陈到糖人陈》《从面人陈到木匠陈》《从裁缝陈到鞋匠陈》。光是看看这些题目，你就可以知道荧屏、银幕之外的陈道明是个什么样的人生状态了！说到在中国影坛上的地位，陈道明丝毫不逊色于这位导演，但是在他的身上，你能看到对进军好莱坞和做国际巨星的任何兴趣吗？一个资深的影帝，在得不到好角色的时候，安然淡出人们的目光，把每一个他想拥有的民间技艺饶有兴致地做得精湛到了极致，你能说他不是一个内心真正强悍和充实的大艺术家吗？

我喜欢中国画和中国古典诗词里的无穷回味，而这些回味是由大量空白来完成的，这是多么令人深思的一个文化现象啊！

正因为留白是比泼墨更了不起的艺术，不到技艺炉火纯青，人们很难得到它的青睐。可是在陈道明的人生诗篇和画卷里，他做到了。

我常常想，如果有一位父母官，他在自己的任期里不动声色地只为百姓建造巴黎那样的城市下水道，他该是一位多么伟大的父母官啊！

我知道对任何怀有志向的人来说，做到留白都很难。可是越是如此，越是值得让我们时常追问一下自己：你努力给自己留了白吗？

龙腾平湖

由于天性的关系，玉祁留给我的记忆，与这个小镇产生的诸多名人大家和数十亿的惊人年总产值几乎没有太大关系。在我心灵胶片上曝光的画面，是幽深石板巷弄里映衬着灰墙青瓦的喜气洋洋的红灯笼，是翘角飞檐、端庄灵秀，逢到庙会就上演热闹社戏的露天舞台，是大坛大坛贴着红招贴的玉祁糟烧酒的酒坛子！

当然，把这一切喜庆上升到极致的，是诞生于清乾隆年间的玉祁舞龙风俗，它代代相传，到了今天，几乎每几个自然村就有一支龙灯队，男子青壮年龙灯队之外，还有女子龙灯队、小学生龙灯队。春节期间闹龙灯，群龙争春，五十多个新旧套路和造型竞相献艺，就连老人和学龄前的孩子，也都要上阵舞一舞他们各自拿手的“老龙”和“稚龙”哩！

盛世舞龙。玉祁远的舞龙史且不提，就拿改革开放以来的“龙腾”盛况来说吧，玉祁的青黄双龙居然一舞就舞上了第十三届省运会的开幕式，一百多名舞者表演的“九龙腾飞”艺惊全场，从此就闻名遐迩，欲罢不能。不久，在省文联举办的“喜迎新世纪舞龙大赛”中，玉祁龙灯队夺取金奖，紧接着又在中国文联举办的“庆祝澳门回归舞龙赛”中夺取了银奖。此后，“玉祁龙”不但应邀参加了中央电视台《中国龙》的拍摄，还到《水浒》等电视剧里去客串了多次舞龙的场景。最风光的一次，是受国家体委委托，出访加拿大多伦多市，代表中国参加第三届“醒狮汇艺节”。当他们捧着组委会颁发的“金龙杯”载誉归来时，谁也不会想到，他们不过都是玉祁镇的普通百姓，就连身怀绝技的“龙头”，也是掸去远洋的风尘，就赶紧启动了自家停开多日的货车。

写到这里，不由得想起刚踏上玉祁土地的时候，陆阳镇长向我们展示的第一个得意之作，是清波粼粼的唐平湖畔初具雏形的平湖城。这个由美国优道公司设计、总规划面积5.8平方公里的富丽堂皇的未来城，得三百多亩天然开阔水面的灵秀之气，由七十六座造型各异的中国传统式拱桥项链般相衔，有朝一日当它揭去全部的面纱，它的美轮美奂不知该是如何的惊世骇俗！

想想玉祁，这个被省文化厅授予"民间艺术龙舞之乡"的非凡小镇，它简直本身就是一条经济腾飞之龙，从物华天宝的唐平湖，一跃而入了九霄！

玉祁，真的要令人仰望哩！

罗卡角之憾

我喜欢出国旅游，并且很得意于自己始终顺风顺水。

我从未遭遇丢钱包、丢护照、吃坏肚子、扭伤脚之类的不测，因为我根本不带钱包，不论什么币，一概随意塞进挎包里袋——小偷们抓这些散钞肯定不如摸钱包方便。其二，我手机里有护照备份，箱子里有护照复印件，万一丢了护照，绝不会有流落异国街头之虞。至于脚力和不惧生冷的肠胃，那是平常就练就的功夫。

每次在机场集合，看到女团友们盛装出行，我免不了窃笑。待到连续飞行十余个小时之后，且看这些时装带来的痛苦和狼狈吧。

所以此次奔赴葡萄牙，我一身棉麻衫裤，颜色灰暗、松垮皱巴，准备与窄小的飞机座位和昏昧的时差最大限度地和谐相处。

飞行十二个小时后，我们在巴黎机场转机，然后继续飞里斯本。往里斯本的飞机座位更为窄挤，但毕竟只需忍耐四个多小时，且巴黎机场免税店带来的情绪转换，使飞行的厌倦多少得以稀释。

降落里斯本时是当地的深夜，我陪女儿从机场洗手间出来，大家已帮我们从传送带上取下了箱子。可是，这只箱子是我女儿的，我的箱子在哪里？空荡荡的行李传送带在我面前周而复始，我迟钝的意识告诉我，我终于遇到了旅行中的大麻烦。

我丢了箱子。

团友们强忍疲惫，参与推理论断。不得要领之中，我眼角的余光捕捉到一名葡萄牙机场工作人员，他犹犹豫豫走来，手里拿张纸。我本能地扑上前，看到了纸上写着我名字的拼音。

我如逢大赦。我的箱子看来还在，可是它怎么了？

导游带我去一间办公室，与一位操作电脑的女士交谈，然后告诉我，我的箱子被遗漏在巴黎机场。

女士在填一张复杂的表格，问箱子的大小、质地，有什么特征，锁的样式及锁的密码（他们还要开锁验证确是我的箱子），推过一排色谱让我确认箱子的颜色，此外不厌其烦，填上包括家庭座机号码在内的所有个人信息。

女士说，明天箱子会随同一个航班从巴黎过来，送到我们的宾馆。

这一夜，我是用毛巾蘸着牙膏“刷”的牙，我是把不得不洗的内外衣服全都洗好晾在阳台上，才裹着浴巾入睡的。

早晨起来，发现所有的女士都容光焕发、明眸皓齿，湛蓝的大西洋近在咫尺，她们姹紫嫣红的飘飘衣袂呼应着雪白的海浪和海鸥。低头再看我自己，洗过后的“麻袋”装更加灰暗皱巴，此刻我的形象，大概只能呼应大西洋岸边的礁石吧。

本来我是不太在心里存事的人，参观过发现者纪念碑，参观过贝伦塔，参观过JERONIMOS（热罗尼姆斯）教堂，尤其是品尝过拥有一百七十多年历史的贝伦甜品店里味道丰厚浓郁的葡式蛋挞之后，我已经基本忘记了我在外形上与这一切的格格不入。

可是葡萄牙是一定不会这样放过我这么一个潦草的过客的。我终生的、将永远刻骨铭心的遗憾，终于在到达罗卡角的那一刻，如巨浪般将我淹没。

这个位于欧洲西端最尽头、大西洋起始最开端，真正可谓天涯海角的地方，竟然完全没有磅礴气势或者无尽苍茫，它居然是一帧小小的宁静的油画。

天是不真实的蓝，海是不真实的蓝；矗立着一座白色简易灯塔的岩石上，漫坡是茎叶肥厚的宝石花，它们撒开星星点点的鹅黄，沿着悬崖上的简易木栅逶迤而去；远远的地方，海浪激起的水雾如薄纱一样迎风飘逸。

我不知道什么样的人才可以在这里入画。但肯定不是我这样一身灰暗和皱巴的尘世之芥吧！

我的箱子一直延误到我们离开葡萄牙，即将前往西班牙的前两个小时，才终于送达。

猫图腾

早晨我透过落地窗，总能看到院墙上迎风远眺的大黄，旭日之光投向它，它周身蓬松的长毛末梢呈现美丽的淡金色。它脚踏紫藤藤蔓，头顶华盖般的香椿树枝叶，我每每心中赞叹："哇，猫图腾！"

我的院子里有一只石板搭就的野猫餐桌，基本为大黄专享。这一带的公猫为攻占这只餐桌发生过多次战争，杀声惨烈，听不下去时我会跑出去，用笤帚将偷袭者赶走。

但是我并不知道，那些年轻的公猫会在哪一天夺走大黄在这一带的霸权，那时大黄将舍弃这张餐桌，浪迹天涯或者亡命他乡。

大黄的前任是只体形壮硕的大黑猫，健美的肌肉在油亮的毛皮下滚动，眼睛不知该形容为祖母绿还是猫眼石。它的娇嗔与它的外形反差强烈，进餐前会在我的裤脚边好一番缠绵。我在小区里行走，往往发现大黑在围墙或屋顶上巡视它的王国，我叫它，它严肃地瞭我一眼，不予理睬。早晨六点大黑准时出现在猫餐桌前，我依次端上鸭肝、猫粮和水，大黑片刻间风卷残云。

大黑允许我架着它的双臂打秋千，它的长腿和尾巴拖在地上，配合得勉为其难。这一带曾出没过很多纯黑色或带黑花的幼猫，估计都是大黑的子嗣。

大黑的结局令我感伤。它一度食欲锐减，渐渐胡子拉碴形销骨立，毛发板结成土褐色。它总拖着黏长浑浊的口水，胸口前爪结了硌巴，气味难闻。我不知道它的食道或喉咙出了什么问题，每天开饭前，我准备好温水、小毛巾和金喉健喷剂，先拎着它的脖颈皮清洗污垢，再朝嘴中喷药。它一双长胳膊挣扎着推我，但片刻之后能喝下带汤的捣碎鸭肝。

大黑似乎见好，但邻居们怕这只猫带有病菌，强烈要求送走，于是被物业装进了一只米袋。我说："这样送它走，岂不是要它死？"物业安慰说，是送去河西一家工厂,保证有人喂它。

我隔着袋子摸大黑,它无力地叫。我说:“黑,你要好好活下去啊!”

之后问物业,说大黑跑了。是他们扔了它吧!

黑猫的前任是只一度潦倒的黄猫,声音糙哑、毛皮枯涩,成了我的食客后,渐渐称王。它性格温顺,为猫厚道。我养的母猫发情后天翻地覆地闹,只好请它救急,它进屋后蹲守片刻,明白问题所在,便尽了义务。小猫产下后,我请它进来看宝宝,它闻闻看看,小心地踏入猫窝,躺下,带小孩。

这只大黄卸任的原因就是有了大黑。它退出江湖,不知所终。

院墙上最早的猫图腾主角,是我的家养波斯猫大白,雄狮般的雪白长毛,金银眼。公猫不爱待在家里,每天大部分的时间用于在墙头上俯瞰众生。路人们纷纷拍照,奉献盐水鸭、红烧带鱼,它均熟视无睹。那段时间这一带也出生了很多白色幼猫,但凡金银眼,可以认定是大白后代。

大白日暮后退朝,做回家猫。它有个研究烹饪的奇怪嗜好,每当我当厨而立,锅铲叮当,我要有大白蹿上我后背的心理准备。它蹿上来后在我的肩膀上横出一个舒服的卧姿,饶有兴味地欣赏油锅里的艺术。大白绝不会把我抓伤,但是你可以设想一下大热天汗流浃背做菜的我,脖子里围着一只长毛活猫的情景吗?

大白是在全盛时期自己出走的,那是出于君临天下的需要吧。

多年之后,某天夜里我听到石台上有猫在吃猫粮,我打着手电过去,看到就餐者是一只颓顿的老流浪汉猫,它用浑浊的金银眼凝视手电光片刻,慢吞吞拖着脏抹布似的大尾巴转身。我急叫:“是大白吗?白!大白!回家来!”它跳上墙头,离去,从此再没有见到过它。

现在的这只大黄年轻敏捷,每次刚对好镜头,它已由图腾远景变为镜头特写。它不擅把握与人亲近的分寸,每当我摸完它美丽的毛发,它回敬我一个抚摸,往往就在我手背上留下一道细爪痕。

我屋侧临街的窗台上,另有一个为母野猫们设置的餐桌。母野猫彼此并不排斥,共同蹲守、并头进餐。它们周而复始,次第膨起腹部,肚子很大时依然灵活进出窗栅,并任由我摸索肚皮上的“疙瘩”,帮它们推测会有几只宝宝出生。

母猫们生产后,我会半夜取出冰箱里的鸭肝使其自然升温,汤水额外加热。根据乳头使用的情况,我一般能知道生了几只猫崽,知道小猫们何时断了奶。

断了奶的孩子，母猫带来给我看，当着我的面，教会它们吃鸭肝。

大雨如注的天气，湿漉漉的母猫或许会叼来湿漉漉的猫崽，一只又一只，母猫小猫一起叫，求我收容。

我会把小猫们洗干净裹好，放进纸箱。等到它们会满沙发打闹，我就送去夫子庙的宠物商店，请店主代为寻找可靠的人家收养。

日子一天天地过着，能在自然环境里平安长大的幼猫们，总有一天会取代它们的父亲和母亲。

猫的宿命便是如此。

梅　酒

最早是在北海道喝梅酒，每人一只江户特色的小瓷瓶，配同色质的小酒盅，自斟自饮。一般是跪坐于锦垫，面对“小炕桌”，餐盘里有刺身、腌渍梅子、寿司、盛在带盖漆碗里的鳗鱼饭，然后一只衬着白纸托的小火锅。

梅酒很容易就全下肚了，这才顾得上吃其他，但是姿态已经全然乱套，跪姿变成坐姿，两条腿在“小炕桌”下艰难调整，只嫌其多余。锦垫歪了，人也歪着，高谈阔论间，人人面若桃花。

日本的清酒是一种文化符号，我觉得就好喝而言，它远不及梅酒呀。

初识梅酒是多年前，女儿请我领略和式料理，那些没有烟火气息的食物与我过于相敬如宾，唯独梅酒，喝完一瓷瓶，女儿为我又要一瓷瓶。我喝着酒，说人生如此幸福。她说，这种“幸福”近在咫尺，马上就可以在精品超市买上一整瓶。

后来忘了去精品超市。

从北海道回来，我常去精品超市看望梅酒，其实并不太贵，而且一只巨长的包装盒里，装着很高的一只大酒瓶。

我始终是看看就离开，说不清不买的理由，可能是不开车，这样一个大家伙无论是抱在怀里还是放在自行车车篓里，都显得过于突兀吧。

一次外地客人来，为示热情，我选一家多国铁板烧料理店饕餮，进去后惊喜地发现，带龙头的玻璃缸里满盛梅酒和清酒，供客人无限量自取。可惜刚下火车的客人未曾进入状态，菜肴消费实在有限，梅酒更是礼仪性浅尝辄止。

幸而不久又有机会去这家店，三两女友，无拘无束，大品特品其梅酒。梅酒应该就是属于女人的酒，酸甜醇厚，喝着喝着忘了它是酒。

一小伙独坐铁板一侧，戴着耳麦慢条斯理地点菜，山珍海味依次而上，面面俱到、有条不紊。红头涨脸的阿姨们看得呆住，同样付费，人家专注于菜肴的高大上，我们则傻灌一肚子果酒。

元旦将至，我终于给自己买到一瓶容量减半的梅酒，圆柱状的瓶子，旋盖内暗藏瓶嘴，启开锡封，梅的清香扑鼻。

这瓶梅酒，浸泡着完整的青梅，品上一口，除了口感的美妙酸甜，更有浓郁的苦香，那就是梅仁的品质所致吧。

梅仁的苦香是梅酒的魂魄，而以前从玻璃缸龙头里取出的梅酒，是否因为缺少梅酒之魂而带着些许浊气呢？

闻着梅仁的苦香，似看到绾着高髻的江户女子，以和服的宽袖遮面，缓缓地将一盅梅酒递向腮边。

梅酒其实是一种端庄的酒。

米　饭

说来也许没人信，可我真的是基本上不买米的。除了单位的工作午餐必须吃米饭，早餐我只吃杂豆荞麦粥，晚上只用土豆煮玉米面疙瘩，这些东西富含生命胚芽，吃来不像大米那样苍白寡味。有时候需要买点米为父亲做粉蒸肉，卖米的听说只买一两斤，抓过塑料袋就把米倒回去了。他说，这点米，赚的钱还不够买塑料袋哩。

我不得不在家里储藏米时，用的容器也就是装蜂蜜的瓶子，三两只排在橱柜的架子上，几乎也就是个装饰品。

不久前自费带女儿去日本，第一天在大阪的宾馆里吃早餐，我首先注意到了一大电饭锅漂亮的米饭。中国人一般没有早餐吃米饭的习惯，何况还有琳琅满目的西式美食在等人任意选取。可是本地客人端着浅浅的日式小碗，用筷子夹上一团米饭送到嘴里，一脸非常享受的模样，让我觉得无论如何也该有所尝试。于是每当有自己团队的人进到餐厅时，我都会向他们示意手里的小碗，说："米饭太好吃啦！"

以后的行程里，无论在哪个宾馆吃早餐，大家全都不再省略一碗热乎乎的米饭。

日本餐厅的米饭一般配纳豆、烤鱼和味噌汤。讲究的餐厅还会在旁边放置洋葱炖肥牛和熬得浓稠的咖喱。盛好米饭后，舀一点这样的配料在米饭上，吃的时候把它们与饭粒搅和在一起，口感和味道美妙至极。

据说日本的米饭之所以好吃，是因为他们使用的电饭煲在设计上与卖给我们的不一样，于是到了东京的秋叶原，几乎每人都买了一只电饭煲提在手上。这些电饭煲换算成人民币为四五千的样子，回到国内的时候，机场卸货的工人把这些电饭煲当球一样地连抛带扔，大家从舷窗里看到，不由得面面相觑。

我是没有买电饭煲的少数人之一，原因并非因为我平时不做米饭，而是我觉得米饭好不好吃，器具的因素并不是主要的。如果我们没有好的米，没有好的水，没有等待享受米饭的好心境，再昂贵的电饭煲也未必能做到众望所归。

恰好女儿帮我下载了一部好看的日剧，里面讲到一间老字号饭店做米饭的诀窍，跟现代科技完全不搭边。首先，他们一定买最好的米。然后，为了不在大米里留下自来水的味道，他们连淘米水也只用井水，万一不得不用自来水淘米，也要把自来水放置一夜后再用。米淘干净后要用手掌按住米在锅底反复研磨，然后加水浸泡三十分钟才开始煮。这家饭店煮饭的燃料只选择灶前片刻不得离人的稻草，虽然柴火省事快捷，却缺乏稻草善解人意的火候。

总的来讲，日本人是把每一件经手的材料都当成有生命的东西来对待的。

我现在终于明白了日本的米饭为什么好吃。不含胚芽的大米，在日本人的烹饪过程中，被重新赋予了生命。

日本是个不追求浮华的民族，以他们的生活水准，可以吃得非常讲究，可是他们早餐只吃米饭，中午用便当带几只饭团或寿司，只有到了周末的晚上，他们才会很隆重地吃上一顿咖喱饭。

我和女儿很喜欢袖珍的日本便当盒，就一人买了一个。这种盒子印了很绚丽的花朵，还配了同样花色的棉布提兜，下层放米饭或寿司，上层放佐餐用的梅子干和咸菜。带一只这样的便当去上班，中午就着咸菜吃完了米饭，再喝一碗日本茶，非常清爽和舒服。

要是我们的年轻人中午都吃一只这样的便当，一定比满街乱找果腹的垃圾食品要健康得多吧。

木末风高

“木末风高”一词,源自雨花台的“木末亭”。

木末亭其实兼有纪念碑的意思,因为它的周围有泰伯祠、南宋杨邦义剖心处、明代大学士方孝孺墓、海瑞祠及曹公祠等重要历史遗址。如果再要考证“木末”二字,便不得不提及屈原的《九歌·湘君》:“采辟荔兮水中,搴芙蓉兮木末。”将这一处景点命名为“木末”的人,以秀出林梢之美形容历代仁人志士的高洁,其隽永的立意令人击节。

相比于“木末”的含蓄,现代人对同一事物的隐喻似乎就过于直接。比如小的时候,我虽然从未减弱对革命烈士的崇敬之心,却经常会疑惑烈士的鲜血何以能染红那么多的红旗和红领巾。去雨花台的时候,我也会满头大汗地在大太阳下扒拉沙土,期望捡到沁透烈士鲜血的最红的雨花石。

可是从内心觉得,鲜血虽然有着令人警醒的视觉效果,却不如“木末”的绿色更耐人寻味。

提起雨花台,就会回忆起儿时的清明节,不管多远,同学们都是列队步行去祭扫烈士墓。大家抬着自己扎的花圈,打着队旗,浩浩荡荡,越走得接近雨花台,人流就越是汹涌——全市的中小学生都来到了这里!

队伍进了雨花台的景区大门,沿着可直达主峰的环陵大道缓慢移动,好不容易才终于站到了42.3米高的石碑前,同学们抬上花圈,立正致哀,然后宣誓永远做革命接班人。宣誓的时候,我总会觉得直插蓝天的纪念碑在微微晃动,用禅宗的说法,不是碑动,也不是云动,而是心动。

我不知道我的心是否在这一刻飞向了平时所不能及的地方,那里应该非常圣洁。

在非清明节的日子里,我只偶尔去过一次雨花台,那是陪北京来的一位阿姨去的。阿姨雇了一辆人力三轮车，一左一右地搂着我和哥哥，车刚行至中华路，便遭遇了一支出殡的队伍。队伍吹吹打打，披麻戴孝，沿途撒纸钱，哀号声震天。在三轮车艰难的穿行中，我的身侧忽然出现了一口巨大的棺材，因为道路拥堵，红黑两色的棺材一直紧挨在我的脚边，我魂飞魄散，不知何时把口罩变成了眼罩，过了很久很久，吹打声和哀号声才落在后面。

从此我有点敬畏雨花台，因为它同时容纳的那些土坟，演绎着近在咫尺的常人之死。

成年以后，我因为参加一个文学读书班，在雨花台的陵园招待所里，居然一住住了二十多天。

那届读书班连我三个女同学，同宿舍朝夕相处，友谊日增，渐渐也表现出了各自不同的性格。

高挑的 Y 同学是诗人，诗写得极其清新脱俗。当时有很多诗人带有“文革”和“文革”前的诗风，遣词造句斧凿感明显，激昂之下未见多少真性情。Y 的诗则于婉约中蕴含着十分浓烈的情感，而这种浓烈也只是惊鸿一瞥，读者的心弦刚被拨出一声“铮”，作者已拂袖而去，仅留下字里行间的袅袅余音。印象最深的是，她曾把青花瓷的开片视作累累伤痕，在诗中决绝道：“青花瓷，你还不如一碎到底！”据说有一次，Y 在连云港的礁石上灵魂出窍，无论附近的渔民如何叫喊海已涨潮，她都浑然不闻，那次她真的是差点被海浪吞没。

圆脸蛋剪着童花头的 S 同学，看上去是个天真无邪的孩子，内心却有着一种由信仰支撑的强悍。那时的黄昏是读书班约定俗成的散步时间，几乎雨花台的每一条幽静小道，都印上了我们三个人的足迹。有一次发现山坡上零零星星绽开了矢车菊，我们采了很多，正准备回去插瓶子，S 同学却以果决的态度将我们拉上了环陵大道，直到跟着她迈上革命烈士纪念碑前的台阶，我才明白她的用意。

S 同学让我们把矢车菊全部放在了墓碑前，然后她让我们站好，指挥我们仨鞠躬。

这一切的发生是那样突兀，至今我的脑海里仍会浮现当时游人看我们的错愕眼神。

我猜想自从“文革”开始，就很多很多年没有鲜花和崇敬光顾过烈士纪念碑。

之后在离招待所不远的木末亭里，我看到了同样的矢车菊。

很多年过去,Y 同学在浴室里低唱柯湘著名唱段《家住安源》和《乱云飞》的声音犹在耳畔,可是移民美国的她,早已变成了另外一个人。有次她回南京,聊起以前住过的宿舍,说:“国内的宿舍也叫宿舍?那就是个耗子洞!”“耗子洞”三个字用的是京剧道白,力求体现她的鄙夷。

那个羞怯忧郁的才女已经一去不归,往日精神世界的清高,已被现实世界的清高替代。

S 同学一直是特立独行,做了北漂作家之后,不幸遭遇车祸,成了植物人。

植物人是有意识的,他们的意识飞越于浊世和凡尘之上。我有理由认为,S 同学已经在她的意识里,尽情领略了“木末风高”这四个字。

那 年 五 月

那年我小侄儿念大二，看上去完全是一个没长大的娃娃。有一天小侄儿跑来医院病房看奶奶，像往常那样在奶奶怀里蹭他毛茸茸的脑袋，然后说学校组织去黄山写生，马上要去赶火车，说完亲亲奶奶的脸，跟奶奶挥挥手道别。

过了几天，弟弟瞒着母亲递一份报纸给我看，上面有弟弟的文章《我儿千里去救灾》，文前还配发了一张小侄儿出发前身背大行囊的照片。我这才知道，说去黄山写生的小侄儿，其实作为最早赶赴汶川的大学生志愿者，已在地震现场度过了四个不眠之夜。

据小侄儿后来告诉我，他们几个大学生 5 月 13 日当晚就飞到成都，于次日自行前往了道路损毁、交通中断的绵阳。在绵阳，他被安排在救护站做救援工作，大概觉得绵阳不属第一线，又于 15 日艰难跋涉了整整一天，抵达了震中地区北川。在北川，他渴望亲手挖掘埋在废墟里的灾民，而实际上，他看到的却是大量的遗体，他所能做的，只是把这些来不及被亲人认领的遗体掩埋入土！

这个还没有长大的孩子一度受不了刺激而跑回绵阳，但随即他又返回了北川，毅然决然地回到了记录着人类最惨烈死亡的现场。

那个一直在爷爷奶奶的羽翼下和全家人的宠爱中生长的孩子，那个似乎只热衷于悄悄为大家准备生日礼物以制造诸多惊喜的孩子，那个最多的社会活动仅来自“小动物保护协会”的孩子，当他再回到我们身边的时候，从外表看他似乎并未速成为一个铁血男子汉，但是他轻描淡写向我描述的一个场景，使我的灵魂至今未能平复所受到的震撼。

他说他背着喷雾器在烈日下为死难者消毒，现场没有任何可供清洗自己的洁净水，他们几个孩子就每人套上了一个盛尸袋做工作服。

我永远都忘不了那几个奋战在死亡废墟中的、套着盛尸袋的孩子。

我爱他们。

那一年在龙门

20 世纪 80 年代初，我随一支江苏作家的队伍出访云南。队伍所到之处洋溢着一种节日气氛，那是因为我们中间的重要人物是当时《青春》的主编斯群、著名作家陆文夫和《被爱情遗忘的角落》的作者张弦。《青春》和两位作家当时都可谓炙手可热。

当时国人刚刚解除思想禁锢，心灵渴望放飞，借此行纵情一次山水的想法，我相信连陆、张二师也概莫能免。在途中的南宁，陆文夫老师用三花酒“打败”了当地的文联主席，他兴奋至极，然后一路豪兴，平时严谨的风格几乎荡然无存。一次居然得意地告诉我，他发明了一个快速干袜法，即头一天把洗过的袜子平铺在宾馆褥子下面，一夜睡过来，袜子“笃定”干了。这个方法我至今仍会偶尔一用，不必把半湿的袜子塞到挎包里赶路。

在当年的右派文人中，张弦老师的定位可能类似于小弟弟，所以他一路跟陆文夫共居一室，恭敬地聆听教诲。有一次在畹町，竹楼风格的宾馆隔音效果不好，我无意中听到陆文夫老师斥责张弦老师说：“感情这个东西，如果有，我也会要。但是，像你这样……”我大吃一惊，赶紧躲开这绝非晚辈可以偷听的谈话。不过如非亲耳所闻，我真不敢相信陆文夫老师曾经有过这样率性的宣言。

张弦老师因为天性中的绅士风度使然，在很多人的眼里都是一个“情种”的形象。比如早晨大家坐上车，他会惊异地嗅鼻子，问：“座中哪位女士用了巴黎香水吗？”我真是不好意思，因为我其实只是刚刚在蚊子咬过的地方抹了点普通的花露水。

抵达德宏时，我们吃到了很多太好吃的水果，其中一种小孩手臂粗的芭蕉和一种小核的杧果最是令人难忘。张弦老师每每殷勤地为女士们剥杧果皮，然后那些流着蜜汁的“裸体”杧果，被擎在他让香烟熏得焦黄的手指头上隆重地递过来。

羁留于昆明期间，我们一行应邀到佤族女作家董秀英家做客。佤族人待客的最高礼遇是一人一锅的小锅米线。于是董秀英和她的丈夫蜗身在窄小的厨房里，用一柄炒勺煮米线，我们全体在屋子里席地而坐，饥肠辘辘地等。那天他们家的煤炉不太配合，好不容易第一锅米线煮好，盛在大碗里端上来，张弦老师被推选首吃。他满头大汗地吃完，问及味道如何，他说："食而不知其味。"因为那碗米线又辣又烫，又在众人目光的围剿之下，他自称吃得非常痛苦。

我还从未见过张弦老师有如此狼狈的时刻。

在昆明，我们有过一次登越龙门之举，非常难忘。龙门凿在昆明市郊西山的万仞峭壁之上，登上龙门俯瞰五百里滇池，人有飘飘欲仙之感。抵达峰顶之前，山路一侧有不少摩崖石刻，停下休息的时候，当地作家教大家玩一种测字游戏，即将一枚硬币贴在石刻的任何一个字上，如果硬币不掉下来，硬币下的字就与你的命运有关。这时因为地心引力的缘故，硬币纷纷掉落，只有陆文夫老师、斯群主编和我的硬币被神秘的力量吸在石壁上。

陆文夫老师的硬币下面是个"仕"字，斯群主编的硬币下面是个"人"字，我的硬币下面是个"为"字。

三十年的时间过去，位尊至中国作家协会副主席的陆文夫老师、张弦老师和给我们煮过小锅米线的董秀英都已经去了另一个世界。当时最年长的斯群主编，在用主妇的方式创造了一个市级刊物的鼎盛童话之后，安然地在家里扮演着硬朗的老祖母的角色。而我，一如既往地从事着文学编辑的工作，心甘情愿地为他人做着嫁衣裳。

鸟　语

我以前一直都不相信鸟会说话，因为以前家里买过一只鹦鹉，至死都一声不吭。有一次陪母亲去看眼疾，不期然发现医院对面新开辟了一个很大的花鸟市场。我走进一家卖鸟的店，向一大排的鹩哥发问："你们谁会说话？"不料鸟笼未见有什么动静，却是上上下下都有"人"在踊跃答话："我会说话！""我会说话！"

这真是太叫人惊喜了！我母亲当下决定买一只回去。可是没想到鹩哥的身价太高了，我们只能暂且抱憾离开。临走前我问："你们谁愿意跟我回家？"鸟们世故地抱以冷眼，只有最靠近我的一只鹩哥用它湿润的眼睛看着我，小声而清晰地强调："我会说话。"

于是我知道所有的鸟儿其实都是希望有一个自己的家的。

后来我弟弟专程去买了一只年幼的鹩哥回来，从头开始训练它说话。只见他每天把拌好的饲料搓成食指粗的"棍儿"塞进它的嘴里，它一仰脖子，不可思议地吞下了如此庞大的一道"点心"。

以前听说训练鸟儿说话要搓弄它的舌头，其实未必。鸟儿发音用的并不是舌头，而是喉咙。我们这只鹩哥喉咙撑开以后，果然很积极地开始学舌，最早学会的是"你好"，完全是我弟弟的男中音，绅士味十足。

这只鸟叫"爷爷"叫得最是千娇百媚。我父亲平生不爱宠物，现在他成天忙着和鸟儿应答："爷爷！""哎，鹩鹩！""爷爷！""哎，乖乖！"

它说得最好的一句话竟然也是"我会说话"，发出的声音像播音员一样字正腔圆。

母亲教它念唐诗："春眠不觉晓……"鹩鹩偷工减料成"春眠晓"，腔调倒是力求吟哦，母亲只好同意让孟浩然的五言绝句缩水。

这只鸟儿骨子里是有点儿调皮的，不知什么时候，它学会了我妹夫的一句南京腔普通话:“我要吃饭!”“饭”字的发音为“放”,于是经常听到它得意扬扬地大声宣告:“我要吃‘放’! 吃‘放’!”

后来发现,可能儿时在花鸟市场耳濡目染所致,它对老南京方言很容易就无师自通。有一次我正低头为它加食,它注视我片刻,忽然老三老四地寒暄道:“啊吃过啦?”

再往后,它会拍着翅膀学小区清洁工的声音用南京话叫:“哎,常桂芳! 常桂芳!”最近新冒出来的一句南京话是:“我们先吃了再说!”出处待查。

这只鸟无疑是我们全家的宝贝,更是我母亲的心肝。有一次保姆喂完食忘了关鸟笼,鹩鹩不辞而别,我母亲站在阳台上望眼欲穿,午睡时间也不肯回屋。这时候对面那幢楼的楼道门开了,一位女士出来遛狗,只见她的两条大狗出得门来一头扎进了路边的灌木丛,尾巴拼命地摇,然后其中一只叼了个黑东西蹿出来。

我母亲失声大叫:“那是我的鸟! 那是我的鸟!”

鹩鹩奇迹般地失而复得之后,很快就由惊恐不安恢复到了原先的衣冠楚楚和滔滔不绝。每天很夸张地要求吃饭,很高贵地声明它会说话,很殷勤地向一切从阳台走过的路人问好,很赖账地念“三言”唐诗,很敏锐地捕捉它喜欢的南京方言。

母亲后来由糖尿病导致了肾衰和眼底病变,每逢需要下楼走动,我父亲就负责推轮椅,我负责提着鹩鹩的鸟笼。我们刚在小区花园里散完步找处长椅坐下,鹩鹩就立刻大声地、不厌其烦地开始了它的“语言秀”。这时候小区里的大人孩子越围越多,大家不停地惊奇、不停地大笑,导致鹩鹩骨子里的“人来疯”发挥到了极致,母亲的开心当然也是毋庸置疑的,她笑得眼泪都出来啦!

我们楼下的邻居于是也想养一只鹩哥了,他们说:“养鸟比养狗有意思多了——狗又不会和人对话。”

不料随着我母亲的去世,鹩鹩变得寡言起来,后来难得发出声音,吃得也越来越少,终于有一天显出站都站不住的样子。我把它从笼子里取出来抱在怀里,用毛巾毯裹住取暖。它把小脑袋靠在我胸口上,眼睛微微闭合,很舒服地打瞌睡。到了当天的夜里,它慢慢地变硬了。

数九寒天的天气,我弟弟开车带它去了母亲墓地,很费劲地在冻土上刨了一个坑,把它埋在了母亲的脚前。

鹩鹩就这样被我的母亲带走了。

拍　　卖

我和几位同事出差，住在外地的一个宾馆里。早晨起来准备驱车回家，却发现与宾馆紧邻的文物市场正在搞"周末大众收藏拍卖会"。

本来只是好奇，站在一边看热闹。可是这么一看，心跳便开始加速。原来这里的每一件藏品，起拍价都低得叫人吃惊：高的价不逾百，低的只标五六元。看看他们的拍卖过程，也可谓干净利落，好几件藏品，竞拍到二三十元就拍板落槌。有些价格超过五十元的藏品，一旦无人竞拍，马上就自动降价。比如北京一位画家的红梅中堂，起拍价五十元，后来三十元成交——那幅画其实画得很是不错，就是装裱的成本，也不止三十元呀！

不知不觉间，我们几个就都坐到了竞拍席上，然后，我们中的 C 很快以十元价成交了一对白玉兔，而 D 同样以十元价成交了一套日本的花卉邮票。这里的一切交易都是当众进行，现场交钱、现场取货，一点猫腻也没有。我的心情总在亢奋之中，想要那尊米黄玉寿星，想要那对青灰玉雕龙；就算那对造型一般的白玉狮子，做做镇纸也是很不错的——要知道，它们的起拍价都不过是三十元呀！糟糕的是我始终只会在心里着急，怎么也不好意思举手吆喝，于是眼睁睁看着坐在前排的几个年轻人把它们一一网罗到了囊中。

那几个年轻人大概是专程前来淘宝的，但凡好一点的东西，别人稍一犹豫，便被他们悉数拍走。

同事中的 B 是位收藏界的后起之秀，以他的资历，不会对这些大路货入眼，可是这会儿他也戴上了花镜，要了一份拍品目录来浏览。

只有同事 A，总在外圈溜达，一会儿挤进来一趟，催我们上路。

总算大家撤出了拍卖场，意犹未尽去上我们的车，这时候，那对白玉兔子眼睛里嵌的有机玻璃珠子在阳光下显得十分扎眼。至于那套日本邮票，内行人一看就说是电脑复制的。

据说有这么一个村子，是造假邮票的“专业村”。别说是日本的邮票，就是天外的邮票，只要能盖上邮戳寄来地球，大概他们也能仿造出来。

同事A说，坐在拍卖场前排的年轻人，不是“托儿”才怪哩。

A不好意思地告诉我们，他就当过这样的“托儿”。他说那是春节放长假的时候，他回老家去，他的一位搞藏品拍卖的同学就请他去帮忙，说A文化人模样具有可信度。A便前去玩票。谁知文人做“托儿”其实是不行的，热血一沸腾，往往就忘了自己的使命。有一件藏品，竞拍到160元就已经是大赚，A却一鼓作气，把它竞拍到了180元，结果买主知难而退，放弃了竞拍，同学的这笔买卖就搞砸了。

可是A还必须把假戏做到底，他煞有介事地上去付钱，收下藏品。同学事后把钱还给A，把藏品再收回去——A什么忙也没帮上，只落了好一番埋怨。

听了这番话，我才算明白他为什么一直催我们离开热火朝天的拍卖场。

后来听说，C把那对白玉兔送给了属兔的夫人，不管怎么说也是C的一片心意嘛。那套日本邮票D本来是准备孝敬岳父的，结果就一直忘在了汽车的后备厢里。

普觉寺

普觉寺的名字真好。不过它不是一般意义上的寺庙，它是指因普觉寺而得名的一处公墓。

以前我从未去过那里。直到十多年前，我送前夫的父亲入土。

那一片公墓真是蔚为壮观，树荫退到了遥远的山顶，阳光把无数的水泥碑折射得过于明亮，人的悲伤于是变得恍惚而渺茫。

骨灰送到之前，原公婆的亲友们或打伞，或头顶报纸，坐在无主的墓座上大声说话。公公病了一年有余，众人目睹了家人的百般辛苦。有位远房的姑姑说起她儿子对此事的感想，儿子说："到时候你们给我自觉点儿！"姑姑说："看来我们老两口要知趣地早点儿自我了断。"她说完便笑，大家都笑，那种无所矫饰的凡人的旷达，我已久违了。

婆婆的一位好友满墓地巡视，她说她要给自己物色一个墓穴，事先买好。她说："到时候谁会管我的事呀？"这位太太是个孤儿，长大后相貌出众，嫁的人家家境富裕，她成天抱着只波斯猫，保养得肤如凝脂。然而这桩婚姻既无爱情，也没有给她带来子嗣。她后来毅然离婚再嫁，结果成了个东奔西跑做小生意养活"爱情"的粗糙妇人。

她为自己选择墓地的时候，也没有表现出任何身世之痛的样子。

公公一位老友的女儿手里提只装了冷开水的雪碧瓶子，冒着烈日跑出去很远，然后回来，说："我给我爸爸喝了点儿水。"

我方才知道，那个总在我们家进进出出的好好先生，已经先公公而去，也葬在这片墓地。

公公的骨灰盒放进了墓穴，婆婆朗声招呼儿女："好了，跟你们的爸爸说安息吧！"她对墓碑上她作为未亡人的红漆名字视若寻常，我却对以红黑两色显示的阴阳两隔感到震撼。更让人感到震撼的是隔壁的那块墓碑，原是孝顺儿女为健在父母购买的墓地，如今父母的名字还是红的，旁侧却多了一行黑字——孝顺的儿子反倒先去了一位。

公公入土有一个仪式，是子女们把硬币撒向天空。我已不是儿媳，作为义女也撒了一捧。硬币在晴空下变得近乎透明，纷纷坠落之际，我仿佛感到了蓝天上那些熟悉和不熟悉的灵魂对人世间的俯瞰。

公公临去前，梦到我在他们家的院子里为他栽了一株葡萄。我带了葡萄赶去医院看他，他流了泪，说："天大的担子落到了你一个人身上。"他是为了孙女儿今后的一切都要靠我承担而抱歉。

普觉寺虽然告诉了我人间的生死皆为寻常，然而我依然为公公的故去而感伤。为了我再没有机会为他种一株葡萄，也为了他一直深藏的那份对我的永久心疼。

普　　陀

一起插队的女同学中，有一位Y闺密是银行家后裔，她的几位姐姐举止优雅风姿绰约，唯独她，返城后被分配去开大货车，结果变得风风火火粗枝大叶。可是就这么一女汉子，却把自己的老母亲与丈夫的老母亲一起奉养在家里。俩老太太出身迥异，无法交流，Y闺密只好在江北买足够大的房子，老太太们每人一间南屋，各自晒太阳看电视。日子久了，老太太们更老了，除了胃口都不错，其余皆懵懂，老年人的尿味在屋里挥之不去。

每次闺密聚会，大家都要问："老太太们怎样了？"她无心无肺道："快了快了。"下次聚会再问，她快言快语道："又活过来了。"总之老太太们轮番出现健康状况，Y闺密轮番开车过大桥送去医院抢救。

终于终于，老太太们先后安详赴天堂。

有了这个前提，才有了我们闺密旅游团的最大手笔——去普陀。

出发时，卸下人生重轭的Y的丈夫，心甘情愿背着妻子装满零食的大旅行包，Y闺密犒劳自己的隆重方式，就是随时随地想吃就吃。

普陀是大家心目中的仙岛。之前去普陀，得先乘火车抵上海，再在十六铺码头通宵排队买船票。现在在南京市中心上了大巴，直接就开上了杭州湾跨海大桥。

当晚伙食自理。Y闺密分配每人一桶速食面，然后从旅行包中掏出一大堆小包装卤味——鸭腿、鸡翅、猪耳朵之类。大家啃得不亦乐乎，两位随行丈夫忙着买酒小酌。

第二天完成海滩嬉戏，再去观赏南海观音。路上Y闺密开始散发卤味小吃，塞给我的是一只卤猪尾。我拿着猪尾犹豫："我们去的地方能吃这个吗？"

"那有什么？吃完擦擦手擦擦嘴。"

为示慎重，我们还是各自把卤味藏好，去过之后才拿出来满足口腹之欲。

另一位普陀团的随行丈夫，据说年轻时甚为英俊骁勇（这个骁勇仅限练拳脚的民间团伙），现在用他妻子 L 闺密的话说，就是一“赌鬼”。据 L 闺密介绍，他们夫妇几乎生活于两个时空状态，丈夫通宵交付麻将档，回家时妻子已去打太极拳和上钢琴课。这位丈夫能够忍痛离开牌桌，陪妻子跨海登临仙岛，实在是难能可贵之举，为此我拍了不少他们夫妇的合影。

L 闺密中学时是班里的女神，父亲是英武的部队干部，母亲是温婉的随军家属。她衣食无忧，天资出众，拿着歌本能唱任何歌，还能舞非常专业的太极剑。可惜插队回来被分到环卫所，不谙人际而长年值夜班，最不堪时在公园摆摊卖雨花石。

我拍 L 闺密打太极，一招一式，刚柔相济，非常养眼。她丈夫也在礁石上拉开架势让我拍照，他马步那么高，一看就是三脚猫。

从普陀回来，事业单位工资调整，从环卫所下岗多年的 L 闺密夫妇各加了双倍退休工资。大家应邀去他们家吃饭。我进到小区，见一红 T 恤男士手托鸟笼迎面而来，阳光直晃他的金戒指。

我没认出他，直到他推门回家，入座餐桌，开始高谈阔论。

L 闺密说，加了工资之后，该丈夫试图“谋反”，要求实行 AA 制，最终 L 闺密有效将此次“谋反”扼杀于摇篮。

“难不成加的工资越多越要贡献麻将档吗？”

这个实际上有点儿童心态的男人，后来为欠下的一万多元赌债绞尽脑汁，求妻子预支零花钱，放下身段朝儿子开口。忽一日胸疼难忍，紧急送往医院，刚诊断为心梗，便大叫一声离世。

我去他家吊唁，那日的聚会气息尚在，他的夸夸其谈言犹在耳，眼前的一切似梦非梦。

我看到遗像前最醒目的一只花圈上，挽联的落款是“石锁协会”。

如果在普陀的礁石上，我能为他拍一张抛接石锁的照片，他一定会很满意吧。

请敲我一下

这天是午后了，我从单位回家，在起点站正好赶上了一辆公交车。我就近选一个空位坐下，旁边靠窗的是一个埋头发短信的年轻女孩。车停过两站之后，女孩忽然跟我说话："请问您在哪站下？"我赶紧告诉她是哪站。她说："您到了之后请敲我一下。"说着把头挨向车窗，立刻就准备入睡了。我追问了一句："你也跟我是同一站下吗？"她说："不，我还有几站路。您叫过我之后，我就不再睡了。"她说完闭上眼睛，很快身子软软地窝在车窗底下睡着了，纤细的小手放在胸前，握着她的手机。

一时间我的心也是软软的，因为素昧平生，她毫不犹豫地把她的这段旅程交给了我来守护。

我每天乘这趟公交车上下班，路上单程近一个小时，常常觉得既远又无奈。可是这一次身边的女孩睡得这么好，我真希望我的那个车站能够尽量慢点抵达。这一天的车上很是安静，没有像往常那样，有一大群结伴逛罢超市的妇女高谈阔论，也没有什么人旁若无人地大声打手机。车开车停、人上人下，车窗外是烈日下的熙攘都市，我希望这一切都能像女孩子梦里的皮影。车从一条街道转向另一条街道，它的轨迹是从城的西南斜贯至城的东北。随着下车时刻的迫近，我越发地犹豫不决——我是用手里握的遮阳伞尝试着去"敲"一下她呢，还是轻轻地用手推一推？怎么样才能不让梦中的女孩不至于是受惊而醒？

我把提包拉链拉开又关上，放进伞换出一卷报纸，然后两眼紧盯着上车的人，恨不得挑中一位来延续我的职责。

一直到了车门即将打开的瞬间，我才把女孩叫醒，用的是手指，轻轻地摇了一下她的肩膀："我下车了啊。"我用我最大的努力送上温暖的微笑。

女孩吃惊地看着我。很快她就会想起一切来的吧。

人　和

这是一张我每次看到都会忍俊不禁的旧照片。

照片上的我虽然已经二十九岁，却是一个从农村返城后参加工作没多久的小编辑。旁边是我的最高领导，当时《青春》杂志的主编斯群。

那应该是三十五年前的一个初夏季节，我们带着一帮作者到常熟去开笔会。

按照当时的会议标准，我们住的是一家企业的招待所，吃的是会议团餐，往返省城的交通工具是长途汽车。

照片拍摄于笔会结束的时候，我们在常熟的长途汽车站候车，从照片的背景，可以看出当年长途汽车站的简陋。时间尚早，作者和同事们四散去闲逛，我与被大家昵称为“老太”的斯主编站在候车厅门口“望呆”。我看到一家小饭馆的店名招牌叫“人和菜”，觉得很是奇怪，便示意给“老太”看。“老太”看了看，不以为然道：“这有什么奇怪的？饭馆里当然是除了人就是菜嘛！”

美编曹立侃在附近拍街景，顺手抓拍了这么一张照片。

本来这件事不怎么好笑，可是很多年过去，我偶尔还会琢磨这家饭馆的名字，忽然有一天醍醐灌顶。这家饭店的名字其实是叫“人和”——“人和”菜饭馆。

然后这张照片就成了永不消退的笑点——哪怕照片已经一年年地泛黄。

每当我触到这个笑点，我的内心会同时充满感慨。这个感慨是关于“老太”的。

斯群，原名王绪言，笔名粒紫，1926年出生于安徽无为一个大户人家。1941年，她们三姐妹共同离家出走，投身革命。她历任新四军文工团团员，创作员，新华社中原总分社、江西分社和《江西日报》记者，《江西文艺》编辑部主任，《星火》杂志副主编，南京市文联副主席，《青春》主编、顾问、编审。

回想当年的《青春》往事，用今天的眼光看，很多都是匪夷所思。一般来讲，早年参加革命的“老太太”，多半非傲即“左”，教条武断，不可亲近，斯老太太则是例外中的例外。

首先,她的工作方法完全是祖母式的。比如过年,我们这些小字辈空着两手上她家去,她家的保姆回老家过年,她自己系着围裙给我们做饭。比如那次在常熟,白天讨论稿件,晚上大家用录音机一遍遍播放台湾流行歌曲《卖汤圆》的曲子,在饭堂学跳当时还很少有人跳的交际舞,她也就睁一只眼闭一只眼。我们出去闲逛,看到街头饭店挂着"叫花鸡"的招牌,回来跟她闹着要吃。闹了几次,她也就准备违反会议条例,带我们去"下馆子"(后来因为叫花鸡需要提前一周预订没吃成,至今是心中的一个遗憾)。

她可能是国内最早敢于用美女照片做封面的杂志主编。之前国内的所有刊物,除了《大众电影》,封面一概中规中矩,就连省内的老大哥刊物《雨花》,从来也只用国画或雨花石照片做封面。难怪当时《雨花》的副主编叶至诚要由衷地发出感叹,说:"'《青春》姑娘'真是越来越漂亮了!"

她可能也是国内为了执行"来稿必看"方针,最敢于招兵买马的主编。比如周梅森,他原是《新华日报》的工人作者,自愿来《青春》学习,之后她干脆四处奔波把他调了进来。比如我,之前的身份是返城知青,当时大量返城的知青亟待安排工作,招工指标炙手可热,以我的情况,就是想进街道小厂,也还需要机会。1980 年,我已在《雨花》借用了一年多,因《雨花》没有招工指标,始终解决不了工作问题。她得知这个情况,当机立断把我拉进《青春》,说:"我有招工指标!"还说:"正好我们没有女编辑!"我和周梅森以此改变命运的故事,放在今天,对于任何人来说都无疑是天方夜谭。

那时中国刚走出十年内乱造成的文化沙漠,人们犹如嗷嗷待哺的婴儿,充满了对精神食粮的渴求。20 世纪 80 年代初,电视没有,流行歌曲没有,电影的拍摄和发行也相当有限,于是文学便成为人们最唾手可得的心灵营养。而张扬《第二次握手》类的怀旧小说,孔捷生《在小河那边》类的伤痕文学,舒婷、北岛们直击人们感性灵魂的诗歌,更是将文学带入了前所未有的黄金时代。当时《青春》的两大间办公室坐满了编辑,分小说、散文、诗歌、评论四个组,每个组都有若干成员。因为来稿量实在太大,大家按大军区的规模划分"势力范畴",自称"军区司令"。拿我来说,我负责的就是"西南军区"。

"老太"可能也是当时国内最大手笔的主编,动辄召集作者开笔会、改稿会。自已设立被国内文坛认为颇具含金量的“青春奖”。为了避免遗珠之憾，她甚至批准编辑拖着整麻袋的稿件，住在招待所里审稿。

《青春》在创刊后短短的三四年间，接连从自然来稿中产生了三个全国优秀小说奖，惊人增长的发行量，带来了“财源滚滚”的直接效应。当时政府财政不需要《青春》上缴利润，她于是给编辑们订购大量成套的中外名著（当时新版的成套中外名著，一般的新华书店里还看不到），她还买来印刷厂内销的夹纸板，让大家用这种计划外的木材打书橱（当时还是计划经济时代，木材紧缺，人们只有在结婚的时候才能买到几件简单的实用家具）。后来她的手笔大到盖了一幢“青春楼”，办公室之外，编辑每人一套带浴缸、卫生间和厨房的三居室。这幢坐落在玄武湖畔的七层高楼，令国内同行惊叹到瞠目结舌。

“老太”的祖母作风，还在于她往往把编辑部的工作会议，开成令人啼笑皆非的家庭会议。比如有次组织三十多名各地作者去黄山，夜里有三个男同胞往简易竹楼的窗外撒尿，“老太”接到管理人员举报，得知其中一事主是编辑李潮，便开会严审，无论如何要李潮交代出另外“两条龙”是谁。李潮拒不交代，大义凛然。严肃的会议气氛与近似荒谬的会议主题形成莫大反差，令大家笑得差点岔气。

“老太”就是如此，一方面婆婆妈妈，一方面以年轻人般的莽撞和热情，把一本青春刊物办成了国内火得不能再火的刊物。

有一次我们去云南，在滇池之侧的龙门摩崖石壁上玩贴硬币测字，“老太”的硬币被一个字吸住，揭开一看，是个“人”。“老太”很高兴，立刻自我“标榜”，说：“我这个字是个大写的‘人’。”

我现在回忆这段往事，觉得她在领军《青春》的时代，除了是一个“大写的人”，还践行了一个弥足珍贵的字——“和”。

天时地利是上苍给的，“人和”是她用智慧和天性营造的。

人物关系

纵观苏轼一生，不落窠臼的人物关系比比皆是。

苏轼任翰林学士制诰时，隔天面见太后一次，皇室颁发的诏书，都是太后口授后由他书写而成。苏轼起草的八百余篇诏书篇篇文采斐然，运用史例和掌故游刃有余。苏轼仕途得意时不知收敛锋芒。有个老书生求见苏轼，抑扬顿挫地朗读自己的文章，希望得到苏轼褒奖。苏轼评价说："可得十分。"随即又说明，"文三分，吟七分。"全然不管老书生下不下得了台。当时他为自己设计的高帽子满京城为之仿戴，也令他无比得意。而他最无所忌惮的是崇政殿说书程颐，每当程颐以"穷理"哲学和"去人欲，存天理"立场给皇帝说书，苏轼总当场予以讥讽，故意令程颐难堪。

这天司马光去世，而宋室宗祠正好也要迎接神宗灵牌。苏轼便先带领百官参加皇室典礼，再来吊唁司马光，结果被主持葬礼的程颐挡在门外。程颐质问道："你不知道《论语》说过'子于是日哭，则不歌'吗？"苏轼笑起来，不恭道："《论语》并没有说'子于是日歌，则不哭'。"说罢带领众官"长驱直入"。

苏轼与程颐不过由于个性志趣相悖结怨，后来却被发展为"洛蜀党争"，苏轼一时被惹烦，居然上书要求免职。

这天太后口授完诏书，突然问："你可知为何连连升迁？"

苏轼乱猜一番，太后只是摇头。最后太后终于说出是先帝的遗旨。"官仆们都知道，先帝吃饭中途若放下筷子，一定是读你的文章。神宗常夸你是奇才，有心重用，可惜没来得及进用就归天了。"苏轼流下泪来，收回辞呈。

神宗对苏轼的情感，还有一个故事可以说明。苏轼被贬黄州期间犯了手臂风湿，导致右眼无法闭合，只好闭门数月不见人。此时散文大家曾巩去世，消息传到京城，说苏轼也于同一天去世。神宗闻讯急召一位与苏家有亲戚关系的大臣前来询问,大臣说,的确已久无苏轼消息。神宗正在吃饭,闻言立刻一口也吃不下去,叹了一声“才难”,便离开了餐桌。

君臣关系如此,确属罕见。

苏轼与王安石之间的恩怨,也非常独特。

苏轼年轻时以斗士姿态反对新法,六次激烈上书,不计后果,不看皇帝脸色,对新法派王安石党人不依不饶。可是若干年后路过南京,他立刻带着对王安石“道德文章”的一贯仰慕前去拜见。王安石罢相八年,垂老多病且痛失独子王雱,苏轼一见之下无比悔恨昔日的年少气盛,自省如冷静进谏,则不会激使执拗的王安石走向极端。而王安石因亲眼看到新法对民众造成的伤害,早已顿悟前非。这两个因忧国忧民成为政敌,又因忧国忧民而尽释前嫌的坦荡君子,竟然相约从此要结邻而居,共度余生。

苏轼任职凤翔时,倔强而莽撞,公然蔑视军人出身的上司陈太守,两个人时常当堂对骂,多半为了陈太守一再删改苏轼起草的公文。陈太守为了还击苏轼的狂傲,有次睡醒一个午觉才出来见苏轼,而苏轼也得到了一个报复陈太守的机会。

且说陈太守偶得闲情,让人在官邸内筑了一座平台,以观赏四野风光。他还心血来潮,叫苏轼为这座平台写一篇文章。苏轼欣然受命。在这篇流传至今的、赫赫有名的《凌虚台记》里,苏轼用洋洋洒洒的笔墨嘲讽了陈太守的附庸风雅,而陈太守不但心胸开阔地接纳了这篇文章,还一字不改地让人刻在了碑石上。

苏轼离开凤翔时,已真正明白了陈太守是个很好的人。陈太守后来在别的地方做官,被人指控受贿,判处了死刑,苏轼还为他写了墓志铭。此外,苏轼与陈太守的儿子终生皆为挚友。苏轼被贬黄州,自号龙丘子的陈公子正好隐居于此,苏轼经常去他家小聚。陈公子字季常,年轻时英气逼人,如今却十分惧内。苏轼在一首戏谑诗里开玩笑道:“龙丘居士亦可怜,谈空说有夜不眠。忽闻河东狮子吼,拄杖落手心茫然。”没想到,陈公子的名声竟因这首诗流传千古,以致到了今天,“季常癖”仍是文人中惧内的代称。

苏轼的性格决定了他在仕途上的状态就像走钢丝,元丰二年(1079年)六月,他因谢表中的几句话被人诬陷“讽刺朝廷”,终于从“钢丝”上摔下来。苏轼被捕时,御史台官吏“拉一太守,如驱犬鸡”,围观百姓无不感慨,而苏轼却对哀哀哭泣的家人讲开了故事。

说的是宋真宗时代，皇帝四处寻觅隐居的大学者，一位叫杨朴的文人被强行押去见皇帝，矢口否认会写诗。皇帝便问此行进京，有没有好友写诗送行。杨朴也说没有。不过，他承认他的妻子给他写了一首。皇帝很好奇，追问诗中写了什么。杨朴便把妻子的送行诗念给皇帝听："更休落魄贪酒杯，且莫猖狂爱咏诗。今日捉将官里去，这回断送老头皮。"苏轼说完故事哈哈大笑，家人生离生别的悲伤，也被他的故事所冲淡。

苏轼前半生幸得神宗和太后庇护，神宗、太后均逝世后，小皇帝哲宗重用的新党便开始了对苏轼无休止的迫害，新任宰相章惇更是把年近花甲的苏轼发配到所谓的"瘴疠之邦"，欲置其于死地。苏轼在潮湿的环境里腿脚浮肿，充饥的东西只能是蛇、鹧鸪和叽叽作响的老鼠，饥饿最严重时甚至幻想用阳光充饥。然而不挨饿的日子，苏轼的整个身心都很快乐。有天他头顶一只大西瓜唱着歌穿过田野，一位七十多岁的老农妇对他说："内翰昔日的富贵，有如一场春梦。"苏轼哈哈大笑，从此称她为"春梦婆"。"九死南荒"之际，苏轼真正地开始了视死如归，甚至把预做棺墓的想法也打消了——当他从"破草棚"里挖出一升多白蚁的时候，他就知道棺墓也是耐腐不了多久的。苏轼六十五岁那年，年仅二十四岁的哲宗病逝，宋徽宗继位，苏轼没想到他竟然能在有生之年被赦北归。

北归途中，习惯了亚热带气候的苏轼受不了内陆暑热，病倒后不得不谢绝众多访客，其中一位是章惇的儿子章援。章惇此时因反对立徽宗而获罪，恰好也被贬居在当年他发配苏轼去的雷州半岛，章援怕苏轼一旦复位，会报复他父亲的迫害，便写来长信请求一见。苏轼虽无力见他，却扶病伏案，写了一封情真意切的回信，大致意为：某与丞相定交四十余年，虽中间出处稍异，交情固无所增损也。闻其高年寄迹海隅，此怀可知……主上至仁至信，草木豚鱼所知……这封信连同贬居黄州时写给武昌太守朱寿昌对抗杀婴恶俗的信，以及元祐七年（1092 年）要求免除农民债务的书表，被后人称为体现苏轼人道思想的三大文件。

在这些故事的人物关系里，你可以看到，陈太守欣然接纳苏轼的讽喻文字，皇帝为苏轼的"死讯"吃不下饭，太后待苏轼宛若祖母，林林总总，很叫人耳目一新，但你更可以感受到苏轼没有任何负担的心灵是多么光明和炽烈！他反对一件事，却不恨当事人；他仇视罪恶，却对作恶之人不存私怨。他一生嬉游歌唱，自得其乐，即使身陷悲哀和不幸，也用微笑化解一切。他不为物累，在幸福的本质方面，奢华的日子与简朴的日子并无太大差别。甚至他的写作也没有别的理由，只为爱写。

这样一种磊落而没有杂质的人生，怎能不叫人羡慕呢？

三　更　雨

很久以前，我赴武汉出差，时令虽然刚刚入夏，气温已高得匪夷所思。当时没有空调，宾馆房间的吊扇也似乎是坏的。晚上门锁响，进来同屋住的一女孩，她不及与我寒暄，甚至忽略我的存在，先搬张凳子站上去，用手里的阳伞柄拨动吊扇扇叶，过了好一会儿，吊扇才慢吞吞自主旋转。

女孩冲进卫生间冲洗满脸的黏汗，出来后简约向我解释：武汉夏天缺电！

彼此熟悉以后，这个因公常驻武汉的东北女孩给我讲了一个武汉人创作的经典故事。她说有个武汉人死了以后，被阎罗放到油锅里炸。炸来炸去，武汉人若无其事。武汉人对阎罗说，你这个油锅算什么？我在武汉那个大油锅里都已经炸了一辈子。

这可能是我最早领教到的关于武汉之热的黑色幽默。

南京曾与武汉、重庆并称“三大火炉”，可是自从有过比较，就发现南京实在是有点被“火炉”。

有一年我恰于盛夏出差去重庆，顺便去市郊看望祖父，祖父起大早去镇上给我买吃的东西，不过四十分钟的往返，祖父已被晒成古铜色。他手上托只西瓜，打开西瓜，西瓜呈现烫熟后的紫红色；他腕上缠只装了茶缸的尼龙丝网兜，打开茶缸，茶缸里的小笼包已发出微微的肉馅变质味。

重庆的暑热就是如此暴戾！

南京的夏天之所以不可相提并论，是因为我发现了一个有趣的规律——即便是气象台发出高温红色警报，不超过一周的时间，必定会有一场解除高温警报的好雨。而暴雨降临之际，情况同样如此，顶多下个三五日，又是一段干爽的响晴。

南京就是这样，具有最为擅长的自我调节能力！

所以无论是酷暑还是暴雨，我都不会过于在意，降温的雨会来，晒干雨伞和道路的艳阳也会来。长袖善舞的南京，甚至比四季如春的昆明还具备宜居魅力——据说昆明人长年迷迷糊糊犯“春困”，而南京的气候特征，造就了南京人心理和生理的棱角分明。

前两天高温，天气预报说有雨，果然夜里雨脚由稀疏而密集，踏响廊前的雨棚。

半睡半醒间，我想起苏轼《鹧鸪天》里的两句词：“殷勤昨夜三更雨，又得浮生一日凉。”

一场夜雨或许只换得一日清凉，却值得苏轼为此欣喜，且赋词吟诵。他对炎凉世态及对险恶人生的态度，已远远不是淡定，而是从容接受之后的享受及怡情。

苏轼暮年被发配至南荒之地琼州，面临的是死无葬身之境，风雨浸淫之际，曾从容身的破草棚里挖出一升多死白蚁；饿到气息奄奄时，曾模仿深坑里的蛙蛇，伸出舌头以获取阳光充饥……可是一旦境况稍好，他便童心萌发、兴致勃勃，研究野草的药用和烹饪，研究如何用松脂制墨，为此还酿成过一场火灾。他喜欢在月夜里踩着椰树的影子散步，喜欢和儿子苏过跑到十多公里外的海岬峭壁采食野生的荔枝和橘子。

南京夏天的气候特征，有点像浪漫主义的苏轼，旷达豪放，收放自如，境界到时“也无风雨也无晴”。

上　善

没有切实走访南水北调工程之前，我也仅把它视作一个近年来的敏感话题，在通常的理解里，它如同三峡工程，饱受世人诟病。

现在我终于明白，“南水北调”并非一篇急就章，它浩瀚浑厚，俨然一部凝结世代国人智慧和心血的民族治水史，而我自己就曾是其中一段“南水北调”历史的受益者。四十三年前我初到宝应乡下插队，时常听农民们炫耀他们秋后举家行乞的传统，说乞讨能养一身膘，积攒的干粮还能解决春荒问题。农民把世代行乞的理由归结于里下河地区的十年九涝，他们还举证村头的刘家潭，说罱泥时之所以能罱到许多碎砖瓦，就是因为水下曾是一座繁华街镇。可是我自插队到宝应，没有一次见识到水害的威力，那里一马平川，四级干渠自行排水和灌溉，农民们扶老携幼欣赏外面的精彩的画面也从未在我面前得以展开。

历史是如何发生改变的？我从没有像今天这样地问过自己——那四级干渠里的活水源自何方？那雨季漫出河塘的浊水又泄向了哪里？

站在江都号称南水北调“源头”的石碑前，我醍醐灌顶。江都翻水站是我每次往返长江南北的必经之处，它竣工于 1961 年。也就是说，如果把插队时四级干渠里的水比作自来水，江都翻水站就是它功不可没的水塔。长江水由高而低，运河水自西向东，需要排涝的时候它顺其自然，需要供水的时候一切皆能逆转，而每当我乘坐的小火轮通过运河船闸一级级提升的水位溯流北上，我享受到的就是名副其实的南水北调福祉！

苏北大地的南水北调历史源远流长，早在公元前 486 年，吴王夫差就开凿了连接长江和淮水的邗沟以进逼中原，可是淮水河床比邗沟低，邗沟开成，运河水一泻而入淮河，未能解决行船问题。后人便在邗沟入淮处立堰提升水位，终使行船渡堰入淮。这个最早由南水北调工程形成的江淮交通要冲，很快以“交通、灌溉之利甲于全国”的美誉名扬天下。隋大业年间，洛阳至扬州的漕运要道大运河凿成，这个叫作淮安的城市进入了“千灯夜市喧”的空前鼎盛时期。公元1194年，黄河从阳武决口夺淮，淮河水系遭到破坏，淮安繁华不再。明嘉靖后黄淮改道裁弯取直，又使京杭大运河实现了真正意义上的南北贯通航运。到了明永乐年间，平江伯陈宣总督漕运，利用宋代开挖的沙河故道开凿二十里运河，引淮安城西管家湖的湖水入淮，令明清漕运重要口岸清江浦应运而生，这里“南船北马，九省通衢”，每年有四百万担来自江南各省府的漕粮运抵北京。

综观南水北调历史，从来漕运事关“国脉”，元、明、清三朝更是将其视作国家稳定的根本，不计成本地从政治、经济、军事等方面给予保障。乾隆生前六下江南，每次都为漕运总督亲留御笔，以示奖掖。新中国的各代国家领导人，也都为治理江淮做出过重要策划，其中1953年百万民工肩挑锹开挖苏北灌溉总渠之举最可称为惊世手笔。

今天站在高处俯瞰浩浩荡荡的运河，看千帆竞发，你就会知道南水北调的意义远非北上运水。运河里装载六十余吨的拖轮动辄十来艘一长串，往南运去蔚为壮观的煤炭、建材和粮食。古话说：“江淮熟，天下足。”也难怪南水北调江苏水运公司的邓总如此感慨：“所谓的南水北调首先富裕的就是江苏！没有苏北的粮食资源和北方煤炭资源的充分保障，咱们苏南的经济能如此没有后顾之忧地腾飞吗？”

他告诉我们，南水北调东线工程的调水量占长江径流量的比重很小，调水对引水口以下长江水位、河道淤积和河口拦门沙的影响甚微，因此不会加重江口盐水上侵，更不会把南方血吸虫扩散到北方。而调水对输水沿线的洪泽湖、骆马湖、南四湖、东平湖等天然湖泊的水生物生长则十分有利。在江淮水系得到持续不断发展和完善的前提下，作为苏南经济腾飞后盾的苏北，不但京杭运河的通航得到有力保障，节水、治污和生态环境的保护也得到了空前提升，而抵抗自然灾害的能力更是日臻显著。仅以宝应枢纽站为例，在2006、2007年的非常汛期里安全排涝2.3亿立方米；在2011年的淮北大旱中，又与淮阴三站、淮安四站共同抽水北上40亿立方米。看到农民们向宝应枢纽站送上的感激锦旗，就可以知道祖辈们为之向往的江淮大地旱涝保收的梦想，已然成为现实。

历史上的治水功臣，多为开国功臣后裔，漕运总督虽官至二品，对所献身的千秋功业却无不鞠躬尽瘁、万死不辞。以陈宣为例，总管漕运三十年，一家先后四人前赴后继；乾隆时期的漕运总督高斌、高晋父子，也以他们的治水功勋永留史册。今天的南水北调工程其实只是在古运河的基础上调整水系和建立枢纽，也难怪我们的南水北调工作者们发出由衷感慨：“我们是得益于老祖宗留下的产业。”

南水北调工程不像城市改造那样摧枯拉朽、日新月异，也不似三峡大坝那样异峰突起、惊世骇俗，它上善若水，造福人类靠的是恒久绵长和润物无声。

我省的南水北调办公室只有区区十个编制，各处室领导常年奔波在工程第一线，其中一位风风火火的女处长丈夫支援新疆，她基本以工地为家。总工程师小冯肩挑千钧重担，却年轻到要在网上搜索“三面红旗”的含义。水源公司的邓总只有四十余岁，已经是业内真金白银的少帅人物。而一位在洪泽站工地上叱咤风云的领班，却又是退休后自行返回工地传帮带的老同志。

如果你没有见识过江苏境内的运河水经九座泵站提升四十米的奇观，如果你无法想象两条水道如何像高速公路那样立体交叉，如果你仍然只从狭隘的意义上理解南水北调，你不如就亲自开上你的车，沿着古老而又年轻的京杭大运河走上一遭吧！

生火腿

从葡萄牙进入西班牙，大巴一直沿地中海行驶，公路边丘陵地带的植物多为橄榄树，另有一种常见的植物，导游说是橡树。

我恍然大悟，怪不得在著名的历史名镇龙达、米哈斯和托莱多，乃至公路加油站服务区，总能见到各种各样的橡木工艺品。

导游说，橡树的主要意义还不在工艺品，它与西班牙的肉类产业息息相关。他提醒我说，你在酒店自助餐厅吃早餐的时候，一定不要错过当地产的生火腿，吃了你就明白了。

我自尝试过生火腿，就再无意问津其他的任何熟火腿、熏肠和培根。只要是吃得下，我总是尽量把切削成极薄片的生火腿取进我的餐盘，因为一旦离开西班牙，就轻易不会再有享受它的机会。

在西班牙的超市里，真空包装的生火腿比比皆是，价格悬殊惊人。导游说，提供顶级生火腿的猪散养于橡树林，百分之百以成熟橡果为饲料，其次是半散养半饲料喂养的猪，再就是完全人工饲养的猪。

导游说，为了保证提供顶级生火腿的猪拥有足够的自由活动和摄取橡果的空间，养殖场有严格的饲养规定，比如一公顷橡树林，放养的猪不会超过四头。

最后一天从巴塞罗那离境飞上海，行前在欧尚购物，大家大买特买橄榄油和巧克力，无比惋惜地对着生火腿兴叹——肉制品既不可带出境，也无法带入境，家人和亲友因此而无缘品尝美妙的生火腿。

当你的舌尖接触到西班牙生火腿的时候，你会完全忘掉它是生的。

那是一种带着橡果香的很嫩很嫩的火腿。

盛　宴

最初我对河豚的认知，好像来自儿时的一篇课文，课文内容对我产生的诱惑和刺激几乎终生难忘。课文的故事说，某天有钱人正在体验“拼死吃河豚”的快感，饿极了的穷人受不了河豚烹饪时散发出的异香，捡来厨师扔掉的河豚鱼肝、鱼子和鱼眼睛洗净煮熟，狼吞虎咽后，瞬间倒地身亡。

由此我知道了河豚滋味的鲜美绝妙，同时我也知道了河豚剧毒的无与伦比，尤其是知道了河豚的毒素都集中在肝、子和眼睛。在这个认知的前提下，我居然认真设想，我们为什么不可以在假装邀请侵略者赴宴的时候，用最好吃的河豚消灭他们呢？我真的很为我错过了那个年代和这个好点子惆怅过。

第一次吃到河豚，是在20世纪90年代初，跟随一个作家团去扬中采风。去的路上得知会吃到河豚，立刻就心跳加速。真的坐到餐桌上，看到一盆河豚炖秧草端上来，我已经紧张到满头是汗。同事们彼此调侃，说心跳得越快中毒也越快，于是大家聊着闲天迟迟不动筷子。也许我的天性里比较不惧怕结果而惧怕悬而未决，我就抓起筷子，先吃了河豚。

吃下了第一口河豚，我的心反而不再那么狂跳，我开始从容地品尝河豚，也许这就是心理上的所谓“绚烂至极归于平淡”吧。五分钟后大家纷纷开吃，餐桌气氛回归了应有的热烈。

应该说我是有些失望的，因为除去心理上的亢奋和刺激，河豚给我的感官体验似乎一般。

可是之后回到宾馆，我很快酣然入睡，睡梦中手脚温暖，全身轻而舒展，仿佛卧在缥缈的云端。那次睡梦中的美妙体验，此后每每令我回味。

也许那就是河豚送给我的见面礼吧。

之后在长江沿岸吃过多次河豚，因为少去了心理上的探险前提，感受到的也就是口舌上的饕餮罢了。

此次再来扬中吃河豚，竟然又一次心跳加速。原来随着扬中高厨对河豚烹饪技术的不断开拓，餐桌上已不再是一两道简单的河豚菜，而是令人目不暇接的全河豚宴！

一开始上的是林林总总的烩河豚、炖河豚，紧接着就上了一大盘河豚刺身，除了半透明的生河豚肉，还有大片大片的生河豚肝和剧毒的河豚生殖器官。

我邻座的身体条件反射般往后仰，表示抵死不染指的决心。可是他刚端起一盅自认为安全的炖鸡蛋，就被主人告知鸡蛋里面炖的是河豚眼睛！

我放声大笑。笑河豚这次给我们的心理刺激不仅仅是集约式的，而且登峰造极到了“菜”不惊人誓不休的程度！

应该说河豚的生鱼片和肝脏在浓汤里严格涮过“七上八下”后，味道和口感比红烧、清炖的要美妙很多倍，而蘸上芥末的刺身吃法，估计会让整个日本民族为之倾倒。

扬中现在已有“中国河豚岛”的美誉，一年一度的河豚美食节也已经举办到了第九届。我在这个拥有“中华金厨奖”大厨的白玉兰酒店里遥想它的未来，不知还有多少关于河豚的美味和惊喜，会随着岁月的进程层出不穷地向我们展现呢！

石的传奇

也许是因为在喧嚣的商品经济大潮里，丹阳一直表现得过于安静和淡泊吧，以前我一直都不知道近在咫尺的她，有着惊人丰厚的历史积淀。此次来到丹阳，忽然就想到了中国老话里的“灯下黑”三个字——天地间有很多很多的精彩，其实是在我们眼皮子底下被忽略的。

丹阳是南朝的齐梁帝王故里，是拥有**6000**多年文明史和**2400**多年建城史的文化古城。战国时期，这片土地号称云阳邑，公元前**221**年秦朝建立后，设云阳县，不久改名为曲阿县。因境内生长众多赤杨树，而“赤”“丹”同义，“杨”“阳”谐音，唐天宝元年(**742**年)将这里定名为“丹阳”，取的是“丹凤朝阳”之意。之后，这个吉祥美丽的名字跨越了漫漫上千年岁月，一直沿用至今。

丹阳的悠久历史其实并不缺乏见证，西晋玉乳泉、唐中和铜钟、南朝石刻、北宋嘉山寺、明朝万善塔等众多令世人瞩目的名胜古迹，至今没有遭受人为毁坏。而目前，一座亚洲最大的石刻文化园，又正式在这里问鼎天地。

站在揭去神秘面纱的这座石刻园前，捷足先登而又缺乏足够思想准备的我，被震撼得无以复加！

这座得天独厚的“天地石刻园”，拥有着丹阳凤凰湖畔**40**万平米的景观面积和**1.5**万平米的建筑面积。从踏进园区大门的那一刻开始，我的目光所及，无不是蔚为壮观、林林总总的石刻文物！这些藏品的数量之众，达到了惊人的程度，只见形态各异、披着不同岁月风尘的石狮子呈多列之态，缀满了园区的所有道路；而仅仅是不同朝代的拴马桩，其排列的阵势就如同是待命千年的千军万马！在园区内移步换景，你可以领略由上百座或精美，或朴拙的柱础点缀的水庭；你可以欣赏到多达**616**字，字字珠玑的大家手笔石刻；你可以见识到民间仅存五块的皇室墓碑，它下面的雕龙碑座，竟然与我们龙年邮票上的图案如出一辙；你可以流连在不同朝代却同样巧夺天工的石雕井栏和鱼缸前;你可以拾级而上,近距离瞻仰八面造像经幢上千人各异的宝葫芦千佛塔;而文臣武将石像、真武帝君石像、麻姑献寿石屏、关公像、牛王菩萨、土地神、财神、祖先石像、石人像翁仲、替罪人等等,数不胜数:所到之处,皆是雄浑、瑰丽的石刻艺术群!

在以凤凰为原型的室内石刻艺术中心里,我看到石塔石佛荟萃,麒麟天禄成群,石兽碑碣林立,小有几十斤,大至20多吨,个个形态逼真,呼之欲出,恢宏震撼。展馆以石刻精品展示为主线,依次展现前言浮雕、宗教石刻、建筑石刻、陵墓石刻和神话壁画,而以声光电等高科技手段展演的石刻故事,再现了古人天人合一的精神。

石刻艺术中心的主题展览馆以走廊的形式相连,每个馆的大小展台,全部被镶嵌在墙壁之中。这里的开展策划、景观布置和艺术品的复制与创作,全部由中国美术学院著名的教授团队担任艺术总监,来自龙翔、朱晨、罗小平教授的《悬壁天禄浮雕》,栩栩如生,极具天禄神韵;李秀勤教授的《流水大理石》艺术景观,和谐流畅,生动不俗;朱维践教授参考丹阳古地图而创作的《服务墙背景画》,布局错落有致,画面古朴典雅;还有贺亮、林晨曦等研究生团队集体创作的《中厅顶部风景壁画》,气势恢宏,意境悠长;更有施慧教授的《中厅浮雕》,朱维践、李文东教授的《飞天壁画》《走道风景壁画》,祥云点缀,鬼斧神工,神韵盎然。

各个馆的建筑特色、内部文物的陈列迥然有异于一般的博物馆,漫步其间,同时领略到的是一种建筑设计艺术之奇与建筑设计艺术之美。

天地石刻园展示的石刻珍品上自西汉,下至民国,跨越2000多年,计8000余件,均为加拿大籍华人吴杰森先生以毕生收藏捐赠。馆藏之多,规模之大,不仅在中国,就是在世界也是屈指可数。

我不知道吴杰森先生是否因为血管里流着炎黄子孙的血,而把这些倾尽了其终生财力与物力的石刻慷慨捐赠给了丹阳,我只知道,从此以后,他的善行也将如同一块碑刻,永远地与这座石刻园并存了!

首长出差

“文革”结束以后，省里的文化部门在外地召开一个大型座谈会，我去参加筹备工作。会前一位首长来会务组视察，之后稍事逗留，问我：“附近有没有卖棉毛衫裤的商店？”他解释说，他的棉毛衫裤都很破旧，平时在家里倒也罢了，现在出来开会，和别人合住一个房间就显得不太礼貌。

你看，那个时候再大的首长也有可能是穿着破内衣的，而且住宾馆也没有享受单间这一说。

现在这位首长已经去世，至死给人的印象都是威严气派，唯在我的内心深处，他的亲近程度就像一位邻家老伯。

有一年，我所在的单位在黄山举办笔会，其间我们那位精明强干的女首长召开了一个后来传为笑谈的紧急工作会议。事由是我的一位同事与作者在悬崖上拍照，快门就要按下来的时候，这位同事不合时宜地放了一个很响的屁。女首长认为事态非常严重，质问他为什么要开这样的玩笑：“把没有思想准备的作者吓得失足坠下悬崖怎么办？”我那位同事感到十分委屈，据理反驳说：“据我所知，一个人即使再有能耐，也不可能随时调动一个屁用以恶作剧！”与会者从会始笑到会终，全体笑得不可收拾。

女首长变成了女家长，工作会议开成了家庭喜剧，这样的情景放在单位的会议室里，则无论如何都不可能发生。

所以在外地变换了特定背景的首长们，往往最容易袒露出他们可爱的真性情。

这种真性情当然也会出现另一种效果。有一次我随某作家代表团出访欧洲，对于团里的官员作家而言，没有专车、没有随从、没有开水沏茶、没有条件午睡等等，无一不是严峻考验。最糟糕的是生活常识匮乏，旅行用不着的国内身份证、银行卡、人民币、回国机票等，全都放在一个随身包里。进了国际列车的包厢，门也不关就倒头大睡，结果被意大利神偷轻而易举地拿走了那只包。

处于团里最尊贵位置的首长，在没有了返程机票又身无分文的情况下，差点沦落为落魄异域的流浪汉。

还有一位学者型首长，带团外出参观时，为了与群众打成一片，特地放弃了小车，坐到了下属济济一堂的旅游大巴上。下属们刚开始还费力地寻找适合首长的话题，渐渐车厢内的沉闷空气被打破，大家忘乎所以地开始高谈阔论，竟至完全忘记了首长的存在。可怜那位首长蜷缩在车厢一隅，被下属们难登大雅之堂的黄段子惊得目瞪口呆。

回程的路上，首长只好还是坐回了他的小车。

如今的首长得学会接受办公室之外的下属模样，如果他不能参与说黄段子，至少他还能报以应有的笑，否则，深入群众这件事就真的做起来很难。

数鸭蛋

我儿时就读于文化系统幼儿园，它的位置在省歌舞团的后院，每天小孩儿来来去去，对沿途那些练声乐、练打击乐、练管弦乐的形形色色处在支离破碎状态的艺术，几乎一概是熟视无睹。只有当歌舞团彩排的时候，才是我们得以领略艺术的节日。那时候大人观众寥寥无几，开场前只有小孩们到处乱跑，把活动座椅碰得乒乓直响。然后灯光打开，音乐起，丝绒幕布开始缓缓呼吸，一切便被赋予了生命。那些平时到处散落的乐符和面目寻常的叔叔阿姨，一下子变得美妙绝伦。

我记得小孩们都有各自喜欢的节目，男孩们多半喜欢《十番锣鼓》和相声，女孩们喜欢载歌载舞的《兄妹开荒》《十大姐》和《花儿与少年》。可是能让大家全体兴奋的是刮拉嘣脆、活力四射的苏北民歌，像《拔根芦柴花》《杨柳青》和《数鸭蛋》，小孩们没有禁忌心理，几乎是直着嗓子跟台上唱成一片，乐池里的指挥有时候乐得转过身来，眉飞色舞地对小孩儿大舞指挥棒，审查节目的领导也笑得前仰后合。

后来长大成人，前两支民歌一直都全程识路，唯独《数鸭蛋》变得不太有把握。因为印象中的那支歌，数的不是鸭蛋，而是鸭子：

一只鸭子一张嘴呀，
两只那个眼睛两条腿。
走起路来两边摆呀，
一摆摆到池塘水当中。
嘎、嘎，咿咋咋来，
嘎、嘎，咿咋咋来……

这次到高邮搞征文活动，到鸭集团去看他们红太阳食品公司的种鸭基地，进了展厅看到介绍文字,“数鸭蛋”三个字一下子闯入了眼帘,大致是说,这首著名的高邮民歌唱响过华夏大地,并且得到周恩来总理的高度喜爱。

我几乎是迫不及待地想证明,周总理喜爱的,就是我小时候听到的,一出现“嘎、嘎,咿咋咋来”就台上台下满场皆欢的高邮民歌。

不料他们虽然有这首歌的音乐资料,却因为音响有问题放不出来。等到我们听完介绍,俯瞰过种鸭基地全景下到楼下的时候,忽然听到基地的同志在楼上展厅里大呼“放出来了!放出来了!”,然后就听到“嘎、嘎,咿咋咋来”的旋律像欢快的豆子一样顺着楼梯滚落下来。

一时间,我满心都是“他乡遇故知”的感慨。

《数鸭蛋》真的就是它呀!

这首歌以前用女声小合唱的形式表现,女演员们梳一根乌油油的大辫子,系黑丝绒的镶边小围腰,围腰一角用彩色亮片缀一朵大大的牡丹,非常明艳俏皮。现在在激光资料里收集的是童声合唱的《数鸭蛋》,旋律更加活泼明快,听起来别有一番情趣。

只有把这首歌听完,才知道它实际上有很多段歌词,前面是数鸭子,后面自然就是数鸭蛋了。那“咿咋咋来”原来就是数的意思——“一只只来”呀!

想起少年时期插队的地方也属里下河水网地区,每个生产队也都养了很多鸭子。那些鸭子从春天满河滩吃青草和蚂蚱的鸭崽,慢慢长成扎着猛子在水里吃鱼虾和螺蛳的大鸭子,等到它们像褐色的云霞漫布在秋收过的田野上吃残留的谷粒时,一只只已经肥得屁股往地下坠了。

队里每天在凌晨鸭群出寮之前收鸭蛋,手续非常严格,必须三个人到场,一个数数,一个记账,一个提马灯。数数的那位总是一掌抓三只蛋,所以他们数鸭蛋的方式是以“三”计的:“一三,两三,三三……”

同事羡慕我的这段经历,断定我一定吃过太多的双黄蛋。其实真的一个都没吃过。那时候鸭子是生产队的命根子,卖鸭蛋的收入要用来买种子、农药、农具,还要买耕牛的冬饲料。

据说远在那个年代,高邮一带的双黄蛋就是用来为国家换取外汇的,可能连喜欢听《数鸭蛋》的周总理也未必舍得吃一只哩。

水晶世界

来金湖之前，我正在咳嗽。这段时期，我居住的都市空气脏到了让人匪夷所思，我在街上步行，身边左冲右突的机动车延绵不绝，它们搅起饱含尾气的尘埃，加上周围工地弥漫的粉尘，空气在感觉上已近乎黏稠。机动车如过江之鲫，我便如涸泽之鱼，边走边艰难地张着嘴，以噗噗地吐气自救。

我的肺怎么能不表示抗议呢？

没想到驱车一个多小时来到金湖，下车一看，水是透明的，天是透明的，没有任何积尘的树叶、草茎和花瓣也几乎是透明的。我大口大口地呼吸，我的肺一定觉得这样的呼吸非常奢侈。

20 世纪 90 年代我来过这里，采访一位警察烈士的遗属。我记得采访的条件十分艰苦，金湖给人的印象灰而颓败。金湖当时的支柱产业是卫生纸制造，满城是装载芦柴的拖拉机，长长的芦柴尾梢拖着大街小巷的尘土，水面是一种凝滞的黑色。

现在的金湖，看不到任何烟囱，听不到任何机器的喧嚣，造纸产业早已采用回收纸浆为原料，所有的污染源均已被杜绝。餐桌上，主人举起手中的龙虾，说金湖敢于打清水蒜泥龙虾的品牌，就是因为金湖的龙虾不会在钳子缝里藏匿丝毫泥痕，它们有足以骄傲的素颜资本。

金湖有美不胜收的水面，有一流的淡水养殖资源，有介绍尧帝创历法、施德政的尧帝公园，有国内第一个以荷花为主题的开放式大型广场。眼下虽然秋意已深，这个广场的风荷绿野滨水休闲区、凌波踏荷亲水赏荷区、荷风柳岸生态休闲区和荷香花溪游赏区等等，给人的美丽遐想依然是无穷无尽。据说每天晚上，这里会有数以千计的金湖市民跳广场舞，他们的手舞足蹈牵动着拂面的荷风，而霓虹灯将水面的万亩荷田变幻为壮阔天幕，我想这些市民简直是可以飘飘欲仙了！

金湖最让我一往情深的，是南临高邮湖、北接宝应湖、东与宝应县隔湖相望的水上森林公园。这座水上森林公园总面积11000亩，是华东地区最大的人工生态林之一。

我们在半干涸的泥道上，踏着青苔行行复行行，两侧茂密的水杉林底下，是幽深纵横的水巷。据说这些水草掩映的水巷从来没有人进去过，因为不想打扰里面已经形成的各种鸟兽的生态世界。说话之间，一只美丽的野雉旁若无人地踱步而过，头顶上鸟儿的鸣啾声里，听得见一只白鹭的翅尖掠过水杉树梢。

仰起头来，蔽日的水杉林只留下雁翎般的一抹蓝天，蓝得让人眩晕。夏日的这里，是天然的空调世界；到了冬天，则所有的景物都缀上了白绒绒的霜饰，美到无法用文字去形容。这座水上森林的前身，是一片无边无际的芦柴滩。20世纪80年代，入江水道改变了水系，芦柴滩上的芦苇逐年退化，渐呈衰败之势。为了有效利用这一宝贵的滩涂资源，金湖县人民政府于1983年在这里设立直属林场，一批金湖的热血青年在这里胼手胝足，清芦根、开苗畦，栽种下这片蔚为壮观的水杉林。整整二十年的时光过去，这里已成为环境优美、气候独特的鸟类天堂和天然氧吧。

我在金湖徘徊流连，脑子里始终浮现着“水晶”两个字。这里的天空是蓝水晶，这里的水面是青水晶，那个荷花主题广场是粉水晶，而这片水上森林，它夏天的时候是绿水晶，秋天的时候是黄水晶，到了冬天，它就是一块最晶莹剔透的白水晶了吧！

我惊异于离省城不过一箭之遥的地方，就有这样一座水晶世界养在深闺。

四 合 院

说到奥运，说到北京，就不能不说到四合院。因为四合院和天安门、长城一样，都是北京浓墨重彩的名片。

我对四合院的感性认识主要来自小说和电影，比如《青春之歌》和《野火春风斗古城》，那里面的四合院蕴藏着知性的神秘。而骆驼祥子和虎妞的四合院里，我最喜欢虎妞嘴里衔着牙膏沫，用脚把廊檐下的柴火踢下几块，让"情敌"小福子拿去点炉子的情节。四合院里的北京平民，就是这样敢怒敢爱和重情重义。我当然更喜欢用孩子的心去感受四合院，在炕上隔着窗花看天井里的人间悲喜剧，懵懵懂懂的状态下最有味道。某篇小说里，一个顽皮的孩子刚被人抱到炕上，马上伸出手指，嘣嘣嘣，把主人新糊上准备过年的窗户纸捅了好几个洞。大人又喊又骂地把他抱走之前，他还要挣扎着再捅上几个。这种破坏者的快乐，在别的场合肯定是体会不到的。

我母亲有一个姑姑住在北京，他们的四合院里住过好些名人，其中有间玻璃暖阁改建的漂亮屋子里，住过金山和孙维世。据说孙维世喜欢坐在暖阁前的大理石台阶上，怀里抱着她心爱的波斯猫和人聊天。这个画面无疑令我产生非常美好的想象。

后来长大了，已经去过了北京，看过了太多杂乱不堪的四合院，对它的看法就比较一分为二了。甚至就连章含之的四合院，从厨房端一只砂锅到正房去，路上砂锅能砰然冻裂的画面，也让我觉得它太不适宜居家过日子了！

而且，孙维世被关进秦城监狱之后，金山生怕自己也给抓走，在台阶上抱着猫悄悄央求邻家小孩收留它的镜头，也给我心目中美好的四合院蒙上了不忍卒睹的阴影。大难来时，四合院就跟章含之曾经的感受一样，它四面围困，寒意入骨。

到了近些年，日趋珍稀的四合院随着首都现代化进程的高速度发展而强化了原有的韵味,从电视里看到的四合院为了迎接奥运,全部修缮一新,红门绿窗、雕梁画栋,一派喜气洋洋。我设身处地地替住在里面的平民百姓想一想,觉得简直是太托奥运的福了!

我曾经也认为,奥运不过是一项体育赛事,没有必要赋予它太多的社会使命。可是不久之前,在广播里无意中听到北京的鸟巢附近,一家号称“空中四合院”的超五星级酒店,被比尔·盖茨以一亿美金的代价订下了一层楼,用于奥运期间的食宿消费。消息还透露,这座“空中四合院”还将入住很多世界级名人。

这条不过百字的消息忽然让我明白,奥运的意义除了体育之外,它实际上更是一个世界历史文化层面的快乐的大串联。

现在我不禁浮想联翩,那座空中的“四合院”是什么样子的?除了它是一层层摞起来的,追求的一定是老北京四合院民情民俗的原汁原味吧。

如果不是为了体会这个,比尔·盖茨到了北京,大可以去入住希尔顿的。

不是吗?

真没想到四合院也有如此风光的一天!

所思美人不可见

小时候不敢相信，这句写莫愁湖的诗来自鲁迅的手笔。我以为鲁迅也是渴望一睹莫愁女之芳容的。

鲁迅写于1931年6月的这首诗如下："雨花台边埋断戟，莫愁湖里余微波。所思美人不可见，归忆江天发浩歌。"长大后再读此诗，才知道诗中所要抒发的还是壮士情怀，所谓的"美人"不过是借莫愁女之名的"明君"罢了（从《离骚》开始，"美人"一说就有了这样的画外音）。

遥想连鲁迅都拿莫愁湖说事，我也就理解我父母对莫愁湖的喜好了。

儿时我们家住现洪武北路一带，一旦决定周日去莫愁湖，母亲便早早准备下一摞自己烙的面饼，和一饭盒新韭炒新蚕豆之类用以卷饼的菜。父母拖大带小，步行至新街口的糖坊桥（现肯德基方位），那里云集着一大溜马车，老远便可嗅到令小孩兴奋的草料味和马尿味。父母雇上其中一辆马车，然后就马蹄嘚嘚地出发了。马车只有一个双人座，父母各抱一个弟弟端坐其上，我和妹妹厕身于他们脚前的踏板上，哥哥高居于车老板一侧，不时夺过鞭子挥一挥。

从新街口乘马车出水西门，真可谓路途漫漫，弟弟们都在父母怀里晃睡着了。

因为总去莫愁湖，我对莫愁的故事已经听得有些疲倦，每次看到立于池中的汉白玉莫愁塑像，总能发现新的鸟屎斑痕，可惜又不能跨到水里去给它擦一擦。

莫愁湖是始于六朝的胜迹，文人墨客来得太多，到处是楹联石刻。其中最显著位置的诗在时空意义上离儿时的我最近，却令我至今困惑，因为那实在只能说是一首打油诗。这首诗是郭沫若来莫愁湖时的即兴之作："古有女儿莫愁，莫愁哪得不愁？如今天下解放，谁向困难低头？"我以为那只是他当时不在写作状态，后来看了他留在大寨虎头山的诗，才发现也是同样风格。

在诸多诗刻中，袁枚对莫愁湖的评价最高："欲将西子莫愁比，难向烟波判是非。但觉西湖输一着，江帆云外拍天飞。”父亲解释，隋唐以前，这里还是长江与秦淮河汇合之处，汪洋一片，所以可以看到云天之外的江帆。后来长江改道北移，留下大片沼泽和湖泊，湖面最大的这片湖就是莫愁湖，南唐时称横塘，北宋时因莫愁女传说而得名。莫愁湖大规模的楼台园林开发是在明初，被誉为“江南第一名湖”，后因明太祖朱元璋与开国元勋徐达对弈于胜棋楼的传说，盛极一时。之后朝代更替，数度盛衰，我估计我父母最初爱上的是民国时编茅引泉、风景淡雅的莫愁湖，而轮到我们看到的莫愁湖，就是新中国成立后疏浚重建的莫愁湖了，比如父亲带我们划小舟登临的湖心岛，就是 1958 年以后才有的。小舟一路穿越的十顷荷花，以前也应该没有此等气势。

看到郑板桥为莫愁湖留下的墨宝，窃以为他当时的状态至少是在微醺，其中一句是：“湖柳如烟，湖云似梦，湖浪浓于酒。”把偌大一片湖想象成翻滚的浓酒，这是只有酒鬼才会有的脑中画面。

写到这里不能不提及我好酒的父亲，当年老是选择带我们去莫愁湖，文人情怀其次，弄点酒解馋是真。当时物质匮乏，人们半饥半饱，酒是有钱也买不到的奢侈品。不知父亲何时发现，莫愁湖的抱月楼餐厅，为就餐的游客提供散装白酒，一桌定量一两。父亲打那一两酒的主意，我们家又没有入座点菜的条件，父亲就派我们小孩在餐厅逡巡，发现哪桌没有使用一两白酒的定量，就火速冲向服务台把这一两酒拿下。

清楚地记得父亲和母亲坐在抱月楼外的竹荫下，父亲一看到买酒最积极的大弟跨出抱月楼的门槛，立即掏出藏在怀里的小皮酒壶，迎上前把那一小盅白酒往壶里灌，母亲笑道：“瞧你那抖抖呵呵的劲儿！”

运气好的话，我们每个人都可能为父亲的小皮酒壶充一次值。喝到酒的父亲何等幸福，带我们去划船，给我们拍照。现在我的旧照收藏里，还有他当时的作品：妈妈带着我们坐在抱月楼外；我们或坐或卧在莫愁湖畔，哥哥嘴里叼根狗尾巴草。

不知端着照相机的父亲，有没有把镜头里的茫茫莫愁湖设想成一片酒的湖、酒的海？

反正“所思美人”莫愁女，已经暂且离开了他取景的范畴。

所谓“主妇”

有一次我做梦，真的是哭醒的。正因为如此，我就把这个梦记住了。

我梦到的是地震，我从屋里跑出来，穿过满城的残垣断壁，拼命地往父母家的方向跑。那时候他们住的还是六楼，我千难万险地爬上去，看到他们都在，但是我母亲被什么东西压断了一根手指。然后我就抱着她的伤手，哭得怎么也止不住。

事后想想，家人都在，多幸运啊，真不应该哭成这样。可是又一想，我哭的是跑去父母家时，一路上生怕再也见不到他们的那种焦灼和恐惧吧。

所以这些天守在电视前看汶川的灾情画面，我对梦里的心情有了更真切的体验。我老是想，如果埋在废墟里的是我的老人、我的孩子，我眼睁睁看着他们压在钢筋水泥下面而扒不出他们，我会怎么样？我说不定会疯了。

很多年以前，我的哥哥在河北当兵，正好参加了唐山的救灾。他的故事里有一个让我特别震撼。他说有一个女兵为了救护病人，被压在了她所在部队医院塌陷的楼房里，她的父亲闻讯带上自己的部队，拼着命地往这片废墟赶，而最后虽然救出了很多的人，却仍然没有挖出他的女儿。那个一身戎装的父亲坐在女儿遇难的地方，一夜之间头发全白了。虽然用“壮士白发征夫泪”形容这个画面不是太合适，但是“无情未必真豪杰”，至少我是永远都无法把这位父亲的形象从我的记忆里抹去了。后来，因为擅自行动，这位部队的高级将领被降职使用；再后来，他在干休所里度过了寂寞的余生。不过我想对于他的女儿，他的这颗父亲心总是可以有所告慰了。

这里我想说的是，在亲情的概念里，“主妇”这个头衔就像那位师长的头衔一样，往往会被无形之中超越。拿我来说，万一地震到来，我只会记住——我是女儿，我是母亲，就算是在梦里，就算是在潜意识里，我也不会去想自己可能会有什么风险。

但是另一方面，一种类似"主妇"的心态却是会延伸的。也是那年唐山地震，我们家附近的部队医院曾经接收过很多伤员，其中一个十六岁的男孩因为全家人遇难，不但拒绝治疗，而且开始绝食。我是无意中听说此事的，然后就义不容辞地跑去医院"教训"他，一直守着他，不久他居然真的就把我当成了他的家长，乖乖地治伤，吃我做的饭。痊愈后，他只身返回唐山，是我和家人为他置办的全套生活用品。其实那时候我刚刚结婚，才刚刚开始充当"主妇"这个角色。

所以我说，"主妇"的爱非常容易扩张，尤其是别人遇到灾难需要你援手的时候。

也许这一次，我们又可以有机会，做一次为别的家庭操劳的"主妇"。

太 平 公 园

“太平公园”是旧名，重提旧名，会唤起一代人的记忆。

太平公园免费，池塘假山草坪设计平平。小孩们放学后，或在草坪上疯玩“官兵捉强盗”，或极不舒适地伏在池塘围栏上写作业，笔尖碰到围栏的砖缝，作业纸便被戳穿一个洞。

这些孩子是太平公园的“游民”。另一些孩子进了公园，直奔标志着“白下区少年之家”的一幢西式建筑，他们隶属于形形色色的课外兴趣组织：书法美术、器乐歌舞、话剧相声、天文、趣味数学、无线电报务、手旗等等，因为每天下午的“科目”不同，我最终不知道“少年之家”总共有多少个兴趣专业。

参加“少年之家”的活动应该很虚荣。我大弟加入了手旗队，家里来了客人，他追着客人变更手旗摆放的位置，就希望客人发现后惊问一句：“你们家谁会手旗？”

我加入“少年之家”的方式，好像是跟着老师的手风琴唱了一首歌，然后就被录取在合唱队。我忘了我被分在第几声部，但不管是第几声部，到了大合唱合成的时候，我都会被主旋律的声部“带”走。正式演出的那一次，曲目是《雷锋赞歌》，灯光一照，鼓钹齐鸣，气势恢宏，我立刻开始颤抖，刚唱完首句“一面大旗烈火红”，我盈眶的热泪就倏然滚落。整齐的队伍里，一个抹泪的动作极具破坏效果。

我很羡慕小合唱队的几位漂亮女生，她们声部分明，载歌载舞。她们那首歌的旋律和歌词我至今记得：“小河流水哗啦啦，给解放军叔叔洗衣裳，重重地捶，啦啦啦啦，轻轻地搓，啦啦啦啦，叔叔们穿上，好打胜仗……”

后来，我加入了最震撼人心的鼓队。

我打的是小鼓。为了背熟鼓谱，我吃饭用筷子打碗碟，课间用铅笔打课桌，睡觉用手指打肚子。噩梦般的强记使鼓谱嵌进了大脑皮层，我现在仍能不假思索地背出好几段鼓谱。

进行鼓乐表演的时候，我打着小鼓，穿着衬衫、短裙和白球鞋，自觉非常神气。

不过相对于大鼓手，小鼓手是芸芸众生。大鼓不屑于小鼓密集的“哒哒”，只在“咚”的鼓点上以一当十。大鼓是竖着背的，包着红布的鼓槌横向敲击，或者上下翻飞，鼓槌挥到辄止，余音不绝。

我偷背过一回大鼓，它以比想象中轻很多的重量，安抚我狂跳的心脏。

而我始终无缘接近鼓队最辉煌神圣的指挥棒。比之于鼓队的指挥，大鼓手的风光只能是小巫见大巫。

这根顶端嵌一枚皇冠的金属指挥棒长约一米，披戴金色丝穗，宛似帝王权杖。权杖下方的圆球里似乎盛有金沙，鼓队指挥握住它挥舞权杖时，它会发出细碎的天籁。

指挥棒的高贵，决定了鼓队指挥的高贵。我们的鼓队指挥确似王子般高挑俊逸，他吸引的不仅是全鼓队的目光，他吸引的是所有女孩子的目光。

这个男孩子家里有钢琴，母亲和姐姐打扮得很漂亮，据说他们家是吃定息的。那时的我尚不知道什么是定息。

这个男孩子是鼓队的灵魂，每当他背对我们，一手横举权杖，一手做出示意的手势，我们所有的人都屏住了呼吸，随着权杖的落下，千军万马般的鼓点骤然而起，小鼓的鼓点是那般欢乐，大珠小珠落满玉盘。

“少年之家”好像是只针对小学生，后来我小升初，再去太平公园即成为过客。

我在外语学校的面试考场，见到鼓队指挥惊鸿一瞥。一直听说他成绩优异，想他中榜无疑。孰料我外校落榜被分到很一般的初中，发现他也到了这个学校，竟然跟我同班，做了我的班长。

这位男生很快理所当然地成为校鼓队的指挥和全校女生瞩目的对象。

班里的男生无论身高、修养还是气质，都与班长不在一个层面，而鉴于班长的平和友善，他们似乎也很服他。可是“文革”开始不久，班长因为家庭出身受到班上男生的攻击，他离开教室时，笤帚、黑板擦追着掷向他。

从此他再没有在校园里出现。四十多年之后，班上的女同学聚会频繁，男同学闻讯要求加入，他们的里面总是没有他。

他们说找不到他。

偶尔走过太平公园，会想起那个手握权杖的少年。

太平公园现在叫郑和公园，公园里早已没有“少年之家”，没有了为孩子们提供绚烂时光的所在。

桃木梳子

我出差的时候，喜欢随身带一把木梳，不管是等船、等车还是等飞机，坐下没一会儿，不由自主地就摸出了梳子，把头发梳一梳。木梳子梳头很舒服，完全不产生静电，用来化解无聊也还是有效的。

这把梳子是桃木的。说到桃木梳子，不免有些好笑，因为很容易想到京剧《红灯记》里的台词。我母亲是个有点桃木崇拜的人，她说："桃木辟邪。"她又说："钟馗捉鬼用的剑可不就是桃木的！"母亲从小在中原长大，受到不少中原文化的影响，中原文化给人的印象就是神神道道的。

可是想想，她说得一定也不错，要不然《红灯记》里李奶奶跟卖木梳的接头，犯不着特地问上这么一句："有桃木的吗？"

"有，要现钱。"

桃木梳显见得比其他的梳子具备待价而沽的资格。

我小的时候倒没有特别想要一把桃木的梳子，觉得保姆们用的那种木梳子，很容易就在木齿间积满了油垢，用剪刀尖往外剔都剔不干净。那时候赛璐珞的梳子最时兴了，漂亮而又轻巧，有的人梳完了辫子，故意让它"遗忘"在头顶上，于是就过了一下"作怪"的瘾。

我那时候最想要的就是课文《核舟记》里，那种连茶壶盖都能取下来的桃核小船。当然这只能是梦想。

天 人 合 一

说起我和高鹤云先生的渊源，如果大言不惭，可以上溯到20世纪的60年代。那时候我初中都还没有毕业，在苏北宝应县插队，是农民；他大学毕业，分配在宝应县革委会某个机关工作，是国家干部。也许从那个时候开始，我们就完成了各自大半生的身份定位——他官员，我百姓。

不过后来，当我成为他“三千门客”中的一个，经常出现在由他埋单的吃喝团队里，我们的落差就基本上被粉饰了。我们这个团队也许可以被雅称为“沙龙”，经常大家一坐下来，未及推杯换盏，先忙着交换各自新出版和发表的作品，其中有书法作品集、小说散文集、画册、收藏文化专著、海内外著名报刊的专版特稿等等。高先生的作品刚开始是对外经济贸易方面的大部头论著，后来便完全被令人目不暇接的摄影集取而代之，几乎是一夜之间，他就飞快地荣登了中国摄影家、中国摄影艺术家的顶级宝座。

他的摄影作品里，有很多幅真是让我过目难忘，不过我曾经把他的惊人成就归结为官员地位带来的天时地利。试问，有几个摄影家能坐着专用小直升机在纽约上空拍摄自由女神像？可是后来，他出人意料地摒弃了这种带有喧嚣意味的显赫优势，来到静静的荷塘一隅，自甘寂寞地拍摄了大量极具文人气息的残荷。他还沿着最偏远的茶马古道，骑驴换马、风餐露宿，去拍摄世外稻城的远山近草、泥屋土墙。我从他作品风格的演变里，感受到了一颗艺术家日趋丰厚凝重大器的心灵。

前不久见到他，只知道他去了一趟罗布泊，经历了许多游走在死亡边缘的惊心动魄，而我对这一切并没有直观的感受，直到我拿到他的这一组胡杨。

我深深地、无比地震撼。

我去过戈壁，见过胡杨，但我眼里的胡杨延绵而琐屑，或可冠之以“顽强”，却远没有高氏镜头里铜干铁枝、千古苍虬般重不可测的分量。

我不知道胡杨这种摩天撼地的气势为什么以往的摄影家们几乎都没有表现出来，也许不把自己置于罗布泊那样的死亡之地，就不会收获这种对生命的刻骨体验和终极发现吧。

当镜头记录下高先生扛着摄影器材与大漠浑然天成的瞬间，我很难把他跟以往电视屏幕上外经贸系统新闻发言人西装革履的形象联系到一起。但是此时此刻的他，给人破茧而出的感觉，真正的生命——自然的生命和艺术的生命，揭开了最为鲜活的、最有质感的一页！

人生从六十岁开始。天人合一，这是芸芸众生多么可望而不可即的境界！

铁 路 边

我十岁那年，我们家搬进一座日本人留下的大院子，从这座大院出去，要步入城区的主干道，必须穿越一个叫“铁路边”的横街。

这条横街现在叫长白街，车水马龙，宽阔喧嚣，比原来通往健康路的主干道还要主干道。可是当时的它，扭曲破旧，风一来，两侧形形色色的棚户格外灰头土脸。

我问这条土街为什么叫“铁路边”。母亲说，这里原先是有一条从下关通往白下路的民国小铁路的。她指给我看，说，你看，那里就是一个站台。

哦，那个周日我们全家去白鹭洲，父母把背累了的弟弟搁下歇脚的破台子，就是所谓的火车站台呀。

我总是会遐想这列火车还在运行的状态。试想，坐着火车去上学，何等地令人神往！

至于这条小铁路为什么不复存在，据说战争造成的轨道失修是一个方面，再一个是太脏太吵，再一个就是纵贯城区的铁路成了诸多要道的通行障碍。

而母亲的说法是，新中国成立后市政府之所以下决心拆除小铁路，是因为小火车不止一次轧死过流浪汉。

流浪汉为什么喜欢往铁路上跑？母亲说因为铁路没有栏杆，又说流浪汉喜欢捡铁路上的垃圾。

总之等我知道曾有这么一列可以坐着去上学的小火车时，它已经成为传说。

“铁路边”是那个时期我最喜欢溜达的地方，越溜达越注意到细节。比如开在旧站台上的河南馒头店，店里的灰土墙一露出斑驳的墙根和老鼠洞，街垒工事般的面袋子就又把它们遮住了。“铁路边”的小摊子，同样是土灶和铁锅，这家用大笊篱舀出了炸得金黄的麻团，那家用大木棍挑出的就是一整匹靛蓝色的粗布。由于靠近夫子庙，卖糖人面人兔子灯抖嗡的也不少。我弟弟热衷光顾的是其中最潦倒的两个摊子。一个摊子的主人我们叫他“脏老头”，永远穿件破军大衣，永远脏胡须上挂着鼻涕，他用破砖头和破门板搭一个破摊子，从护城河里摸些螺蛳用盐水煮了，分盛在脏脏的小碟子里，用来赚小孩子的零花钱。不知我弟弟偏爱这种可疑螺蛳的理由是什么，反正他只要是有个两分钱，就会跑去“脏老头”的摊子，从半块吸铁石上扯一根锈迹斑斑的缝衣针，津津有味地挑螺蛳肉吃。另一个摊子的主人是个长着龅牙的矮小可怜的男青年，他卖洋画、毽子什么的，我弟弟叫他“眊子”，最爱捉弄他的高度近视。有一次天很热，“眊子”眼镜片上都是汗，我弟弟就怂恿他把帽子摘下来，挂到后面一堵破墙的钉子上。“眊子”往上一挂，帽子掉下来，原来那枚所谓的钉子是只苍蝇。

母亲说，这两个人都很叫人同情，“脏老头”是个无儿无女的国民党残兵，苏北人；“眊子”换在新中国成立前可是小开，新中国成立后受家庭成分之累，眼睛又不好，只好如此谋生。

后来就是“文革”，我们插队，父母下放。等父母重新回到南京定居，很巧就住到了“铁路边”的一座楼上。有次我从插队的地方回家小住，母亲把我叫到窗户边，指着街对面的一间没有窗户的破屋子，问我还认不认得里面住的人。我仔细一看，认出那是已经变得更老更脏的“脏老头”。他还是穿着一件看不出颜色的破军大衣，又黑又窄的屋子无法待，他不是在“铁路边”蹒跚挪步，就是坐在一张破藤椅里晒太阳，或者用两块砖头煮一只破茶缸里的什么东西。

那时我弟弟还在苏北海滨的一个建设兵团围海造田，得知“脏老头”的消息，着急回来看。可是兵团不像农村可以随意来去，等到他终于回来，“脏老头”已经死了。

母亲说，有几天没见到“脏老头”出来，后来来一辆殡仪馆的三轮摩托，“脏老头”就躺在那个装尸体的长挂斗里，被拖走了，走时穿的好像还是那件破大衣。

“脏老头”走后，居委会过来锁了破木门。

我弟弟去看了看那扇破木门，肯定地说，这就是当年摆螺蛳摊的门板。

“铁路边”这个地名，估计今天没有多少南京人记得了。

铜陵停留在舌尖

以前对铜陵的记忆，是在武汉求学期间，每乘江轮往返，都会在停靠码头后，上岸买一种非常好吃的茶干。那时候的茶干方方正正地包在印了木刻商标的纸里，四五片一小包，撕开沁了新鲜卤汁的薄薄的包装纸，一片片慢慢细品，几乎可以吃到轮船停靠下一个码头。回味悠长的茶干，跳板上熙熙攘攘肩挑手提笋干、茶篓和木炭的船客，马达的轰鸣声里拂面而来带着铁锈味的凉风，这就是我所喜欢的铜陵。

这么多年的时光过去，我每次出差前去超市购物，都会下意识地买上一包铜陵产的茶干，好像那一包耐人寻味的豆腐干，就是出门在外的心理标签。现在的茶干都是真空包装，透过塑料袋可以看到茶干密密匝匝压在一起，足有二十来块。所幸一同出差的人都习惯自带茶水，大家便一路自在地把它们分享了。

如果说每一种食品都拥有自己的语言，铜陵茶干的语言就是“闲”和“实”这两个字吧。

仔细想来，我以前虽然偏爱铜陵，实际上也就是如此地边缘着它而已。

这次总算是真正地来到了铜陵，吃饭的时候，满桌的珍肴里赫然一碟朴实无华的茶干，配一小碟红红的辣椒酱，我一下子就像是见到了亲人。有趣的是，铜陵的宴席无论豪华与否，都少不了民间的家常小菜，比如笋干、茄泥、咸鱼、腌莴笋丁、臭豆腐乳，最雅俗共赏的是渍生姜，淡黄色的幼姜被撕成不规则的细条状，非常清香脆嫩。据说铜陵生姜号称中华白姜的经典，早在明嘉靖年间就已经驰名中外。它肉厚渣少、祛寒正气，历来都是专供朝廷的贡品呢！

这一天去参观位于大通口的悦洲岛，下了横越夹江的渡轮，看到密密麻麻载有新鲜蔬菜的推车在等待过江。大太阳下，菜农们忙来忙去像在呵护自己娇嫩的孩子，不时地掀开苫布往菜上淋一瓢清凉的江水。那些露出“褴褛”的菜几乎把我看呆了！它们全都是菜的工艺品啊！

那些精致的小南瓜，那些碧绿的圆茄子和长豆角，那些漂亮的西红柿，连一个虫眼、一个疤瘌也没有，甚至连一个长歪的也没有！

走到一木桶黄晶晶的大腌菜前，我无法再挪动脚步。菜农看出我眼里的惊羡，笑着揭去桶上的塑料布，一股久违的酸鲜味立刻沁心入肺。菜农大声地鼓励我揪一片腌菜尝尝。我鬼使神差，真的揪了一角腌菜叶填进嘴里，只听得周围一片菜农快乐的笑声。

可爱的铜陵，亲亲的铜陵。它就这样地留在了我的舌尖。

童　　话

女儿读初中的时候,我有一次和她闲聊,聊到了丹麦童话。

我对她说:"你小的时候听《海的女儿》,听得眼泪都下来了。那是小公主变成泡沫的时候吧?"

女儿说:"才不是呢,是小公主不忍心杀死王子,把刀子丢到海里去的时候。"

我有点意外。因为听这个故事的时候,她只有两三岁,那时她已经知道故事的什么地方最具悲剧性了吗?

女儿仿佛憋了十几年的抱怨此刻得以迸发,说:"童话怎么可以这样教育小孩子呢?怎么可以这样地要人委屈自己呢?"

我非常吃惊并且无言以对:"可是,你总不至于认为应该杀了王子,好让小公主做回人鱼吧?"

她执拗地说:"我当然不会主张杀王子。可是,难道一个好女孩就一定得让她承受悲剧的结局吗?"

"那倒不一定。灰姑娘不是就得到了一个喜剧的结局吗?"

"灰姑娘是另一种悲剧。她的资质高于现状,她的精神世界优越于现状,而实际上她又是心甘情愿地屈从于现状的一个女孩。如果没有上天制造的机遇,她不就一直是个灰姑娘吗?"

我又一次无言以对。

"灰姑娘为什么要在后母和她的两个女儿面前自甘卑微?难道灰姑娘不是家里原先的主人吗?她的爸爸又不是对她不好,爸爸到城里去,问大家要什么礼物,后母和两个女儿都要珠宝,偏偏她什么都不要,只要爸爸途经的森林里的一截树枝。"

我说:"正因为灰姑娘清纯无瑕,所以打动了王子,使她在他面前充满了非同凡俗的光彩。”

女儿笑起来，说：“王子第一次见到灰姑娘的时候，她恰恰一身盛装，连鞋都是水晶的呢！”

不错，那天她还乘了一辆金碧辉煌的马车，虽然马车是南瓜变的。我不得不承认，灰姑娘并非用本色的魅力赢得了王子的爱情。

既然灰姑娘也需要世人瞩目的幸福，她的确没有必要在以往的岁月里，故意扮演一个与红尘无关的角色。

女儿说：“《灰姑娘》其实比《海的女儿》悲剧色彩更浓。《海的女儿》虽然结局悲壮，毕竟颂扬了人性的美；《灰姑娘》以喜剧的形式收场，宣扬的却是人生的消极和伪善。”

“那么卖火柴的小女孩呢？你有没有为她一掬同情之泪？”

“一个故事从头到尾都是悲的，也就罢了。”

“《皇帝的新衣》从头到尾都很可笑，是不是也不值得一说？”

女儿说：“那不同的。这个故事虽然表面上可笑，实际上很令人悲哀的。”

“你可怜皇帝落到了那样一个不堪的境地，对吧？”

女儿点点头，说：“我这么多年一直在替他想，总不至于真的全裸吧？裤衩总还是会穿的吧？”

“‘裁缝’怎么会把最关键的这一件漏掉呢？他们不是强调‘从里到外’都给他换上了‘新’的吗？”

女儿激烈地反驳，说：“怎么会呢？那么高贵的绸料用来做裤衩多不合常理呀，再说也不舒服呀！”

我禁不住大笑。一直以来高举批判大旗的小姑娘，此刻终于无法掩饰她的童心和稚气，还有她拼命要抵挡的一件东西——善良。

从那一次的闲聊之后，我一直学习用另一种眼光来重新阅读童话，同时不得不认真思考一个问题：我们给孩子们讲童话的时候，我们对他们的判断力和理解力真正地有所估价吗？

我真的再也不敢居高临下。

拖　车　绳

自从我女儿和女婿买了一辆越野车之后，他们就老抱怨它的用武之地太少。有一次我跟他们到江浦去玩，无意中发现一处破败的山路，我女婿居然开着车子，在这段山路上带着我们来回疯狂颠簸了八趟，那时候他的屁股上还长着个疖子。

他们的车子叫小强，和主人一样精力过剩，美中不足的是它只有两驱，有一次陷在某个天然湖边的泥坑里，使足了力气也上不来。后来这款车子的经销商跑了很远来救他们，还弄坏了那辆救护车的某个部件。

真是“老吾老以及人之老，幼吾幼以及人之幼”，自从那次遭遇尴尬，他们就买了一根拖车绳放在后备厢里，随时准备救别人的车子于水火。

终于遇到一辆车子陷到了沟里，女婿兴奋地把小强在抛锚车的前方停好，刚刚把拖车绳挂上对方的大杠，抛锚车忽然轰隆一声，被热心的路人们推出了泥沟。

第二次悲惨的故事重演，在他们忙着挂拖车绳的当口，人们七手八脚垫在抛锚车轮子下的石块发挥了作用。

在南京这个极其不缺乏古道热肠的地方，我女婿很担心他的拖车绳永远没有一展身手的机会。有一天他若有所思地说：“也许我更应该在小强的后备厢里放上两个沙包。”

我问为什么，女婿说：“沙包具备短兵相接的优势，而且别人到处找砖头、石块的时候，我已经捷足先登了。”

现在我们家的小强，就开始不但成天背着根拖车绳，而且也背着一对沙包了。

宛若恋爱

我每天上班,要乘很长时间的公交车,为防路堵,出门的时间都提前很早。渐渐发现,乘这班车的人基本上比较固定。

我应该跟这个小女孩同车很久了,可是之前完全没有注意到她。有次我下班,这个小女孩从我的后一站上来,她没有穿难看的校服,纤长的身体似一株小小的水葱。

她似乎是个好动的小孩,蹦跳着进到车里,一直在我斜后方的座位上制造各种动静,然后居然像小男孩那样吹起了口哨。我惊奇地回头,看到她并不很漂亮但极其干净的五官。她正东张西望,然后转开浅蓝色的眼白,看我一眼。

我不知怎么就喜欢上了这个小女孩,老有回头看她的念头。这天的晚高峰有些特别,车刚进主城区就挪动困难。有次车靠站,人丛中忽然闪动小女孩裹在浅红色针织长裤里的腿,我紧急回头,小女孩果然已夹杂在大人堆里下了车。

我目送她在大街上晃晃悠悠的小身影,真是有些舍不得。前面是一个街口,人行道上转眼不见了她的红裤子,我想她一定右转了。熬过三个红绿灯之后,我们的车终于过了这个街口,然后赫然间,我又发现了小女孩——原来她是故意放弃举步维艰的公交车的。

到了下一个红绿灯口,小女孩又一次消失,我几乎可以肯定她已经继续直行了。孰料我们的车刚一左转,我又看到了她!她是那样得意自己比公交车走得快,昂着小脑袋往车上瞧,我不知道她看没看到我惊喜复惊喜的表情。

她终于没有继续与我们的公交车玩竞走游戏,她斜插过一个街头广场,消失在一条小巷里。

确定她的家就在这个站附近之后,我几乎再也没有错过与她的相遇。每天早晨车向这个站停靠,老远就会看到她蹦蹦跳跳地跑向这辆车。她上车来,目光接触到我的笑,从略感困惑变得若有所思,到后来,她故意在环视四周的时候,朝我看一眼,再看一眼。我们的车程很长,她有时会在座位上补做作业,她故意让作业本掉落在过道上,让我看她攻读的是小学五年级的英语。

有一次她准备下车,倚着我靠门的座位。我拉拉她的书包,问她:"这么早到校干吗?早自习吗?"

她睁大眼睛,愣住,似乎对默契的突破没有思想准备。

我又问:"为什么上这么远的学校?家附近没有好小学吗?"

她依然无言,看我。我说:"嗨,不会说话啦?"

车门打开,她下了车。

被纯真小孩视为"狼外婆",不是一般的让人扫兴。从此她上车来,我不再用喜悦的目光迎接她。

她开始尽量坐靠近我的座位,用环顾四周的方式寻觅我的目光。有一次她在我的后座上用她的作业本蹭我的头发。然后,她唱起歌来。

我终于忍不住,笑着瞥她一眼,我说:"你不是聋哑小孩呀?"

她笑得咯咯出声。

下一次她上得车来,径直走到我身边,像小兔子一样地依偎着我,坐下了。

万 吨 轮

之前往来长江两岸，从未留意到江都经济开发区的船舶业是如此得江岸线之独厚！

也许在主观意识里，描绘蜿蜒江岸线的那支画笔，应该只用来点染绿意盎然的芦苇吧。否则的话，到哪里去感怀白居易《江南好》里的诗意——“日出江花红胜火，春来江水绿如蓝”呢？

可是，此刻站在全球最大的30万吨级“中海峨眉山号”钢质浮船坞上，仰望国内单梁跨径最长的900吨龙门吊伸出的威武巨擘，脑海里的婉约诗意全然被一腔壮怀激烈所取代！

同等规模的龙门吊有四座之多，而其他规模的龙门吊比比皆是，于是数十万吨级的巨轮，这里那里，到处都在打造中或接近完工。

在中海船业，万吨级巨轮的年打造能力是以数百万综合吨的概念予以计算的。

江风吹来，给我一种恍若梦境的感觉。满眼巨轮的景象显得如此不真实，时光倒回去五十年，这就是一个典型的科幻境界呀！

此刻我才知道，我其实是有一个巨轮情结的。

镜头要摇回到记忆里的1960年，在电影院的新闻简报里，我看到我国第一艘自行设计、自行建造的万吨级远洋货轮“东风号”在上海江南造船厂下水。从现存的资料上看，“东风号”的载货量不过一万吨，但这艘货轮从上海启碇，能够沿太平洋，经印度洋、大西洋，中途不加燃料和水，而直达苏联的列宁格勒。这对于当时的中国人民而言，其伟大的历史意义及隆重程度，可谓堪比火箭升天。

万吨巨轮在一个儿童的眼里，是跟锣鼓喧天、彩旗飞舞、繁密的气球如彩色气泡升腾的画面联系在一起的。而巨轮下水最点睛的一笔，是某首长接过一柄系了红绸的斧头，挥臂一砍，紧绷的彩带悠然垂下，失去缰袢的巨轮便从母体般的船坞上脱离,缓缓滑进了黄浦江。

说来可笑,我的万吨巨轮情结竟然就源自那根神奇的彩带。我一直在想,是什么样的能量赋予了那根彩带,使它能够在庞大的万吨巨轮下水前轻易地绾住它呢?

长大后走出童话思维,当然明白了彩带只是一种象征意义的存在,但是那座滑梯似的船坞,仍然令我印象深刻。从史料的记载上看,为了“东风号”万吨远洋轮的建造需要,江南造船厂曾数次扩建2号船台:第一次是将174米的水平面船台接长至227.3米;第二次是将滑道再次接长17米,将下水设计负荷提高到2000吨;第三次是将船台的水平段加建成了斜坡段——这就是巨轮滑行下水的前提之所在了!

如今来到中海船业,我却没有找到一处带有滑道的倾斜状船台,离我最近的两艘在建万吨轮于30万吨级的干船坞里比肩而立,前方拦有一道高大的水闸。

“它们将会怎样下水呢?是打开船坞尽头的这道水闸吗?”

“是的呀,水一进来,轮船就获得生命啦!”接待我们的工作人员很高兴我能把干船坞的设计原理理解得这么明白。

我替当年江南造船厂的建设人员发出感慨——怎么能够想到,当初殚精竭虑造出的大船,如今就像是养在圈里的猪崽,膘肥体壮达数十倍之后,成批量地就开栏下水了!

它们都是从原先芦苇茂密的江都江岸线出发的!

文艺演出

那天去参观一个乡镇，接待人推开一扇门，令我措手不及——里面正做报告呢！在村民们好奇的目光里，我懵懵懂懂在前排座位上落座。

这种规格的礼堂实在是久违了，木凳子木台子，黄灯光照在简易的帷幕上，仿佛带着打稻场的尘土味。陈旧的舞台边沿用来陈列旧物，零散地摆放几件油漆斑驳的鼓、钹、二胡。

报告的内容与税收有关，慢慢听下来，才知道这是高纳税乡镇与当地国、地两局的联谊活动，怪不得台下除了村民，还有不少大盖帽。

村书记和国、地两局的税务领导拉家常般地讲完话，台上忽然宣布，村宣传队的文艺演出开始！

这简直太出乎我意料了！节目单拿到手里，满目的时光倒流，薄薄的办公纸上依然印着些表演唱、地方戏联唱、快板书之类的节目。主演的名字更是"草根"，也不带姓，只是简称"才桂""小潘""小国"等等。

看到主持人登场，我哑然失笑。女主持人两片颧骨红，普通话完全不符合标准，嗓音上拔到几乎失去掌控。不知何时，那些鼓、钹、琴、笛也都各自有了主人——跟插队时的当年一样，乐鼓手们都是戴着褪色干部帽的老年乡村文艺爱好者。

我的内心充满感动。这些年看到太多的基层宣传演出，每一次都让我找不到北——那些演出美女如云，声光电类高科技无所不用其极，阵势宏大的乐团全部使用西洋管弦，节目单一律采用彩印铜版纸。

正因为如此，此刻的我，才像是重新找到了故知。

节目一个个演下来，全部是原汁原味的乡土版——四方步、兰花指、眼神各是各，腿脚幅度不讲究。可是那个才桂虽然说话不是强项，伴着笛子、二胡的歌喉却是一鸣惊人。而那个小国一开腔，完全可跟地方戏专业演员有一拼。唱流行歌曲的小潘相貌儒雅，台风俊逸，双臂一伸，西装里露出 LV 皮带扣。

我们彼此耳语："不会是仿制的 LV 吧？"

"怎么会？"陪同者不高兴，"你也别小看了咱们台上这些大嫂大姐，她们哪家不是千百万资产？有好几个老板娘还是专程从天津、上海的专卖店赶回来参加演出的！"

我瞠目结舌。看台上大嫂大姐们不断变换队形，把快板词越说越顺溜的样子，才由衷地知道，什么叫作"海水不可斗量"。

这个号称"苏中第一村"的董北村，过去我几乎是闻所未闻，可是这座年创收近五个亿的村落，这个家家开着豪车、住着罗马式别墅，村民从出生到落葬全部费用由村财政承担的村落，真正是体现了藏富于民的宗旨。

以往无论去哪里参观，接待方的目的都很明显：希望借文人的一支笔，写篇关于歌功颂德的文字。可是董北村的书记除了顺便请我们看一场演出，没有传递给我们任何这方面的信息。

董北村志不在此。董北村踏踏实实造富，不需要造势。

从董北村的乡村文艺演出，我想到了做人，就像李嘉诚只穿布衣布鞋，李家孩子们吃饭不会掉饭粒一样，他们是真正理解了"财富"这两个字的人。

蚊　子

张爱玲形容男女之间的感情,新鲜时像爱人胸口上的一粒朱砂痣,反之就成了墙壁上的一抹蚊子血。她的想象如此奇特,每次看到都让我莞尔。

小时候家里住的是日式公寓,地板看上去始终很新,曾经很白的墙壁上却到处可见斑斓的蚊子血。那时所有的家庭都陈设简单,我们家住得高甚至不用窗帘,缺少隐蔽栖息点的蚊子似乎只能在饱餐之后待毙。

那时候我们驱赶蚊子的办法是点蚊香和喷滴滴涕,作用基本没有。我们大院里曾经有过一个临时蚊香作坊,工人用杠杆式的简易机械轧出墨绿色的“宽面条”,然后两条对旋,一盘一盘地晾在用尼龙纱绷成的晒架上。我很喜欢膏体、色泽都很可爱的初始蚊香。小伙伴们传说,蚊香的原料里有蚊子惧怕的鳝鱼骨,我尝试着直接在家里挂了条鳝鱼骨头,很快就只能把它扔掉。

我插队的时候见识了农村蚊子的凶悍。曾一度寄居在农民家,和房东老奶奶睡一张老式架子床,夏天密不透风的麻布蚊帐里,弥漫着老奶奶的鼾声和她发髻里陈年的汗味,我半夜逃出蚊帐坐在床前的踏板上,很快被蚊子形成的“龙卷风”吞没。

现在的蚊子跟着杀虫剂一起更新换代,好在魔高一丈,我们有了得心应手的电蚊拍。每天晚上悠闲地看电视,我会时而瞄一眼墨绿色的丝绒窗帘,那上面往往会有一两只可供电蚊拍施展才华的目标。消灭了它们,我便安心去睡觉。

最近发现蚊子的智商出现新增长,它们会舍弃客厅里的大好时光,耐心潜伏于卧室,于是我有时刚刚入睡,有时半夜惊醒,翻身跃起挥舞电蚊拍。顺利的时候,电蚊拍连续发出小鞭炮似的脆响,偶尔枯焦的蚊子会遗恨绵绵地抛出一滴我的血,充满成就感之余,我欣然酣睡至天明。

这种大快人心的局面近来也颇为不顺,往往怎么找也找不到目标,英雄仗剑,四顾茫茫。这时候我会想到晚年梅兰芳，他为了不使眼睛失去神采，每天看鸽子盘旋，我想我的眼睛每夜这样上下左右睃巡，那也应该算是一种健眼操吧。

这样想想，我也会在另一种状态下欣然入睡。

现在我告诉大家，聪明的蚊子会垂直驻足在深色家具的立面上，你要从侧面看过去，才会看见它。

跟蚊子斗智斗勇，这真是夏天里的一个有趣节目啊！

我的大学师长

二十八年前，我考上了武汉大学中文系的作家班。

武汉大学风景优美，但因为坐落在珞珈山上，到处是坡道。报到的那两天，办各种手续，领包括小板凳在内的各种生活用品，我和室友冒着大太阳在校园的山路上跑得几近中暑。室友是女汉子，在邮局里径自拔下一位男士胸袋里的钢笔填存单，那人抱臂微笑，听之任之。后来才知道他是我们西方音乐欣赏课的老师。该老师有节课恰好排在圣诞节，他把阶梯教室的窗帘全部拉上，点燃一大片蜡烛，然后抱臂倚在墙上，让我们自己听音响里播放的宗教音乐，一首接着一首，烛影摇曳，整节课他只说了一句话："下课。"

我那位女汉子室友是学习委员，她领了一大捆教材回宿舍，半道上劫持了一辆自行车，对方乖乖地推着这辆车在山路上挥汗如雨，一直送到目的地，还扛上六楼，后来才知道他是我们的副班主任，国内很有点名气的文学评论家。后来的日子里，我们在宿舍里违规使用电炉自行开伙，一直是这位副班主任为我们提供购粮本。

教古代文论的老夫子一口难懂的湖南话，刚正不阿，极其在意学生的翘课率。班上的同学习惯熬夜写作，早晨会从被窝里伸出蓬乱的脑袋，对敲门的班干部说："请代向老师问好。"可是逢到老夫子开课，每每勉为其难地捧场，因为怕他果真不给学分。班上有位拿过全国短篇小说奖的美女正与一位法国外教恋爱，她拒绝去上课，对学习委员说："老夫子要是点名，你就说我感冒了。"

老夫子的课连上四节，课间休息时，一帮试图顺利谋到学分的学生簇拥着老夫子在梅园里散步，只见美女在山道上袅袅婷婷地走来，怀里抱着将要去邮局发出的邮件。美女扬起纤纤玉指，朝老夫子做了个手势，老夫子面露微笑，回了一个相似的手势。事后学习委员朝美女发飙："偏选这个时候跑出来也就罢了，还做什么手势！你那是感冒吗？"美女笑道："我那个手势的意思就是感冒啊。"

教我们中西比较美学的老师后来是名扬四海了，可是当年他来南京出差，我去车站接站，他居然夹着一只巨长的扁纸箱。那是他在前一站我们那个学习委员处领受的任务——捎一件她送我的裙摆式羊绒长大衣过来。

他小心翼翼地把纸箱交给我，长松一口气，说："总算完成任务了。"

到了教师节，忽然想到了这么多有趣和美好的往事！

我的股民同事们

单位里的股民大佬当然是周梅森。单位开会纪念延安文艺座谈会，周梅森题外发言，猛烈敦促座中的非股民跑步进入股市。他的观点和他的《绝对权利》《国家公诉》等作品的题目一样，具有正义的面孔和凛然的气势。他说，证券市场体现的是国家全民资产的一次再分配，股民们都在享受改革开放的胜利成果，你为什么要放弃你的权利？

黄蓓佳的字典中几乎没有“不成功”三个字，学历、事业、家庭、爱情、房产、财产、车、股票、基金……她的炒股成就，据说从当初投入的三十万元，挣到了如今的两百三十万。股市最火的时候，她到单位来，抓住人问：“你们别告诉我谁又加入了炒股，你们就告诉我，谁还没炒股吧！”这个问题就好答得多了。据我所知只有赵本夫、储福金、我，大概还有毕飞宇。

苏童在纪念延安文艺座谈会的会议上做同题发言说，他们家是他老婆炒股，一炒就被套住了十年，前不久股市大好终于解套，老婆却把股票的密码弄得找不到了。

叶兆言摈弃道听途说，两口子关门讨论、审慎炒股。经历了几度秋凉，目前尚能是小赚不赔。兆言形容个中感受，说：“抛晚了一跌到底，你直想打自己嘴巴；抛得早了，一看这只股还在涨，你还是悔得直想打自己嘴巴。”

新股民徐晓华仅仅几番牛刀小试，就以理论家的洞察做了结论。她说：“炒股永远都只有两个字——‘后悔’！”

作为老股民之一，姜利敏极其可贵地修炼到了任何股情下的波澜不惊，诸多的得而复失和失而复得，目前对于晚生后辈都是经验之谈。问他十年间挣了多少，他说起起落落，基本还是那十万股金吧。闲钱买得十年的无端悲喜，对于一个作家而言，应该是多了一笔相当可观的无形财富。

傅晓红是在股市最火的时候闯进去的，当时刚刚拿到驾照，结果投进去的三十万转眼间就损失了十多万。傅晓红说，她本来准备买的车没了。

以清高著称的袁炳良，曾经因为拒绝报考外语，而毅然放弃已经通过资格审查的副高职称。这一段他一直冷眼旁观傅晓红们的惨淡，后来他每日论股，对股市的关注程度远远超过了旁观者的立场，这才发现，他也“进去了”。如今的他很少再有玩味昆曲和书画的闲情，大概同时还发现，完全超然于世外也未必可取。

同办公室的编务小周，平时极其安静，这一段总是忙着接手机，听内容是权威回答股民朋友的咨询。后来知道她有个神秘的女邻居，一个人炒股，不费吹灰之力养了一大家子，还负担了好几个亲属孩子的出国留学费用。该女经常搭乘小周的车，顺便给小周一些点拨，她的预言没有一次不准。小周的丈夫试图以一个成功男人的智商和判断力，击碎一个非理性女人的非理性神话，可是他遭遇了一次又一次的失败。在股市上失败，有时意味着上百万的损失，小周丈夫付出的代价，应该说比较昂贵。

圈内还有不少由股民演绎的故事。比如有个从电视台内退的女作者，数年间一直忙于物色老伴，因为经济条件好，总是碰到男骗子。最近她和第 N 个男骗子分手，为了消愁去炒股，不料情场失意，赌场得意，一出手就赚了五十万。现在，她终于对男骗子有了免疫力，因为她的全部狂热已经悉数转移给股市了。

而股市造就的爱情悲剧发生在另一个女作者身上。该女作者再婚的甜蜜期过去，两人一直各居一室，貌合神离。他俩炒股，是各炒各的，以前都是去证券交易所，后来女作者的儿子给她买了一台电脑，她便在家里炒股，而男的也渐渐借光不再跑交易所。这一天，女作者感到她的股要跌，催促霸着电脑的男人快让位，男的迟下来一步，女作者的股像雪崩一样跌得不可收拾。

到了女作者要跟男人拼命的地步，他俩已经很是黯淡的婚姻前景，就真的十分堪忧了。

我是一个被人批评为“小富即安”的人，这主要还不仅指物质生活。也就是说，我的心有的时候像老僧入定一样，对许多活色生香的东西缺乏向往，这也许是我没有炒股的原因。但是我并不像老僧那样面壁合目，我一直欣赏着这个世界，由衷地喜欢。就像我的这些同事，几乎没有一个是不可爱的。他们真的是太可爱了。

乌　江

儿时不是太有耐心读《史记》,但里面的一篇《项羽本纪》,令稚嫩的心弦铮铮震颤。

我母亲说,她儿时读书的学校设在一座庙宇里,她常扒着闭锁的大殿门,偷看里面供奉的关公像,她说关公秉烛读《春秋》的形象非常之美——也许所有女孩子的心里,都有同样的英雄情结吧。

关于项羽,我零星的记忆里还有京剧《霸王别姬》,李清照的"生当作人杰,死亦为鬼雄。至今思项羽,不肯过江东"。第一次去项羽故居宿迁,看到标志性的城市雕塑是四支青铜柱子吊着一只青铜巨环。据说该雕塑取自项羽豪气干云的一句话,叫"恨天无柱、地无环"——否则的话,对于项羽而言,擎天提地岂在话下!

之后我再去宿迁,似未再见这座雕塑。但无论雕塑在与不在,它已在我心中长存。

我以前糊里糊涂,不知项羽留取丹心的乌江在什么地方,后来我的一位同事说她插队的地方就在乌江,离我们南京不远。

资料上说,乌江地处安徽和县东北,自长江逆水而上,是八百里皖江的第一镇。两千年前,楚霸王项羽兵败垓下,突围至乌江,因"不肯过江东"自刎,从而结束了楚汉之争,乌江也因此驰名天下。

在同事的乌江往事里,除了一座霸王祠,跟项羽别无关联,而那座霸王祠在她插队的时候已然荒废。

我这位同事的工作是编务,她画版式是高手,对需要文字表述的事情则兴趣全无,于是她的年终述职,乃至填写各种个人表格,都是由我代笔。可是我们这一行,不管是编辑还是编务,评职称的时候,都是跟作家一样唯作品说话。所以为了她的职称,我也帮她写文章,其中一篇发表在《扬子晚报》上,写的是她们在乌江插队时,有天夜里饿起来，云偷摘地里的蚕豆，生产队队长发现了穷追不舍，但见黢黑的夜色里，一排白色的球鞋在田埂上快速翻飞。

她的表述生动如此，我的“捉刀”不过就是再现她天赋的想象力，她的职称应该是实至名归。

我为什么记住这件事，也就是因为我在潜意识里始终心系那个叫乌江的地方。

单位搬到河西新区后，不久过江隧道开通，我在上班的路上每每与一辆标着“雨乌线”的公交车擦肩而过，留心一打听，这辆车竟然就是从雨花台开往乌江镇的！

刷市内公交卡就可以去乌江镇，车程不过四十分钟，天意就是这样欲遂人愿！

恰逢同学们商讨去哪里微旅游，去乌江镇的倡议就得到了全票通过。

我们在浦口辖区下车，走过一座桥，“乌江”二字的石碑下有一只烘烧饼的炉子，硕大宽厚、芝麻稠密的烧饼集结在炉膛之上，老远袭来浓郁香气。

这只烧饼炉毁了我半生的英雄情结！

从美美地啃上烧饼始，到吃饱喝足提着拎着满兜满包的农副产品回到“雨乌线”上止，我完全忘了此行乌江的主要目的。

无论是乌江亭还是霸王祠，都与我失之交臂。

回到家里，我边用乌江的黑毛猪肉给父亲做粉蒸肉，边暗自惆怅——这是不是一个不再需要英雄情结的时代？

喜剧意味

八月上旬,作为奥运献礼剧目,香港话剧团在北京国家大剧院上演话剧《德龄和慈禧》。媒体嗣后采访该剧的主要演创人员,他们都很兴奋,说没想到北京的观众很赏光,不仅座无虚席,观看的过程中,“该笑的地方他们都笑了”!

我这才知道,香港的话剧在本土是用粤语演出的。剧组的演员中,除了曾在梅兰芳府上生活过数年的旅美著名表演艺术家卢燕操一口地道的京腔,其他演员普通话大多生涩,饰演德龄的年轻女演员更是三个月前才刚刚开始学说普通话的。这样的水平跑到“皇城”脚下去演清宫戏,难怪他们的内心一个劲儿地打鼓哩!

这个戏其实写得非常好,香港的著名导演徐克观剧时居然落泪了,他说他从剧中看到了中西方文化的彼此包容。我没有看过这个戏,但其中的一个经典情节我是知道的,说的是李莲英正在斥责西洋摄影师不按宫廷的规矩给老佛爷下跪,慈禧不屑道:“怎么,你想让他拍出一个只有两条腿,没有上半身的怪物吗?”

德龄一个青春少女,能在宫闱深深帝王戾气积淀千年的世界顶级庙堂里掀起一股西洋文明的旋风,真是很有理由让世人感动的。

从剧中慈禧的包容,到北京观众对香港艺术家的包容,让我感受到“包容”这个字眼的可爱。

奥运终于到来了,固然它在赛场上展现了各种令全球瞩目的角逐,但一些偏远小国代表队的不为金牌只为参与而来,却也让我们领会到了一种赶世界大集似的欢乐与热闹,这种气氛体现的当然就是奥运的包容精神。

媒体上曾经有消息说,美国运动员为他们曾在北京戴口罩表示道歉;而澳大利亚运动员事先就特地声明,他们来北京“不会戴口罩”。这个消息让我的嘴角老是不由自主地挂着微笑。我总在想,外国运动员的“口无遮拦”和中国东道主的“但说无妨”,是不是太有点一家人不说两家话的味道了?

我父亲对奥运开幕当天举行的国宴印象十分深刻，说最让他感动的是美、俄两大国首脑与胡锦涛的见面场景，他说布什就像是个好动的兄弟，就差和胡锦涛勾肩搭背；而普京动静虽然不大，眼里流露的感情却更接近血脉至亲的手足。人们无疑会在这一瞬间忘记多年以前，当莫斯科联合二十几个国家拒绝参加奥运会的时候，中国曾对莫斯科郑重其事地说了“不”。

奥运虽然是件体育盛事，它却把全球性的亲情化一下子拉近到了我们的眼前。分也好，合也好，输也罢，赢也罢，都跟仇恨和硝烟没有关系。即使是在俄罗斯和格鲁吉亚的战事一触即发的当天，俄、格女射手依然能在奥运领奖台上热情地彼此拥抱。

我是个非体育迷，我关注奥运的理由，可能就是在我眼里看到的这些个林林总总的包容。

世界很小，是个家庭。在包容的前提下，这个家庭总是派生出许许多多的喜剧意味，它真是让人由衷地喜爱它。

细　节

有一天我正在上班,收发室忽然送来了一只从慕尼黑辗转寄来的小包裹,打开一看,是长长短短好几双丝袜。

寄件人叫刘宁,是我们出访欧洲时结识的一位朋友。当时我们在慕尼黑转乘去开罗的火车,候车的时间太长,她便由朋友推荐,义务来为我们做出访慕尼黑时的导游。刘宁比较寡言,尽心尽力地领着我们大家在烈日下奔波。我只大略地知道她是石家庄人,在内蒙古插过八年队,从北京第二外国语学校毕业之后来慕尼黑深造,后来嫁了德国丈夫,便在异域安家立业。

她的父母均已去世。她在国内已无任何亲眷。她也没有子女。

她弱弱的、文文的,吃饭的时候都不太好意思夹菜。

当时因为在欧洲跑路太多,我带去的丝袜几乎都是穿一次就报销了,于是急于在慕尼黑买两双做增补。刘宁陪着看了两家商场,都因为太贵而作罢了。

后来她赶着去参加一个会议,而我在一家廉价超市买到了一点五马克一双的便宜丝袜,这一次的邂逅就这样匆匆地结束了。

没想到她居然费了这么大的周折,把我已经不再需要的丝袜追寄到国内来了!

刘宁随信说,她很难忘这一段友谊,希望能读到我的书。我便立刻寄去了我的小说集和散文集。在我的内心里,我是很愿意成为她在国内的亲人的。

不久她寄来了长信,详谈了对我作品的体会,并且告诉我,她已着手把其中最爱不释手的小说翻译成德文。

她在信中告诉我,她在慕尼黑接待过很多国内的文化团队,但在所谓的芸芸众生中,她唯对我一见如故,并且想立刻读到我的作品,她问我知道这是因为什么。我自己还以为,那是因为我在吃饭的时候给她让过座,给她夹过菜,使她在“冷漠”的人世中感受到了某种温暖。然而却不是。真正的原因居然只是两个不值得一提的小细节——一个是我从挎包里找出一块盒装的真丝礼品手绢送她，说："只有这块颜色稍好点儿。"还有一个是吃完饭已经离席，我又折回去，端起自己的茶碗说："我还想再喝一口茶。"

刘宁说，她感动于一切不事雕琢的自然天性。

她又说，她果然从我的作品中读到了她想读的东西。她说，她一定要让德国的读者们知道，中国的作家已经挣脱某些观念的枷锁，开始在人们的心田上耕耘。

我永远都不会料到，她希望从国内得到的，远非亲情概念上的东西；我也不会料到，仅仅因为两个微不足道的细节，我不但拥有了一个远隔重洋的知己，而且我的作品还变成了德文。

如同仙境

这些年去过的大棚也多了,见惯不惊。所以前往省军区建在金湖的运西农副业基地,一路跟人聊着闲天,跨进果蔬大棚时的状态极其漫不经心。

我内行地环顾四周,说:“这里种的都是观赏植物。”我又问:“这是什么花?”

工作人员忍住笑,一本正经地介绍:“这是五彩辣椒。”然后特地补充,“这里所有的植物都是食用植物。”

“什么?”我放眼一大片玉雕般清浅纤秀的“绿萝”,“这也能吃?”

“是的,这是天秀苦苣。”

“那那那,那一片不是海棠吗?”

“那是红皱生菜。”

“那呢?”

“那是巨粉宝石西红柿。这是黄明珠番茄。您可以采下它们的果实品尝,不用清洗,直接入口就好了。”

我吃着,目光上下左右地扫瞄,就连长在“绿色超人甜玉米”上的碧玉丝绦般的嫩须,也思忖是否揪上几缕品一品。

我这才发现,我还是第一次见识到如此宽敞明亮的大棚,而里面就像是神话世界里的水帘洞,水雾轻绕,水滴有声,举目望去,到处皆为美丽得十分不真实的奇花异果。我这里那里地猎艳,完全忘了刚才在聊什么话题。

架子上悬吊着形形色色的葫芦,这里是印度大酒葫芦和小亚葫芦,那里是欧亚大陆热带宝葫芦。最吸引我观赏的是来自非洲南部的天鹅葫芦,它丰臀细腰,长着特别颀长优美的曲项,而它居然“穿”着一件时尚的“迷彩服”。最令我百思不得其解的是“老鼠瓜”,它的形容非但丝毫不猥琐,相反黄、红、紫相间,色彩极其缤纷,而它的果实呈现出美丽的流线,种子宛似玛瑙,果实入口非常滑嫩。

移步来到瓜的世界，刚觉得印尼特长丝瓜不够另类，便发现形容狰狞的蛇瓜正悬在我的头顶。我看到枝叶间突兀地伸出一只宫廷蜡烛般美丽的五指茄；我看到藤蔓间的南美洲福瓜大如磨盘，而印度香炉瓜的端凝内敛，正好与它相映成趣。走到南美洲的奶油南瓜前，它的名字给予我无穷的口腹想象。美洲金丝搅瓜的介绍图片则颇费我猜测，它寻常的外貌里面，怀揣着一肚子天然“鱼翅”，用它的瓜瓤做成珍馐，根根纤长透明，它的口感是不是也很令人匪夷所思？

前面的桌子上，摆开了一盘盘切好的“哈密瓜”，主人说不是哈密瓜，是日本新研制的伊丽莎白甜瓜。取了一瓣来吃，方知道相对于哈密瓜，什么叫“青出于蓝而胜于蓝”。

此时已徜徉于水果区，水晶石榴、枣、水蜜桃、草莓、樱桃，不一而足。最不可思议的是，这里居然有一棵多年生木本“番茄树”，植株已收获 20 余次，单果重达 150 克，口感独特，甜似黄桃。

再往前便是家常蔬菜区，扬州青、塌地乌，看了叫人怀旧之心泛滥。而澳洲超级大叶香菜、印度超级条椒王和荷兰紫妃甘蓝，则让人尝试的心跃跃欲试。

这座大棚占地 20 亩，实际使用空间远不是这个概念。只见螺旋式柱式栽培、三角立柱式栽培、链条式栽培、墙体式栽培等等先进栽种模式比比皆是，营养液取代了泥土，太阳能强化了光照，微灌、滴灌和恒温控制使这里所有的植物常年都如润春雨，如沐春风，而即将为游客们开放的运动休闲和游览采摘等项目，也会给人们带来无比独特的欣喜和享受。

我不停地转着一个念头：如果《西游记》还有重拍的机会，摄制组应该到这里来取景，来到这里以后，他们就会相信，这里就是现实世界里的神话世界。

暹　粒

去柬埔寨只需电子签，麻麻利利办好，如期飞往暹粒。

从江南的隆冬，一下子进入了柬埔寨的盛夏。步出机舱，直接将羽绒服与箱子里的短袖衬衫进行了互换。

柬埔寨缺电，大巴窗外茅棚状的店铺一律悬挂柴油灯。而入住的酒店却是超五星，辉煌的大厅里，满壁镶嵌金色莲荷，美丽的柬埔寨少女跪坐在织锦坐垫上，徐徐缓缓敲打民间木琴。酒店前庭院是杧果树的婆娑剪影，后庭院波光潋滟，是环绕着柬式茶室和西式酒吧的露天游泳池，泳装老外们手执啤酒杯，在池边木榻上或仰或坐。

冷气充足的酒店房间里，热水无限量供应，冰箱里冰镇着免费矿泉水，小吧台上是配备了免费速溶咖啡的全套咖啡具。

暹粒周围密布著名景点，行程安排早出晚归，为避高温，中午也都安排了酒店午休，于是这间舒适的酒店客房，成为我们在柬期间临时的家。

关于大小吴哥，写过的人很多，电影里的画面也尽人皆悉，所以我更关注的是这一切之外的东西。我注意到嵌在庙宇宫殿石壁上的累累弹痕，注意到组成简陋乐队在景点卖艺的众多地雷受害者。暹粒让我知道，红色高棉对柬埔寨人民犯下的罪孽罄竹难书。

导游告诉我，红色高棉执政期间，除了取消市场和货币，禁止私人拥有财产，还强行取消家庭，夫妇分开居住，婚姻不得自主，母亲分娩后必须离开婴儿。红色高棉视知识与宗教为罪恶，解散正规学校，勒令僧侣还俗，禁用一切书籍和印刷品，致使全国无邮政、电信和医院。他们监管一切在旧政权统治下生活过的市民，令食不果腹的他们从事超负荷体力劳动。红色高棉残暴极端的执政不过三年多，饿死、累死和被随意处死者多达 100 万人，而当时柬埔寨总人口不过 700 万。

我站在覆盖浓重苔痕的吴哥窟前，感到比梁朝伟用乱草塞在石洞里的心事更为沉重的，是柬埔寨那一段不堪回顾的历史。

如今的柬埔寨走出了往日的压抑，虽然铺在暹粒主要街道上的沙粒会磨破旅客们穿凉鞋的脚，但选择旱季举办的婚礼在街道两侧比比皆是，婚礼宴席的彩棚一直搭向骄阳下的街道，人们挥汗如雨，音响里乐声震天。

暹粒人保留着法式的饮食习俗，他们吃面包，吃生菜，甚至把大致调味过的冰镇海蛤当作零食。那些街头摊贩陈列在玻璃橱里的牛羊杂碎看上去也是别具一格。

我不知道如何形容暹粒的热，但见路边的牛，没有一只不是白色的薄皮下根根肋骨清晰可见，精瘦的鸡们仿佛拍拍翅膀即可飞上蓝天。导游说动物的瘦与营养无关，那纯粹是因为需要散热。那天冒着42摄氏度的高温，步出荒野中的废墟崩密列，我坐在树荫下用椰汁解渴，便见一只暑热难耐的小狗奋力钻进椰子堆，借椰子壳的少许清凉喘气。

暹粒多棕树，老外们喜欢喝直接从棕树上引流下来的棕糖汁。我在超市里买到了土黄色的棕糖块，盛在彩色的草编小篓里。我还买了一条当地女子穿的裤裆低到小腿弯的裤子，走起路来飘然生风。

暹粒宾馆的西式早餐品种极其丰富，最好吃的却是当地产水果。一夜过来，宾馆庭院的草地上总会坠落几只熟透了的硕大杧果，我捡起一只带回房间，夜里空调的清风里，飘起越来越浓郁的杧果香味。

离开暹粒的前夜，我用搅咖啡的小勺轻易地剖开了这只金灿灿的杧果，我把果肉分舀在两只咖啡杯的托碟里，与室友分享了它们。

我们觉得，那仿佛不是水果，而是满满两碟醇厚的果味冰淇淋。

苋 菜 梗

我在少年时，做过很多“自己动手，丰衣足食”的尝试。我用旧笼屉发绿豆芽，还种过一片干瘪的“毛豆”。就种菜而言，最容易速成的是种苋菜，只要把择剩下的带梗的菜根栽到地里，很快就会冒出一大片新枝叶——被掐后的断面，会长出好几个头哩。

听人说苋菜喜欢干净，不喜欢给它浇粪，如果要给它上肥，只要浇人的洗澡水就可以了。苋菜喜欢带透明皂或香皂味的水，这也使我对它好感倍增。不过我没有办法把洗澡水从我们住的三楼运到遥远的大操场边去，所以还是只能给它喝从公共厕所提去的自来水。

这些苋菜虽然长得很努力，但一个个都是副“小老头”模样，好不容易掐回一小篮，炒的时候必须放很多的油。我常常感到惊奇，苋菜缺了营养，居然会在炒锅里要人用加倍的油来补偿。

不过要是单独把苋菜梗撕去筋择出来，加上香干和青椒爆炒，不需要太多油也好吃，所以那时这道菜是家家餐桌上的下饭经典。

后来到农村插队，见到了无比高大壮硕的苋菜，叶片泛着油光，大如小猪耳朵，掐不了几棵就能炒上一大碗。农民的洗澡水的确是悉数泼给它们的，不过农村的柴草金贵，烧一锅洗澡水，男人洗罢女人洗，女人洗罢小孩洗，洗到最后已经近似泥汤，而且绝对没有香皂味。也许正是这样的洗澡水，才正合苋菜的心意吧。

当然世上的事很少两全，因为食用油奇缺，又肥又嫩的苋菜很少能成为一道菜，作为瓜菜代的主角，它们只能染红家家灶台上一大锅果腹的稀粥。

随掐随长的苋菜生命期很长，深秋时节，众苋菜退场，留籽的苋菜依然坚守短篱一侧，粗梗乱如灌木，残叶凋零褴褛，狗尾巴似的籽穗像沾满了盐粒。终于有一天，趁着天气干爽，主人砍下它们，捋下籽穗摊在场院上晒，然后把铡刀搬来，一节一节地铡断苋菜梗。我不知道这些带硬皮的圆截面用来做什么，主人握着铡刀喘气，说："做渣酱。"

天寒地冻的时候，渣酱在农家餐桌上隆重登场，我被它浓郁的臭味熏得倒退三步。

所谓的渣酱由豆渣发酵而成，舀在碗里呈灰败色，半汤半水，直接用来佐粥。农民嘬着筷头上渣酱的样子已经显得非常享受，如果再能在豆渣汤里打捞到一节腐败的苋菜梗，则更是喜不自胜。只见他们用筷子夹着苋菜梗的圆截面，嗖地一吸，圆截面就只剩下一个硬皮圈。

苋菜梗的内芯在臭豆渣的作用下发生了什么化学变化？我始终不得而知——因为它可怕的气味，我完全丧失了尝试的勇气。

很多很多年过去，在某一次采风活动的餐桌上，意外见到了盛在餐盘里的渣酱！无论如何我都不能再错过认识它的机会，我蘸了一点酱汁在筷子上，递向唇齿间，然后我果断夹起一节苋菜梗，嗖地一吸——

我感到词穷，我只能发问，这种典型的化腐朽为神奇的令人匪夷所思的食物组合，是怎么想出来的？

香 铺 营

我刚记事的时候，我们家住在香铺营，也就是现在被叫作洪武北路的地方。那时的香铺营保留着民国时期的鹅卵石路面，夏天小孩们穿木趿板出门玩耍，边跑边滑，一不当心大脚趾就被鹅卵石碰破了。在这样的路面上滚铁环，需要特别的技巧，男孩们却都滚得很好。

香铺营民国时属于新区，与城南的老街巷相比，不但颇多小洋楼，四合院也相对规范气派，当年不少党政机构分布其间，南京军统总部就在这一带。母亲上班的地方，是国民时期公余联欢会旧址，有剧场，有舞厅，有灯光球场。母亲的办公室在一座小洋楼的二层，她的鞋底踩在打蜡楼板上，发出的声音非常好听。

父母分到的宿舍也在一座民国办公楼里，我们孩子和保姆住的是过去的会议室，一大排玻璃门，一大排玻璃窗。房间隔墙的石灰层剥落了，露出带有稻草屑的泥巴，再往里是简易木条，老鼠很容易在里面生存。

我出生的时候，家里的保姆是个政治条件很好的女工，她偏心我哥哥，动辄带他出去串门。我被绑在床栏上坐痰盂，听风摇动一大排玻璃窗的拉钩，不哭不闹，睡睡醒醒，大拇指被吮吸得化了脓。

妹妹出生后，组织上为我们家配备了第二个保姆。这位小脚保姆居然会爬上院里的榆树捋榆钱，为我母亲烙她想吃的榆钱饼。母亲与这位保姆相处得情同姐妹，组织上后来却辞退了她，还把她遣送回了苏北原籍，原因是我母亲从事机要工作，保姆的丈夫是被镇压的地主。保姆走时悲痛欲绝，母亲很多年后告诉我，保姆其实是穷人家的姑娘，她是年轻时被强行纳妾的。

这一带很多潦倒人家背景复杂，我后来上香铺营小学，不少同学糊火柴盒补贴家用，兄弟姐妹围桌而坐，众手翻飞。夏天的时候，他们挽只竹篮在香铺营菜场转悠，请求买了冬瓜的人允许他们剜冬瓜籽，攒得多了晒干，卖给药材公司。这些同学都落落大方,不让人感到低人一等。菜场的侧巷里,有个衣着整洁的妇人卖糍粑,她招呼顾客时面带微笑,唇间隐约闪现银牙的微光。

菜场旁边一座没有围墙的民国小楼里,主人家三十多岁的无业弟弟跟小保姆结婚。小保姆出嫁前,坐在荐头店的长条凳上,额头上绑紧布带,眉眼吊上去,满脸扑了鹅蛋粉。一个老保姆牙里咬着棉线,双手左右开弓,扯她脸上的汗毛,说这叫开脸。我们家的保姆带我去看开脸,叹息说小保姆将来要养她的男人,还要养她的小孩。

香铺营一带,干部家庭与市民家庭混居,相处非常和谐。一位文化参赞的父亲与一个菜场职工家庭为近邻。一位老红军隔壁住的是罐头厂女工。区长家住的洋楼有老虎窗,街坊家的顽童们都从那里爬上过屋顶。

香铺营小学曾把那位老红军请来做报告,他说到过草地时吃皮带的往事,绘声绘色。他说皮带被一节节画上记号,每次割下一节,先扎在刺刀上烤,烤得冒出油泡吱吱响,再扔到茶缸里去煮,最后煮成很大很有嚼劲的一块肉皮。

听报告的孩子们,全都馋涎欲滴,因为无论是干部家庭还是平民家庭,都很少有机会吃到吱吱作响、很有嚼劲的"肉皮"!

象

我在地铁站等地铁，看到一幅大的宣传画，一大一小两头象，小象用一行歪歪扭扭的文字说："妈妈，我长牙了！"而妈妈的回答是省略号，点点滴滴状似眼泪。这时候，我无比痛恨人类的贪婪。

我喜欢象。在泰国的时候，笨重的象满场子追逐足球，把球往对方的球门里踢，我看得几乎呆住。我还特地用美金买了一件象的作品，那是象用油画颜料画的T恤，用笔娴熟，色彩斑斓。我笑容最灿烂的一张照片是和象的合影，当时我背倚大象，大象忽然用鼻子把我拦腰抱离了地面。

今年七月在尼泊尔的奇特旺，我坐在象背上涉足原始森林。天气溽热，转眼就是豪雨倾盆，象与赶象的半裸小孩片刻就似周身泼釉。伞沿流下的水柱直灌旅行包，我从中打捞苹果派、牛肉脯、五香蛋，一件件递与小孩。小孩稳坐象头，象鼻伸来争食，双方和雨朵颐。食罢雨止，发现象已偏离前方的队伍，径自走进了密林。此时万籁俱寂，只有树叶上雨珠滚落的和象一步一步踩踏泥水的声音。顺着小孩手势，我如同身处梦境，只见树上的猴子、灌木间的梅花鹿和近在咫尺的麂子，各自旁若无人，埋头整理被雨打湿的身体。象一路走去，小孩用手中的木棍指点给我无数惊喜。最后象把我带到了奇特旺的镇林之宝独角犀牛身旁，犀牛任我拍照，给了我最大惊喜。

这只象用如此的方式，赠予我它的友谊。

象以它的体魄和智慧，坐拥百兽之尊的地位，可是在奇特旺的养殖场里，它们全都被粗铁链缚紧了前腿，拴牢在柱子上。这些象见到人来，扬鼻点首，此起彼伏不肯止歇，一问之下才知道，它们并非向人致意，而是乞食的意思。参观者闻言纷纷隔栏寻草，拔了草往栏里抛。草轻到不了象跟前，只好拔草带泥助跑，借惯性投掷，以此聊补人类对象的亏欠。

象对牙慧之草的姿态，至今让我难以忘却。它们用鼻子卷住草梢，在捆腿的铁链子上左右磕打，除去草根上的泥，然后珍惜地塞入口中。一只被拴住右腿的小象，竟然懂得卧下身躯，让铁链、腿、身体及鼻子呈现最大尺度的斜线，然后把勉力捉住的区区几茎纽草，郑重地递进嘴里。

我绝不怀疑象的智商和情感，可是，是什么亵渎了象的尊严？

我只能说，我痛恨人类的贪婪。

小鱼吻上我的脸

第一次见识室外温泉是在珠海，懵懵懂懂换上泳衣，一推开玻璃门，吓了一跳，只见亚热带雨林里，这里那里水汽氤氲，半裸男女出没其间，人人如入无人之境。

那里的各种泉无不堪称迷你，人们半身入水倚在泉边，像插在鸡尾酒杯边的柠檬，“柠檬”插得如此之密，除非别有用心，否则何谈从容？

那里应该也是有所谓的“鱼疗泉”的，不过记忆里完全是个空白。

之后便是某年三八节，工会组织单位里的女同胞去江浦泡温泉，那真是无比难忘的一次记忆。当天下起了鹅毛大雪，偌大的浴场内几乎不见其他浴客。裹着浴衣掀开棉门帘，裹挟着硫黄气息的寒风扑面而来，铅灰色的穹庐下，木栈道逶迤，白色的雪片舞向袅袅水汽，绿色的凤尾竹边悬挂着红色的灯笼，这是仙境般的一处所在。

就是在这里，我与温泉里的小鱼有了第一次亲密接触。为避免小鱼泉成为鱼汤，这里的水温略低于其他泉。没有一会儿，我的两腿像显微镜下的什么菌，舞动着密密匝匝的“毛絮”。

其实这种感觉我在插队的时候有过体验，每次坐在河边洗泥腿，小鱼会过来唼喋，它们是把腿上的汗毛当成了小蜉蝣。

可是在这里，角色错位，小鱼成了放大款的“蜉蝣”，它们蜂拥而来，片刻间“栽”了我满腿！

近日跟一起插过队的女同学去汤山泡温泉，当年裹着泥巴的年轻腿已然成为某种意义上的“老寒腿”，大家松筋舒骨，尽兴涉足这泉那泉。我渐渐掉队，独自滞留鱼疗泉。我发现这里的鱼比以往见识过的鱼要大许多，它们身体上带着明显的条纹，或许就是不怕热的非洲鲫吧。这些外来鱼极不怕生，上来即开吃，没有试探和热身的过程，它们还打架，一条鱼驱赶另一条鱼。其实水里横陈的“食物”如此庞大,哪里下嘴不可以,何以用得着争抢呢?

这些性格外向的鱼渐渐开始啄我的胳膊肘和手掌外侧,我即使动一动,它们也不认为有必要避险。我开始把下巴、嘴唇和下脸颊没入水里,它们游过来,直视我的眼睛,我抿着嘴在喉咙里招呼它们,嗨!

它们的眼睛完全是可以交流的样子,凝视片刻,开始吻我的脸。个头大一点的过来吻我的嘴,它把我的嘴唇叼一点起来,试图拖走这一战果,我闭着嘴对它说,哼!

我忍着疼在鼻腔里唱:"小鱼它吻上我的脸,告诉我现在是春天……"

然后我换歌:"大雁听过我的歌,小鱼亲过我的脸……"

我不能用手抚摸它们,我就用嘴唇和歌抚摸它们吧。

新 手

不知不觉间，三浦友和满了六十岁，他在一本叫《相性》的书里，写到跨入六十岁门槛时的感受，他说："在老年人的队伍里，我算是一个新手了吧。"

"新手"这个有趣的定位让我哑然失笑。我和三浦友和是同年出生的哩。

仔细想来，"新手"这个角色还真是需要适应。每次在公交车上看到老年人上车，我本能地想起身让座，有个声音便会在心里跟我商榷：你的年龄会不会未必比他们年轻？同单位一位同事，好心在公交车上给一位老太让座，老太不领情，反过来还说："老先生，你今年七十岁都有了吧？"

可是我这位同事，比我还小好几岁哩！

所以让座不让座，几乎成了"老年新手"面临的一个哲学问题。

我在六十岁将至之时，曾遭到老同学们的"狂轰滥炸"，她们督促我即刻去申办公交老年卡，我的支吾态度令其竟相侧目，说："你不肯承认自己老吧！"然后利诱者说："能省很多钱呢！"激昂者说："这是国家给我们的待遇，为什么不享受？"

我为自己争辩，我依然上班，享受单位的公交补贴，我不能什么便宜都占。可是骨子里，我何等惧怕公交车读卡机发出的"老年卡"的无情提示！每当我留心上车来的持老年卡者，我都倒抽一口凉气，他们白发苍苍、颤颤巍巍，而我已必须与他们为伍。

天意使然，在一个炎热的日子里，我的普通公交卡从很浅的上衣口袋里遗失了。现在，我再去申办公交卡，就只能是申办老年卡。

在等待领取老年卡的日子里，我始终在自我纠结：是否从此我不能再穿牛仔裤和带跟的鞋？是否我的发型和衣着也要随之改变？是否在追赶公交车的时候，我不宜再奔跑？是否在跳上公交车的时候，我的动作不可以再矫健？

使用老年卡的日子终于到来，而不过一周的时间，我已做到进入车厢如入无人之境。并非已努力在外貌上向老年人靠拢，而是在心态上真正做到了安之若素。是的，六十岁仿佛是一道门槛，一步跨过去，我已不再在乎别人的态度。

一个多年未联系的熟人打来电话，说人已在巷口，马上就来敲门。我几乎没有片刻迟疑，果决地表示拒绝，哪怕她已和我只隔着一扇门。我不想无缘无故接受别人的好，也不想被友谊绑架做任何不想做的事。再就是，我不想为了一个不速之客紧急收掉堆在椅背上待洗的衣服，摘掉挂在浴室莲蓬头上滴水的丝袜，藏起铺在沙发上防止猫抓挠的旧凉席。

进入六十岁，诸事变得简洁明快。以前我讲究餐饮形式，橱柜里塞满中式餐具、西式刀叉、韩式筷勺、日式温酒壶、咖啡壶、快餐盘，乃至形形色色的砧板。现在我常常煮一小锅面条，端着锅就解决了；做一盘沙拉，用手掰碎紫甘蓝，加上调料上桌，连菜刀都免了。家里用不着的坛坛罐罐和小家电，就算是新的，我也经常打包提出去，让需要的人自取。满六十岁以后，我经常清理手机和电子邮箱，不想打交道的人，毫不踌躇地就删去了对方的信息。工作中，我不再勉力地捉刀修改熟人的稿件，我会直言不讳地请他们另行处理。

渐渐发现，我对许多带名利光环的事物越来越熟视无睹，身边由功利衍生的许多无端悲喜，在我看来，都体现了某些成年人甚至是有身份的人的幼稚。

一则《乔布斯遗言》让我感同身受。乔布斯说，你的时间有限，所以不要为别人而活。不要被教条所限。不要让别人的意见左右自己内心的声音。最重要的是，勇敢地去追随自己的心灵和直觉，只有自己的心灵和直觉，才知道你自己的真实想法，其他一切都是次要的。

基于这个原则，我进入了人生的自在之境。想做什么、不想做什么，无须丝毫思忖，靠内心感觉做决断，要点是杜绝一切折腾。

以前觉得六十岁是多么老的年龄啊，可是不知不觉，自己也走到了这一天。人生就是这样的，火车一站一站地开过去，如果奢望永远不抵达目的地，那就是一列匪夷所思的魔幻火车了。

我知道对于在职在位在事业峰巅的人来说，六十岁是个非常无情且可怕的门槛，就像过机场的安检门，除了行李，还得把所有细软都掏出来，放到小筐子里，有的人甚至还要解下昂贵的腰带、脱下脚上的名鞋，如果太在意失却自尊的这一刻，会很伤自己的元气。

我觉得过六十岁就像产妇坐月子，坐得好，可以连带养好以前的病；坐得不好，落下一身病的可能相当大哦。

我对老年人的这个角色，已经轻易地脱去了“新手”的生涩。对身外之物那种云淡风轻的态度，没有刻意修炼，自然而然就全面覆盖了我之前的价值观。奇怪的是，自从“花甲”这个字眼被三浦友和蒙上了带有童趣的色彩之后，我这列火车就只见窗外的延绵风景，别人风驰电掣般接踵而去的列车，对我完全不产生压力。任何的得失，都不会影响到我的心境，这是多么可遇而不可求的一种状态啊！

牙　　膏

说来你都不会相信,我曾经吃过一次牙膏。

那是 1966 年的 11 月份,我到北京去串联,当时因为北京聚集的红卫兵实在太多,我在一所高校浴室的水泥地上睡了十多天,又生病住了几天医院,才总算受到了毛主席他老人家的接见。当然所谓的“接见”也就是他站在敞篷车里一闪而过,很多人一大意就把这个历史性的时刻错过了。

因为官方宣称这是毛主席的最后一次露面,接见结束之后,十万红卫兵全部积压在了北京火车站。因为大家都选择到温暖的南方去串联,往南方去的火车供不应求,列列爆满。

那时我只有十四岁,我吃尽了串联的苦头只想回家。可是我的家恰好在南方,我在滴水成冰的火车站广场上排了三天三夜的队,饥寒交迫到几乎失去知觉的时候,才懵懵懂懂地被人潮裹挟上了火车。等到我清醒过来,发现自己像一只干瘪的壁虎被挤得紧贴在车厢壁上,脚尖只勉强在座椅上有个支撑点,全身的重量几乎都挂在我抓着行李架的胳膊上。

我就以这样的姿势支撑了两天两夜,其间好几次抓不住行李架凌空扑倒,下面乌压压的人头又把我托住。就在完全要挺不住的时候,我想到了救自己一命的办法,我从挎包里摸出半管牙膏,全部挤到嘴里吃下去。

车终于到了浦口,我从车窗爬到路基上,看到远处农民推车上碧绿的小青菜,我的眼泪哗哗地流下来。

是牙膏帮我回到了家。

在后来的岁月里,牙膏给予我的恩德还有很多。比如在农村插队的时候,腿上长满了由粪毒引起的疮癣,我就靠牙膏来消毒止痒。插秧的季节,手指间糜烂溃破,也是靠牙膏帮我抗菌收湿。

直到现在,我仍然习惯把宾馆里没用完的一次性小牙膏带回来,不期然就积了很多。用牙膏给餐具和茶杯去污,既有效又安全无毒。我后来发现用牙膏修复粉壁上的小缺损,效果也是一流。

有一次,我发现每天来家里吃猫粮的黄色大野猫耳根上有一处吓人的伤口,白骨裸露,深不可测。用碘酒怕它疼,情急之下,我挤了一小管牙膏在它的伤口里,它一番挣扎逃脱而去,整整两天不见踪影。

我寝食难安。我不知道大黄猫的伤口到底通向什么地方,万一通往大脑,我把牙膏挤到了它的颅内,它就非死不可了。

我用牙膏杀了它。

谁知到了第三天,大黄猫坐到了我的窗台上,等待开饭。它的伤口已经基本愈合,它的周身散发着牙膏味。

原来它的伤口洞穿的是耳廓,不是脑壳。

无论如何,牙膏又一次证明了它的神奇和功不可没。

牙 枣

我十岁前家里住一座开放式苏式公寓，远近小巷的孩子们窜进窜出，在楼梯上玩官兵捉强盗。院子里有排高大的香椿树，其中一个枝丫上挂只灰败的草绳圈，随着树的生长越挂越高。孩子们说这只绳圈以前有人上过吊，问大人，大人说胡扯。

除了这排香椿，还有一棵歪扭的小桃树，几乎没开过花，更别提结果子，孩子们只能抠树疤里的桃胶捏了玩。唯一让人有所期待的是一棵牙枣树，每年有可能挂上数枚青瘪牙枣，之后瞬间即被摘成秃枝。我一直以为牙枣的意思是只有牙齿大，其实是它们没有机会长得大过牙齿。

这种牙枣无滋无味，嚼着它的时候，你会想到这是“木本植物”。

有一年的8月份，我在河北雾灵山，看到满山皆是熟透的桃子、杏子，山楂、板栗、核桃分别开着花，枣树则蔚为壮观，挂满密密匝匝的牙枣！当地人说，牙枣等长成大枣，还有的长哩。

真正看到满枝成熟的大枣，是在宁夏沙坡头，它衬着孤烟直的腾格里沙漠，朝着落日圆的黄河，红得实在是不真实。枣还随意地往地上落，捡一枚在衣襟上擦擦，张口咬下去，沁出的汁水片刻粘住嘴唇。里面的果肉脆而紧实，呈漂亮的淡绿色。

宁夏的枣为椭圆形，叫长枣，这其实就是一种放大款的牙枣啊！

我不记得在南京买到过真正脆甜的鲜大枣，牙枣上市的时候也有卖的，要么也是“木本滋味”，要么就是泡了糖精水而飞快长出“锈斑”。

但是居然是我的一位中学女同学，自己种出了又脆又甜的牙枣。那次同学聚会，她拎着很沉的一个包，在餐桌上摊开来，是一堆碧绿的大牙枣。她说：“都用灰锰氧洗过了，拿起来就能吃。”聊着天的大家漫不经心拈一枚放进嘴里，然后所有的话题都中断了。

这绝不是市面上出售的牙枣！口感太好了！

女同学羞涩而自得，说那是她自家枣树上结的。

这位女同学以前家道算得殷实，人有定力且爱干净，插队时是大队的赤脚医生。回城后两口子都就职于生产外贸服装的工厂，一度过得比其他同学安逸。后因服装厂改制而下岗，丈夫又因脑溢血瘫痪，她便跌入比所有同学都低的谷底。病人片刻要翻身，她没有完整的睡眠。病人动辄发脾气，她要忍受恶言相向。病人经常屎尿糊床，她到处跟人收集旧布片。病人长年吃半流质食物，她跟着长年不烧煮正常饭菜。

这样的日子一过就是十来年，她却也能过出她的诗意。

据说她家用零头碎布拼缀的被褥花色讲究，堪称艺术品。据说她用自行车推回菜场鱼摊的鱼肠做肥料，在逼仄的小院里种菜，还种花草和牙枣。据说以前两百来斤重的丈夫从床铺滑落，她只能向110求助，如今她设计了一块带绳套的木板，板子插在丈夫身下，绳套套上自己的脖子，牛拉套般一番挣扎，她也能搬起病人。

我不知道这样的两口子之间，还有没有所谓的爱情，但是同学聚会吃简易西餐，她会把意大利面和牛排留一半打包，说带回去打碎了给丈夫尝尝别样滋味。不久前丈夫心跳骤停，她大汗淋漓做人工心肺复苏，把丈夫又拉回人世。

她似乎从未考虑放弃。

她衣衫潦草，发型近似男式，聚会时来去匆匆迟到早退，可是她笑着说，最近自己似乎还长胖了。

她脸上总是挂着带点抱歉的笑，不知道为什么她觉得自己需要抱歉。

她不漂亮，可是她的神态真的是非常之女人，也许只有这样的女人才能种出那么漂亮、那么脆甜的牙枣！

羊毛与婆娘

记得在一本书里读到过这样一个描写，说作家就像个坐在山路边的懒婆娘，羊群走过，她在这只羊的身上揪一绺毛，在那只羊的身上揪一绺毛，毛积攒得多了，她就拿只纺锤捻啊捻的，捻成了一大团线，再往后，她就织出了漂亮的围巾或者地毯。

这个看法真是太对了。人和文学创作的关系，有很多时候勤奋和执着是一点帮不上忙的。比如你为了织一件别致的毛衫，满山去追着羊群跑；或者把羊掀翻在地，把它的毛剪个精光。你气喘吁吁灰头土脸，满耳羊的凄厉哀嚎，说不定腿上腰上还给羊蹄子踹了好几脚，这样的状态，离创作的美妙境界就相差得太远了。

文学创作一点不可急功近利。无论是内心激情，还是生活积累，厚积薄发才会收获神来之笔。如果心底是干涸的，操作是充满匠气的，写出来的东西没有灵魂的光泽，你很累，别人读来也毫无精神享受可言。

我想写作文也是一样的，与其焦虑不安，不如以逸待劳。不过虽然像个懒婆娘歪在路边，你的慧眼却是不可或缺的，否则羊群走过，你会躲闪羊蹄踏起的灰，你放眼望去，不是肮脏的羊腿，就是挂在羊尾巴上的羊屎蛋，生活对于你毫无诗意可言，你还能奢望织出什么艺术品来哩？

我小的时候写班级聚餐的作文，曾得到老师毫不吝啬的夸奖，因为大家都描述饺子如何“下”到了锅里，我却形容饺子一个个“滑”进了满锅的沸水。还有一次我写一只被我爸爸不小心踩了一脚的小鸡，伤好后性情不改，又正值换毛，“歪着半裸的身子，扇着一只小翅膀，跑得飞快”。

也许正是老师一开始的鼓励，让我悟到了别具慧眼的真谛。

我与文学的最初接触，是在农村插队的日子里。大凡作家涉足文坛，都从写诗开始，我也如此。其实插队的生活，真是太苦了，饥饿、跳蚤、疟疾，夏天一端上碗就飞来无数的苍蝇，冬天田野里的北风把石头都吹裂了！最难熬的是初夏的插秧和隆冬的挖河，我到现在都经常梦到天黑了还困在水田里，要插的秧遥遥没有尽头，已被污水泡烂的手指偏偏又戳上了一根麦茬；或者用尽全身的力气把一锹河泥送上河堤，一抽锹，泥又跟着下来了！

我插队的地方是一望无际的大平原，人在困厄的境地里，是感觉不到它的美的。可是有一次适逢“双抢”时节，我从高高的运河大堤上走过，眼见着一大片一大片的麦田，在农人的镰刀下褪去了金色，再过一天，它们被犁出了黑土，放上了白亮亮的水，再然后，它们被飞快地染成了绿色——是在一撮撮的手指尖下用一棵一棵的秧苗染绿的！农村的“双抢”，前后不过五六天的时间，一眼望到地平线的大平原就完全换了颜色，这样一个巨幅刺绣的完成是多么令人不可思议，我呆呆地瞻仰着它，忘掉了一切的困苦。

为此，我在油灯下写了平生的第一首诗，这首诗后来被收进了“文革”后最早结集出版的知青诗歌集里。再后来，我和文学正式结下了不解之缘。

这里我想说的是，人只有在对生活抱有敬意和充满欣赏的姿态时，你的一双慧眼才会得以开启。

如今我不是一个多产的作家，也无意大红大紫，可是闲来歪在山坡上，感受着天人合一的美好，随心所欲地编织一两件不同于批量生产的围巾或手套，小小的成就感，内心里也还是有的。

杨 公 井

民国时期的杨公井一定是个很繁华的地方，到我懂事时搬到这附近，也还是有很多店铺好逛。比如照相馆，柜台前总是围满翻找自己四分之一寸“咪咪照”样片的女孩。布店里陈列圆领衫和裤衩开片料的玻璃柜台最令人流连忘返。寄售商店的货品千奇百怪，我们家淘到过一辆16英寸的自行车。人们在杂食店里最终选择的不是萨其马和蜜三刀，而是走亲民路线的橘红糕。四川酒家的外卖柜台前，挤满了买价廉物美的辣白菜和八宝酱的顾客。

我曾陪同学去卤菜店买便宜的卤肺。我母亲说肺这东西无论怎么做，吃起来都像嚼棉花套。卤肺看起来果真如破败的棉花套般丑陋，可是它具有所有卤菜一样的扑鼻香气。于是我也很向往有这样的棉花套嚼一嚼。

我父亲爱逛杨公井的古旧书店，有次逛了出来，看到书店的橱窗下有一排擦鞋摊，他便坐上其中一擦鞋摊，招呼另一擦鞋摊擦我的鞋，然后他就看起了报纸。我被迫陈列在破藤椅上，觉得自己就像《三毛流浪记》里被穷人唾骂的角色。眼前的行人熙来攘往，步履紧贴擦鞋摊，万一里面有熟人或同学呢？

父亲偶尔带哥哥弟弟去杨公井澡堂洗澡，有次回来脸上涂了紫药水。据说给儿子们搓完背，自己晕倒了。杨公井澡堂的门口有扎头巾的安徽女卖五香花生米，她小心翼翼地往一杆小秤的秤盘上抓花生米，唯恐弄脱了花生皮。父亲偶尔买回个小三角纸包，把花生米一五一十地分给五个小孩，自己端着酒杯起劲地在纸包里摸索，好不容易在花生皮中摸到一两粒残存的花生，很高兴地丢进嘴里。

我后来结婚，婆家就住在杨公井，公公早上到“杨茅厕”去蹲完坑，用芭蕉扇托回几根现炸的油条，我照吃不误。公公上午在“小上海”吃大排面或汤包，下午就到杨公井澡堂去“水包皮”。我女儿自小跟他去澡堂，有次卧榻下的挡板翻了，我女儿掉进衣服堆里，她不哭不闹，好半天才被发现。到她三岁的时候，澡堂的看门师傅说:“小姑娘懂事了,不能再带进男池子了。”公公不以为然。直到女儿有天跟我描绘男澡堂,说里面有种种好吃的东西,有人噼里啪啦打另一个人的背,有人闭着眼睛唱京戏,我公公闻此才惊出一头汗。

我父母因为婆家有复杂的海外关系,不赞成我的婚事,两亲家没有来往。可是后来我父母会给我人民剧场的戏票,让我公婆就近去看戏。有次我公公抱着我女儿坐在杨公井路边一辆三轮货车上望街景,我母亲下班走过,握着我女儿的小手说了好一会儿话,她走后我公公幡然醒悟,怪不得这位“路人”知道小孩的名字,原来这是孩子的外婆啊。

我女儿是个不使性子的乖小孩,可是长大后她自己坦承,有次她一定要买“杨茅厕”旁一小店的某玩具,我不买,她当场在杨公井狭窄的人行道上赖着。

女儿刚上小学的时候,我带她去杨公井的百货商店买圆珠笔,我俩左挑右选,柜台里一男营业员悠悠然发问:“这是你小孩?”我惊抬头,似曾相识,混乱中问:“你是我同学?小学?中学?”他不答,犹在冷笑。我拉上女儿逃走,从此再需要去杨公井百货商店买东西,要先让女儿侦查那人在不在。至今我不知道他到底是不是我同学,是我什么同学。

这一带之所以叫杨公井,可能跟我们后门附近的一眼水井有关。这眼井冬暖夏凉,周围的居民喜欢到这里来洗床单,双脚在木盆里踩着床单,一桶桶井水溅着水珠哗啦啦地倒进来。井水取之不尽,不用节省。

这一带的人家大部分使用马桶。倒马桶的女人穿香云纱,戴男士腕表,意在说明她曾经的身份。她的扁担两头各设一抓手,可以同时钩若干马桶。现在偶尔路过杨公井,看到她依然在操旧业,吭唧吭唧推辆自制木板车,弓腰驼背,很老很老。杨公井一带大规模拆迁,民居所剩无几,不知道还有谁使用应该进历史博物馆的马桶。

窈窕西子绿罗裙

年幼的时候，我对家世所知寥寥，只知道祖籍广东中山，自曾曾祖那一辈客居扬州。1937 年我的祖父投身抗战，是从扬州踏上的从戎之旅。

我的父亲早年为革命理想四海为家，对扬州这片自幼生长的故土似乎讳莫如深，我儿时从未去过扬州，也未见有任何扬州亲戚往来。

20 世纪 80 年代初，刚参加工作的我出差西南，飞越一片汪洋洪水进入孤岛般的重庆，第一次见到以国民党军官身份滞留重庆乡间的祖父。魁梧的祖父被晒成古铜色，躬身从看守菜田的窝棚里出来，不动声色地看我，良久道："你长得很像你去世的祖母。"

骨肉相见如此，我泪奔而不能语。

我没有料到，我的祖父是一口浓郁地道的扬州腔！

从祖父那里我才知道，梁家曾是扬州城里号称"百万"的盐商，抗战前家道中落，抗战致家人分崩离析。

祖父拿出千方百计保存的一帧旧照，照片历经劫难磨损发黄，画面上美丽的祖母身着白纱旗袍打着小阳伞，脚前绽放瘦西湖里的荷花，身边依偎我儿时的父亲。

祖父对我说："瘦西湖不知还有荷花吗？"

我说："下次来我接您回扬州，您自己去瘦西湖看。"

祖父没等我去接，患癌症客死异乡。

父亲见到从祖父处带回的旧照，也拿出了一些我从未见过的照片——儿时的他被堂弟妹簇拥着坐在藤椅上读报纸，拉开马步的他在祖居庭院的古井旁舞剑……画面中出现最多的是我的祖母，其中一张是她面朝瘦西湖的背影，纤弱婉约，令人对她的容貌浮想联翩。父亲说，这全是我祖父当年的摄影作品。父亲仿佛破除禁忌，越来越多地谈及童年，谈及他此生难忘的扬州。在他的描述里，我看到了祖居居士巷石板道上运水的独轮车碾出的车辙，看到了过年时门前摆出的香案及龙灯队伍用铁锨拍打出的铁水火花，看到了坐满左邻右舍庭院里的祖母请来表演道情的先生，看到了租车行里被学车少年摔得七歪八扭的自行车，看到了大麒麟阁堆成宝塔状的金刚脐，看到了倒挂在水果店铁钩子上的瓶装沙士汽水……

父亲最浓墨重彩的描述，是春来三月他母亲带他去游览的瘦西湖。

父亲说，他母亲总是从御码头雇一只画舫，她坐在画舫上，看骑着小驴的儿子在岸上一路跟随。父亲说，年幼的他摘柳为鞭，催小毛驴一路铃声叮当。画舫过冶春，船娘伸出船篙，从冶春河房的花格窗里挑出预订好的食盒，然后在船舱里摆开早茶点心。小毛驴上的孩子被抱进舱里，母子共享美味茶食，吃着喝着，小毛驴的铃声伴随着，画舫穿过大虹桥的桥洞，进入了清风拂面、桃红柳绿的瘦西湖。

怀着被这一切唤起的对瘦西湖的憧憬，插队时我报名去了扬州地区，未料所在地为最为偏远的贫穷县，来去船票购买困难，虽路过扬州但没有能力下船。后来我出席知青代表大会来扬州，住翠园招待所；参与撰写民兵斗争故事，住扬州军分区招待所；参加扬州群艺馆的活动，住小盘谷……终于有越来越多的机会亲近扬州，亲近瘦西湖。

初见瘦西湖，瘦西湖真的是很“瘦”，茅苇参差、蒲蓼丛生，四周是繁杂错落的菜田，农民撩开五亭桥下的水葫芦，在一弯浊水里洗粪桶。

貌不惊人的瘦西湖似乎只相当于南京玄武湖的一个州，它是用落拓不羁的一个“瘦”字，赢得了天下人的赞叹吧。

之后常来常往扬州，不止一次陪高龄的父亲寻访居士巷，不止一次从御码头登画舫，经冶春去瘦西湖。瘦西湖在持续进行历史保护和文化修复的三十年间，美得越来越令人目不暇接，且不说五亭桥畔的菜田早已被恢复再现的二十四桥和熙春台取代，就连过去游览完瘦西湖，必须舟车劳顿方能抵达的平山堂、大明寺，也可乘画舫径直抵达。画舫里，汉装少女纤纤玉指抚动的与其说是古筝琴弦，莫若说是舟下碧丝带般的水纹，两岸绿荫浓密，亭台园林连绵，连空中飘洒的细雨也仿佛点染了苔绿。

此去经年，再来瘦西湖，发现绿荫环绕的活水工程，已以罕见的大手笔，越过传统意义上的瘦西湖风景区，串联起了以运动休闲为代表的宋夹城风景区、以市井文化为代表的绿杨村风景区、以城址遗址为代表的唐子城风景区、以宗教文化为代表的蜀岗风景区——五倍于以往的大概念景区，全部可以经由画舫抵达，而沿线灰色的滨水步道，红色的自行车专用道，免费使用的广场、运动场，给扬州市民带来了难以想象的、充满丰厚质感的福祉。

漫步于景区核心位置的宋夹城体育休闲公园，我内心充满了感慨。这片多水洼的坡地为高尔夫球场的最佳选择地块，市政没有将它设计成高档时髦的高尔夫球场，则全然投入了全民休闲和锻炼的理念。他们巧妙结合园路、地形、理水三大元素，首先创造起自然和谐的景观骨架，又在二期工程中尽量做足湖泊和小河的文章，且充分利用山地起伏的基地现状，布置了多种多样的运动场，实现了市民们运动在山中、运动在园中的最佳理想。

市民免费入园后，或安步当车，或租借一辆漂亮的公共自行车，沿 3.4 公里的专用车道穿行于公园的六大板块，也可以任选一款趣味小舟，闲适地沿护城河泛舟，或至快乐的水上乐园，或至美丽的园中湖泊。宋夹城为市民开放的网球场、笼式足球场、排球场、篮球场和羽毛球场设施一流，大部分免费提供。流连于运动场区的我，亲眼见到一群兴之所至的外地游客，凭一只租借的排球，快乐地拥进了簇新的免费排球场。体育爱好者们锻炼结束，一应俱全的淋浴房和餐厅还将为其提供全方位服务——我不知道还有没有其他城市的市民拥有如此好的健身福分。

宋夹城还为孩子们设置了大型的儿童活动乐园，为老年人设置了乒乓球馆和棋艺长廊。时值黄昏，扶老携幼的市民陆续来到宋夹城。景区位于城市中心，市民来这里只需举步之劳。晚上的宋夹城最是热闹，除了倾家出动享受清风朗月的市民，学生、白领也都爱来这里消除一天的疲劳。

宋夹城虽然建成开放不久，绿色植被已然全园覆盖。我特别注意到，宋夹城的四大城门基本不见裸露城砖，均以从国外引进的立体栽培技术遍植了葱茏的天冬草。也就是说，即使到了隆冬，绿色的城堡也不会演绎任何岁月的沧桑。园内独特的生态美景中，最美者当属梅香云海景观带，蜿蜒步道的北侧是密林覆盖的森林氧吧，中央是偌大的草坪剧场，南侧的湖泊之滨建了听梅亭、叠溪、梅岭，林林总总，构筑成当地市民最为完善的休闲福地。不以营利为目的，只为市民造福的市政，怎么能不让人心生感慨呢？

离开宋夹城，来到瘦西湖景区最远处的一座小山——蜀岗。

初识之下的蜀岗，似一枚水色超群的绿翠戒面。

蜀岗名称的来历，据说与一只水瓢有关。

峨眉山有位小沙弥，成了云游老僧后，在扬州一眼水井中发现了当年他失落于溪流中的刻有其法号的水瓢，由此得出结论：扬州的地下水与蜀地山泉一脉相承。

由此，蜀岗以四川大山的余脉自诩。

我愿意相信这个有趣的传说。水瓢不会来自天外，而倒扣的水瓢，就是一枚漂亮的戒面啊！

之前扬州只有一座山为人所知，山太低，被时为扬州太守的欧阳修好言宽慰，说由这里远眺，江对岸的山也不过如此，然后建了平山堂，刻了匾，说，"远山来与此堂平"。

山不在高，有典故则灵。以此为鉴，不为人知的蜀岗也得到了名闻天下的契机。

十年前，蜀岗—瘦西湖景区管委会成立，十年后，它成为建城2500年，同时拥有世界文化遗产、国家风景名胜区、国家AAAAA级旅游景区、国家文化旅游示范区、国家重点公园、全国文明风景旅游区等六个世界级、国家级称号的扬州展现其历史文化名城的主窗口。

其实，如今瘦西湖景区之丰美，远非一枚"戒面"可以代言。蜀岗，它只是一个记载历史变迁的符号。

据介绍，瘦西湖景区在扩容为蜀岗—瘦西湖景区的过程中，费时十年，拆迁农户近三千，投入资金若干亿。如今，它将站在历史传承、文化延续的时空交汇点上，向着世界级文化高地、世界级旅游目的地奋力前行。

站在大明寺栖灵塔的九层俯瞰扬州，五倍于以往的瘦西湖景区，以葱茏的绿、婉约的水，明暗交织成一张铺往天边的画毯。刻意避免视觉污染、忠实守望优美天际线的扬州，已然成为美不胜收的浮在湖面上的园林城市。

下得栖灵寺，前往双峰云栈。景点旁的碑刻告诉我们，这处景点之前只在《扬州画舫录》中有所存在："双峰云栈在两山中。有听泉楼、露香亭、环绿阁诸胜。山中为峒，今峒中激出一片假水，旋于万折栈道之下，湖山之气，至此愈壮。"如今，景点已完全按照《扬州画舫录》中的记载复建。

难能可贵的是，景区工程指挥部没有利用现代的抽蓄水技术，取巧制造水瀑，而是为了忠实还原瀑布形成的水道，不惜耗时耗力，拆迁建在故道上的民舍，凿开填平故道的农田，清除残余河流的淤泥。目前，位于蜀岗三峰中的东峰和中峰之间的复建开放的“双峰云栈”景区，占地面积3.57万平方米，利用两侧山石峭壁以及南北地势的高差形成的瀑布叠水景观，完美再现了“飞琼溅雪，汹涌澎湃”的奇妙意境。为“双峰云栈”灵魂的瀑布宽约11米、高约6米，为扬州最大的景观瀑布，人们不仅可以在双峰栈桥上欣赏它，更可以在瘦西湖北侧的荷花塘观看到瀑布充满气势的全貌。

我随手用手机一拍，蓝天白云之下，叠瀑、楼、亭、栈道层次分明，尽入画面，以微信形式发送给女儿，女儿当即回复：专业摄影水准！完全可以做成明信片！

伫立“双峰云栈”，我极目远眺荷花塘——想到我的祖母，或许曾在那里临水照花；想到我的祖父，或许曾在那里用他的镜头捕获瘦西湖美景。

据我的父亲回忆，祖父年轻时是位摄影爱好者，当年那是一个奢侈的爱好，况且他使用的相机是德国产莱卡相机，使用的胶卷是美国产柯达胶卷，家中配置了全套冲印设备。从祖父留下的摄影作品看，他对构图的理解颇为不俗，他对镜头的运用颇见追求。

我不知道倘若祖父九泉有知，会不会对我唾手可得的手机摄影徒生怅意，或者是欣欣然，也给我的“作品”点上一个赞呢？

之前瘦西湖的那个“瘦”字，会让人在潜意识里联想到郑板桥们的仙风怪骨：一弯秋水之外，无非枯藤老梅、奇石冷月。而此次所见的扬州，令我脑海里浮现的竟然全是水灵曼妙、轻盈妩媚之类的词语。大尺度逆生长的瘦西湖，一天天变得明眸皓齿，且她穿上了一条多么蓬松美丽的、裙裾飘逸于天际的绿罗裙！

从字面上看，“窈窕”即为“瘦”。既然杭州的西湖因苏轼《饮湖上初晴后雨》里“欲把西湖比西子，淡妆浓抹总相宜”的诗句，而有了“西子湖”的美名，瘦西湖又为什么不可以获一个“窈窕西子”的别称呢？

一念至此，当即为之陶醉。

这是美得无法再美的四个字，尤其再加上更美丽的外在修饰——“绿罗裙”！

夜　市

去过很多城市，几乎都有夜市。印象特别的是云南下关的夜市，著名的下关风在屋瓦上作虎啸龙吟，铺着干净石板的街巷里却感觉不到风意，白族妇女慢悠悠地摇着芭蕉扇，用小炭炉卖烧苞谷和烤饵块。

扬州的夜市似乎离不开得胜桥铁器，灯光下到处卖“三把刀”和大大小小的铸铁风铃。卖油炸豆腐干的摊子上，也赫然一把锃亮剪刀，鼓泡泡的豆腐干出锅，摊主麻利剪开一角，操起调味壶往里灌卤汁，灌一只顾客接一只，就那么拎着仰脸往嘴里递，烫得呵呵吸气。

最包罗万象的是开封夜市，满广场毫无章法的摊点，人声鼎沸，似乎云集了全城老少。夜市除衣服鞋帽、古玩玉器、字画古董、狐皮羔皮之外，吃食为大头——瓜枣桃梨，各式糕点面点。地方小吃含黄焖鱼、大刀牛肉、杏仁茶、煮梨、胡辣汤……卖茶汤的摊主左掌托两只装有茶粉的碗，右臂将怀抱粗的茶壶一倾，滚开的汤汁在空中划一道弧线，滴水不漏地注入茶碗，瞬间将茶粉调匀成半膏体，再依次撒上青红丝、芝麻粒、花生碎、瓜子仁、冬瓜糖，全过程迅雷不及掩耳。

开封的夜市上，最令我惊艳的是一碗驴肉面，我无法形容这碗面的美妙滋味。

儿时住香铺营，菜场前的广场上经常搭起帆布棚演马戏，每逢此时，热闹的夜市便应运而生，打弹子机的、玩套圈射箭的、卖麦芽糖捏泥人的，林林总总。摇鼓的货郎车也扎了堆，车架上飘着头绳绸带、纳鞋绳和泡刨花水的刨花条。婆婆们在玻璃格子里拈出一两枚缝衣针或绗被子针，转臂扎在发髻里，针就不会丢了。姑娘们埋着脑袋窃窃私语，选绣花绷子和绣花线。

那时的夜市，烤山芋和炒栗子的香味直逼夜空，栗子是在铁锅里现炒的。

南京的现代夜市我也很喜欢。最难忘女儿考上南大那次，从浦口校园报完到回到市区，我们在马台街吃梅花糕和小馄饨，然后沿着湖南路摊点一路逛去，买了学生宿舍用的夹子灯和小熊猫书挡，迎面吹来玄武湖上初秋的风，一轮很大的月亮悬在天空，感觉非常幸福。

以后我们会经常在这个夜市上买些拖鞋手套、小电筒小电扇之类的小玩意儿，享受俗世的繁华里微小而平实的快乐。

有段时间，大学生们热衷在新街口的石鼓路夜市摆摊子，体验某种时尚，男孩女孩冻得跺着脚，捧着奶茶互开玩笑，卖些从大市场批发来的帽子围巾。我女儿专门前去捧场，买了一副毛茸茸的卡通耳罩。

某次我过生日，侄子执意要送我一只半人高的长毛绒玩具熊，原来那是他摆大学生夜市摊的剩余物资。

国外的夜市也是很多的。前年在札幌正好赶上北海道璀璨冬季的白色灯节，市区的大通公园内灯火辉煌，密密匝匝布满了夜市帐篷，就连老太太们都坐在倒扣在冰雪中的啤酒桶上，兴致勃勃地吃着烧烤。

优待后妈

元旦天好，女儿约我到玄武湖去“走湖”，说要用一种新鲜且健康的方式迎接她和我的“一生一世”。

我对这个提议充满兴致，早早与她在太平门会合，开始我们的环湖步行。

天气真是非常配合心情，朝阳在没有雾霾的湖面展开红红的笑脸。女儿身着全套运动装束，看上去跟“走湖”这个提议一样新鲜美好。我和女儿的关系一直以来都类似闺密，所以我们脚底轻快，一路谈笑风生。

环湖走完一圈，我们按计划从玄武门出去。女儿对午餐的安排，是请我在他们单位六楼的茶餐厅享用简餐套餐。从那个茶餐厅的大落地玻璃窗鸟瞰玄武湖，有一种仙境般的效果，是我最喜欢与她闲坐的地方。

我们如此这般地度过了大半个快乐的元旦。

晚上我们通电话，女儿告诉我，晚上她在一家五星级饭店的包间里，请奶奶和爸爸吃了晚饭。我警惕地竖起耳朵，问：“小丫头去了吗？”

她说：“请爸爸当然就连小丫头一起请了。”

我半天不说话，然后我很没有风度地说：“你只请我吃了简餐，你请你后妈吃了豪华大餐！”然后我更没有风度地重提她爸爸当年搞婚外情的旧账，他俩拍拖花光我们的生活费，害得我们过年只能在天桥下买便宜衣服，好不容易买块巧克力，分好几次才舍得吃完。我给她买过一只会发声的卡通玩具，第二天趁我们去上班上学，小丫头来到家里，转眼就把玩具玩得没了电。

我还提醒我女儿，她父亲自她十七岁那年娶了小丫头后，就对她的高等教育、找工作、买房、结婚等等人生大事未尽过任何父亲的义务。

女儿好言好语替他们分辩，说：“他们后来不是都下岗了吗？”

女儿又说：“小丫头刚参加工作就爱上我爸，下岗时买断工龄，一共才补偿到两万多元。这么多年，她父母不谅解她，同龄人的圈子抛弃了她，她又无法进入我爸这代人的圈子，小孩也生不起，你说，我们还有什么好怨恨她的呢?”

几乎是片刻之间，我心中油然而生对女儿这代人的敬意。他们看问题完全没有成见，他们客观、善良，甚至对只大自己几岁的后妈怀着同龄人的理解和怜惜。

我说:“那么，以后你就经常请他们吃吃大餐吧。”

说完这句话，我的心情又像没有雾霾的玄武湖湖面，升起了红红的太阳。

邮　　轮

这天我随女儿到博览中心去欣赏重量级的进口房车，在那个旅游产品推介会上转了一圈回来，我迫不及待地给一位同学打电话。

我说："你想不想只花三千六百多元就玩一下日本和韩国？"她不信，说："哪有这么好的事？"我说："五晚六天全程住五星级宾馆，然后免费看电影，免费听音乐会和参加舞会，免费游泳、玩游戏，然后若干个中餐馆、西餐馆和酒吧任你享用，只要是吃得下，一天哪怕吃上十顿八顿也不用花一分钱……"

她当然以为我是痴人说梦。我于是把一份关于意大利豪华邮轮的广告举到灯下，激情澎湃地读给她听。

广告说这艘邮轮将从上海港出发，沿途停靠两个日本港和一个韩国港。邮轮的设施和规模就跟"泰坦尼克号"一样啊！

我这位同学的数学能力比我强，她仔细地做了一番测算：如果订一间最经济的双人舱，再用更经济的价格在这间舱里添两个加铺，那么四个人成行的话，平均每个人的费用只需三千。

"去！去！去！我们同学中还凑不出四个出得起三千块钱的人吗？我看凑八个人都不成问题！"

刚好大家的退休工资都小幅度地涨了一涨，个别同学参加市事业单位的工资调整，退休工资超过了翻番，所以纳贤令一经发布，马上报名者踊跃，有几位甚至还准备把配偶也带上。

决议形成之后，大家赶紧分头去申请护照和找旅行社的熟人打探确切信息。

邮轮的出发日期远在两三个月之后，这之间同学间的人事忽然发生了诸多变故：首先是一位同学发生了脑梗。再之后，一位同学长相英俊、事业有成的儿子深夜在酒吧附近抵抗歹徒，脸磕在路边的隔离墩上，当即满脸开花。再后来，一位同学的儿媳妇打掉了腹中的胎儿，并提出离婚，原因是同学的儿子有了外遇。法院判下来，“非过错方”的儿媳妇拿走了婚房和20万元赔偿款。然后不久就得知，儿媳妇其实也有外遇。同学这下全面崩溃，一趟趟跑原儿媳妇单位闹事，抵死要索回当初赔偿对方的20万，结果索款尚无着落，同学患上了急性白血病。再一个同学家里倒是喜事，她年过三十的女儿怀上孩子，可是一怀上就吐得昏天黑地、寸步难行，而女儿的婚纱店正好赶上生意旺季，老太太只好拍鞍上马，去替女儿应付那许许多多的订单。

有的时候想想，人的再生能力真是很不可思议，我已认定邮论计划泡汤无疑，却眼看着同学们又一个个从不同的厄运中缓了过来。这次除了白血病患者必须留在医院化疗，其余的都毫不犹豫表示参团。

生病的同学用她的经历告诉我们，享乐这件事一定要尽快尽早啊！

可是，就在大家纷纷办好护照的时候，真正的坏消息降临了！所谓三千元成行的说法其实根本就是一个童话：首先，可以加铺的经济舱满员，其他舱价位高出一大截；其次，除了广告上说的基本费用，每人还必须交纳码头管理费、签证费、邮轮服务费、上岸观光费等等，没有六七千根本登不上邮轮（这还不包含自己用于购物的开销）。同学们听罢完全怔住，然后不约而同选择了撤退。

我不知道她们是不是为了安慰我，她们说，既然大家都有了护照，我们再留意留意别的出境游广告吧。

可是其他的出境游广告也难免有不可知的水分啊！

算一下日子，邮轮起航的日期已经迫在眼前，可是电视上的游走字幕依然在播放关于这艘豪华邮轮的广告，我反而替它着起急来了——是不是它最初的狂热追随者也都如同我们这样，不得不任由自己的美好冲动退潮了呢？

想必邮轮起锚的时候，是不可能像“泰坦尼克号”那样满载了。

鱼　钓

星期天，我女儿约了同学去钓鱼。天气预报说有雷雨，她不愿意改期。

据说这个计划已经筹划了很久。还是冬天的时候，她们几个女孩到郊外去玩，无意中发现了这个村子里有一个对外开放的鱼塘。

等到同学来，她们在家门口的超市里买了一大堆野餐食品和零嘴，然后打了的，去钓鱼。

大约不到一个小时，女儿同学用手机打来电话，激动得声音都有点变，说："阿姨，阿眉已经钓到了三条大鱼！"

一时间我觉得匪夷所思。记得有一年单位组织到珍珠泉去春游，大家租了钓竿钓鱼。大半天的时间，那些狡猾的非洲鲫鱼从容不迫地吃光了所有钓钩上的进口红蚯蚓，无一上钩。最后只有一位钓鱼高手，钓到了一条柳叶长的"猫鱼"。

我女儿知道我不肯相信，亲自抢过手机，说："妈，这里的鱼好呆噢！"又说，"我带很多鱼回去给你吃噢！"电话就挂了。看来我必须相信某种奇迹的存在。我开始做估算，女儿大约在半小时之内钓到了三条鱼，假如她再钓三小时，将会有多少鱼被她带回家？

这时果然下起了大雨，雷声隆隆，我冒雨到菜场去买葱姜。

下午，一辆湿漉漉的出租车停在家门口，两个湿漉漉的女孩合提着一只湿漉漉的黑色大塑料袋下了车。忽然间我发现了问题所在。待到人与鱼进了屋，我来不及清点她们的战利品，急切地发问："你们钓鱼，是怎么个收费法？"以我对钓鱼常识的了解，一般是付完门票钱，主人就不管了，钓多钓少悉听尊便。

当然那样的鱼塘，鱼儿们是轻易不会上钩的。

果然这一次的游戏规则有变。女儿她们是免费入场，出门时按战利品的重量收钱。再问，每斤鱼的价格是多少？居然超出菜场两三倍！

那一大塑料袋的鱼倒了半浴缸，乌压压一片。每条鱼的大小都在一斤上下，果然条条呆而壮硕。最后，从塑料袋里倒出一块大石头：原来鱼塘的主人还巧妙地搞了夹带。

我失声大笑。这是谁钓谁呀！女孩们钓鱼，鱼钓女孩们的钱包。

事后我分析这种鱼塘的垂钓者，心态的变化一定经历了三部曲：一、狂喜于自己的连连得手；二、因连连得手而心生疑惑；三、因连连得手而忧虑腰里的钱包——毕竟每钓上一条鱼，就意味着钱包里要少掉十余元的钞票呀！

据说鱼塘有规定，钓到的鱼严禁再放回鱼塘，所以，临渊收竿是不可以的。偏偏那天雷雨如注，没带雨具的垂钓人又无法离开自己的钓位。于是我仿佛看到了雨花盛开的鱼塘边，垂钓者那一张又一张愁苦的脸。

我把女孩们提竿必获鱼的钓鱼故事说给单位里的钓鱼高手听，他对这种毫无“钓趣”可言的垂钓表示了由衷的鄙夷。也许高手们的乐趣，正在一天半天里，只钓到两三条“柳叶条子”。但是那种患得患失的喜、惑、悲三部曲体验，也不是好钓手能够品味到的。而俗人的精神财富，也就在其中了。

那半浴缸的大个儿鲫鱼，我们广赠亲友，然后，又努力地吃了很多天。

浴　　缸

20世纪80年代初，单位分的新房子里居然有浴缸。我父母他们来看了，多少有点心理不平衡，说："哼，我们革命了几十年，也没有享受到这个待遇。"事情总是有得就有失，洗完澡以后要是放完水就走，浴缸上留下的一圈污痕那真是不忍卒睹。同事李潮就跟我抱怨过，说洗完澡以后再洗浴缸，简直把先前的享受全部抵消了。我便以经验之谈向他建议，洗完澡可以边放水边擦洗浴缸，那时候洗澡水尚有余温，擦洗起来相对容易。

当时的浴缸材质只有铸铁搪瓷，别的没有什么，就是很容易被砸掉瓷。我们家的猫专门喜欢坐在浴缸边的窗台上，把盛洗漱用品的瓶瓶罐罐逐一推到浴缸里。多年来我一直尝试各种修补浴缸瓷的办法，只有一种勉强获得成功，但是它补过的地方真的很像人伤口结的痂，不但难看，而且狰狞。有一次猫生的小猫们不知通过什么途径钻到了浴缸被封死的底座里，长久地出不来。我一着急，剥开一块瓷痂，把下面的铸铁敲了一个洞，于是看到了猫们拱来拱去的小脑袋。可是它们最后还是选择了从它们进去的神秘通道出来，我的浴缸洞竟然是白掏了。为了使浴缸能继续使用，我急中生智把一枚硬币用瓷胶糊在了洞口上，从此我真的很怕外人光顾我的卫生间，因为这个浴缸实在是太不好看了。

后来装修房子，很想借此机会永远和浴缸告别，可是我又是个形式上比较追求"小资"的人，卫生间如果没有浴缸，那就完全没有情调可言了。所以毅然重蹈覆辙，只是窗台上再也不放一件东西，而且我的猫也早过了青春躁动期，不再那么有破坏欲。

我的女儿其实是个真正在骨子里享受"小资"人生的人。当年帮她装修房子，为了在她的迷你卫生间里安置一只迷你浴缸，我俩坐着马自达，几乎把所有的家居卖场都跑遍了。后来买到一只好像是高级塑料的微型浴缸，非常时尚，我女儿为了不辜负它，几乎天天不计成本地洗泡泡浴。这只浴缸当然不存在掉瓷的问题，但是用了几年，它下面的金属腿逐渐锈蚀，终于站立不稳，只好淘汰。别看浴缸超小，要抬它出来，却要花大力气把门框卸下才得以完成。

我女儿和女婿把浴缸抬下楼，放在垃圾箱旁边，希望有人把它拿去卖钱。它很快就失踪了，然后又回来，又失踪。估计这只看上去好端端的娇小可爱的浴缸不止一次被人心仪，但最终无法被心仪者接纳，只好放在这里，等待下一个人来青睐。

最后，这只浴缸被人锯走了里面的铁架，然后依然被小心地倚墙而放，没人忍心把它送到废品收购站去。

远芳侵漫旧台城

之前并不知道,旧台城的城墙是可以登上去的。

从豁蒙楼的窗口往外看,那道颓态毕现的残垣,周身挓挲着蓬乱的“须发”,颤巍巍迈过解放门城楼,向着九华山方向蹒跚而去,最终在模糊的山影里消遁。

城墙缝里长出的老藤已状似巨蟒,无名杂木这里那里“横空出世”,千奇百怪的树冠上间或揣一枚鸟窝,昏鸦盘桓不去。我都不知道,那城墙上的萋萋芳草,已经经历了多少朝代的枯荣。

有天时值黄昏,我陪外地来的大学室友喝茶,偶瞥一眼窗外,瞬间如遭电击。只见台城上的荒草间,竟有一学生模样的男子自九华山方向阔步而来,迎着夕阳,他一身辉煌,他周遭的荒草杂树也都变得绚烂且呈奇异的半透明状。

我紧追不舍目送他,他忽然就淹没在灌木中,不见了踪影。

他下了城墙。

我拔腿奔下豁蒙楼,我要知道他是从哪里下的城墙。

绕过解放门,现一片名为西家大塘的池塘,塘边立数幢民国风格的嶙峋小楼,剥落的灰砖壁上,钉着锈蚀的“科学大楼”的蓝底白字牌子。小楼的窗子多已油漆褪尽,玻璃四周的油泥残剩无几,但无一例外低垂灰旧纱帘,想必住在里面的人纵使境遇不堪,也希望保持尊严。后来得知,里面住的是民国年间的学者教授,也即后来的潦倒文人。

小楼没有围墙,在小楼与城墙根之间,蛰伏着密密匝匝的自建小房,建材五花八门:油毛毡、三夹板、芦席、毛竹片、旧城砖……可是那些小房里也传出刘兰芳在广播里的说书,油锅的爆响声中,一只手从窗台上的破脸盆里揪去几棵葱,废瓦缸垒砌的墙头上,蔓延开一片太阳花。

这里是返城下放市民的聚集之地。

从地形复杂的棚户间穿过去，看到了台城的缺口，人们就是利用犬牙般的缺口攀上台城去的。

我也手脚并用地上了台城，发现在旧台城上行走，并不需要披荆斩棘，杂树乱藤荒草中有一条兰肠小道，那是由棚户区的顽童和偶尔的探幽怀古者踏出来的吧？

后来我常去这道荒城，去了又去，且不想与他人分享个中心境。

渐渐发现，来这里的人其实比想象中的多。有次在城墙上，看到一对文人模样的男女似在诀别，他们神色黯然，久久伫立，男的俯下身，将自己的额头紧贴女的额头，仅此而已。

下旧台城比登旧台城艰难，因为不规则的“犬齿”之间，有时跨度非常之大。我步步小心地下到一半，看到那对男女已经回到平地。男的转身看到我，自然而然地向我伸出手臂，我没有片刻犹豫，将自己的手交给这位萍水相逢的绅士。

此去经年，沧海桑田，西家大塘被填平后建起了成片住宅，科学大楼和下放居民的棚户变成了绵延的园林小景，重建后的簇新台城，已在青奥会前与南京的14公里城墙浑然一体地衔接。

我很少涉足新台城，新的东西需要漫长的岁月来滋养意境。

想到旧台城，就会想到白居易少年时写的诗：

“离离原上草，一岁一枯荣。野火烧不尽，春风吹又生。远芳侵古道，晴翠接荒城。又送王孙去，萋萋满别情。”

比之长亭折柳、潭岸踏歌，还是荒城古道、野草萋萋更适合做“伤别离”的背景。

在总统府上班

三十多年前，我还是个见习编辑，在总统府里上班。

总统府不对外开放，里面云集诸多政府机关，但除了大门处的门卫、偶尔扛着梯子走过的工人和依稀提着热水瓶一闪而过的人影，其他的现实存在似乎都被高大廊柱和深深庭院屏蔽了。

总统府那时很旧，雕梁画栋布满岁月风尘。到了冬天，大格窗旧砖地的办公室很冷，稀薄的阳光在小天井墙上描一丛竹影，那竹影就像是在穿堂风里打寒噤。

大办公室里摆了十来张办公桌，只生了一只带烟囱的小取暖炉，不时有人过来揭开炉盖看看火，添一勺煤，主要目的是在烟囱上暖暖握笔的手，那一处的烟囱，由此而变得锃亮。烟囱需要固定，拉向屋子不同角落的铁丝上，渐次搭上了形形色色的毛巾和抹布。

可是那时的人际关系非常之单纯，领导同时都是名副其实的作家，一辆座位松弛的老旧轿车每天吭吭哧哧开进总统府，车门打开，乘客满员。领导们每天就像幼儿园的孩子，提前在路边等候这辆大家共有的接送车。

资料室的资料员要么托着小点心邀人分享，要么操着地道京腔怒对找麻烦的人："别惹我啊，我'更'着哪！"她是那样有恃无恐地高扬一面更年期的旗帜。

杂志的主编极具国内文坛威望，参加大型座谈会听说要驻会，脸上却呈现难色。他说他的棉毛裤破得厉害，在家里穿还凑合，在会议上与别人合住一个房间不甚合适。他向会务组的工作人员求教附近何处有棉毛裤卖。

一次全编辑部在我们大办公室开会，副主编抢先搬张椅子占据取暖炉边最佳位置。副主编虽然是一位将军夫人，才情却享誉江浙。会议进行之中，副主编从炉子里取出一只我们烘的山芋，旁若无人地剥皮，吃。吃完了擦擦手，想一想，又拿起炉钩钩炉盖，从里面取出第二只山芋，自言自语道："我是欲罢不能啊。"她就这样，众目睽睽之下，吃掉了我们有限的几只烘山芋。

那时逢到工间休息，我们总要穿过染了苔痕的砖砌月门，日复一日地在西花园里徜徉。

风景其实也就是那样了，走多了，不期待何处还能给人以惊艳。不过有一次管理人员不知何故打开了那幢西式小楼的门扇，我们得以一睹蒋介石办公室的真容。没想到昔日的领袖办公室是如此寻常的三室套，中间一间为办公室，临窗一张巨型写字台，写字台前一只特制皮转椅，四周的文件柜全部嵌入了墙壁。办公室东间为休息室，配有毫无独特之处的卫生间。西间为书房和接待室，面积、装潢和家具也都不过尔尔。

政府机关里有闲情者寥寥，我们进了西花园，一路高谈阔论。有时把掰弯的大头针拴在柳枝上"钓"画舫周围的锦鲤，当然是不可能有收获。

有一次总统府戒严拍电影，行政管理局老早贴出告示，说上午几点至几点，各办公室的人员不得在总统府的主干道上出现。我们窝在办公室，听外面一遍遍吹响冲锋号，一次次狂风暴雨般掠过杂沓的脚步。导演在大喇叭里的吆喝总也没个完，我们终于潜出办公室，躲在廊柱后看到了拍摄的场景——这是《今夜星光灿烂》里的一个镜头，李秀明饰演的村姑裹挟在解放大军的队伍里，冲进了总统府。

解放军军装的颜色有点奇怪，个头矮小的李秀明，完全谈不上漂亮。

近些年与老同事怀旧，话题总会转到在总统府上班的往事。风景是旧时的有味道，人事更是旧时的好。

遭遇惊险

从罗马返回巴黎，依然是乘坐同样的国际列车。进了逼仄的包厢一看，里面已经赫然站立着一位黑人姑娘。

我们一时之间面面相觑。这个女孩带了相当多的行李，尤其是她脚下那只巨无霸旅行箱，足有半人多高，把铺位间仅有的空间几乎占满，我们根本无法步入包厢。

僵持了一会儿，女孩无奈地拖走了巨无霸，到隔壁的空包厢去容身。

女孩走后，包厢里又只剩了我们同行的四个人。车开了好久黑人女孩都没有回来，想必她已经在隔壁住下了。我替那个女孩，也替我们大家松了一口气。

结果发现那个女孩一直是在过道里凭窗而立，夜风拂着她的发，两个多小时过去了，她始终是一个姿势。我开始感到了不安——她不至于就准备在过道里站一夜吧？

同伴说："没问题，她是有男朋友的。"

我探头一看，果然隔壁包厢坐着一个与女孩同样肤色的男青年，他在替她守着箱子。

如此事情的结局可谓完满，我也就准备安心睡觉了。

谁知道乘务员还是有记性的，入夜之后，他过来锁隔壁那个空包厢的门，于是把那一对黑人情侣和他们的行李全都清理了出来。这下，我们的包厢陷入了空前悲惨的境地——那对黑人情侣和他俩的行李必须全部进入包厢，我们才有锁门过夜的可能。

那小伙子很瘦，但行动敏捷，膂力过人，转眼间女孩的巨无霸就被托举到了门框上方的搁架上，然后，我们放在铺位底下的行李统统被推挤到了最里端，余下的空间被他用若干沉重的大旅行包野蛮地塞满。

一时间满包厢浓重的体味，这一夜看来是无法入睡了！

我们的女领队刘博士跳起来，去找乘务员。不一会儿，乘务员把女孩叫出去，给她换了一个包厢，女孩兴高采烈地拖走了她的巨无霸。

黑人小伙子不知去了哪里，女孩居然无意运走他的行李。

躺在那些硬邦邦的大旅行包上，我们还是无法定心入睡。刘博士于是又跳起来，找回了那个女孩。

女孩之前一直沉默着，此时却是一脸激愤，滔滔不绝地说了好长一段话，伴着极富表现力的手势。

刘博士做了翻译，我们一个个瞠目结舌。

原来那个女孩说她根本不认识那个小伙子。

她说他是故意要给人造成他是她男朋友的错觉。

女孩在巴黎第二大学法律系念三年级。说完这番话，她就回她的包厢去了。

我们忽然之间紧张无比。那小伙子不会是什么暴力组织的成员吧？他为什么要制造是女孩男朋友的假象？他为什么要借我们的包厢藏匿他的行李？那些沉重的旅行包里会不会是武器？

刘博士第三次跳起来，去找乘务员。

乘务员来了，用脚踢踢铺位底下的行李包，问问小伙子的长相，不一会儿带了一个黑人男人来给我们辨认，此人住在第一间包厢，老婆孩子一大群。他一露面，我们全体摇头，心想乘务员的破案水平看来也就如此了。

没想到，再过了一会儿，他居然把那个小伙子找到了。

这一次小伙子全不见了以前的腼腆，阴着脸开始拖铺位底下的旅行包，等到最后一个旅行包也拖到了过道里，刘博士赶紧拉门上锁。

我们终于可以铺床、躺下、熄灯。

我猜想那小伙子一定是恨透了我们，那么，他会不会给我们扔个手雷？

然而一切都是多虑了，列车平平安安地驶出了意大利的黑夜，驶进了法国大地的黎明。

过道里，黑人女孩换了一身衣服凭窗而立，她的身材实在是好得不得了。据说巴黎大学法律专业的淘汰率特别高，这位黑人女孩能够读到三年级，应该是相当出类拔萃的呢。

列车抵达巴黎后，大家各自忙着下车。在我们即将汇入月台上的人流之际，我偶一回头，看到那个黑人男青年正吃力地从车厢里拖出他的第一件行李。

我不知道他是在何处、用什么方法，度过了他的旅途之夜。

也许他运的真的是武器，也许他只不过是个没有护照或者打算逃票的投机商人。可是尽管如此，他也和我们大家一样，如期抵达了阳光灿烂的巴黎。

曾经的屐齿苍苔

那一年，我终于由插队知青变回了城市居民，工作尚无着落，先就跑去鸡鸣寺怀旧，因为那是儿时父亲最喜欢带我去的地方。

印象里的鸡鸣寺是木刻般的基调，年代久了，“木刻”蒙了烟尘，香火不十分明亮，诵经声也不那么明显，也许是因为小孩子的注意力不在大雄宝殿，而在可以吃到美味干丝和素面的豁蒙楼吧。

非常清楚地记得，大殿与豁蒙楼之间只隔着低垂的经幡，身着灰袍的尼姑，在经幡那侧点香拂尘，在经幡这侧端茶送水，来去悄无声息（不似现在的豁蒙楼，服务员为普通大妈，喉咙很高，手脚很重，茶点几无特色）。豁蒙楼的茶具为青瓷盖碗，碗边或可见小小的磕痕，被日积月累的茶渍点染；盛干丝的器皿是蓝边高底浅碗，玉色的干丝上顶一撮嫩黄姜丝；冬笋香菇面端过来，老远闻到浓郁的麻油香味。

后来读到黄裳的《金陵五记》，总算明白了父亲何以偏好鸡鸣寺。原来黄裳笔下的鸡鸣寺，一向为文人墨客之所爱。鸡鸣寺所在的北极阁一带，到了民国年间仍很荒凉，外地的文化人到了南京，落脚之后雇上一辆黄包车，忙忙地赶往鸡鸣寺，黄包车跑着跑着，路边的灯火逐渐寥落，耳边就只有蛙声一片了。

豁蒙楼的名字来自张之洞，说的是站在这座楼上眺望远处的紫金山和近处的玄武湖，“忧来豁蒙蔽”。也许正是这个典故，造就了文人墨客趋之若鹜吧。

豁蒙楼呈曲尺形依山势而建，镶铜环拉手的古旧木格窗逶迤而去，似一面舒缓拉开的屏风。凡胸有块垒、心存芥蒂者，临窗选一张茶桌，自斟自饮一壶茶，渐渐就会物我两忘。这是一个医治心伤的地方。

且说那年我重访鸡鸣寺，内心充满失落，曾几何时，鸡鸣寺已是一座颓败工厂，厂门上的铁锁锈迹斑斑，山坡上的荒草间半掩着废旧的机床配件。我带着凭吊的心情绕寺一周，忽见一扇不起眼的小木门上，题着南宋诗人叶绍翁的两句诗——

"应怜屐齿印苍苔,小扣柴扉久不开"。笔迹仓促,墨汁斑驳。

我怔住,继而浮想联翩。

其一,经过十年浩劫,谁还能保持这样雅致的文人情怀?其二,彼时"文革"遗风尚在,什么样的激情能够促使他冒如此挥毫之险?其三,他的砚台和毛笔从哪里来的?

很多年很多年过去,我始终会在脑海里描绘那样一个伫立于破败木门前者,面蒙风霜,衣着褴褛,眼神穿透了历史,灵魂进入了无人之境。

这扇木门很快就不见了,鸡鸣寺一天天地重生,高大巍峨,香火鼎盛。过去的山坡铺上了工整的大理石平台,旧时的砖砌登山道被宽大整洁的新台阶取代,屐齿印苍苔的意境是那样的美,现在却已经无从体验。

我真的还有点向往坐着黄包车往鸡鸣寺赶的境界,车轮辚辚,暮烟四合,秋虫鸣啾,胭脂井边的梧桐树落下了几枚果实,那是一叶扁舟似的浅壳,嵌着两粒菩提子般的种子。踏着布满青苔的台阶迈进山门,遥遥看去,山顶上的青灯黄卷已然在望。

现在再去鸡鸣寺,保持悠悠然的心境不太容易,樱花盛开的季节固然是一种例外,但沿途卜卦人的阻截总是令人防不胜防。有次一位大嫂对我女儿说:"我送姑娘一句话,姑娘是要出远门的。"我女儿摆脱她后对我解释:"她以为我刚参加完高考呢。"另有一次,一位双目炯然的大叔追上我,说:"这位女士,你有帮夫运信不信?"没有丈夫的我逃之不及。

挺好的鸡鸣寺,每次走过都不得不压低帽檐,或者飞快地踩自行车的脚踏。

不过,内心超然的人会对这一切熟视无睹的吧,就比如那位在破木门上题诗的人,真可谓"是真名士自风流"。

站在下面

2001年，一位不苟言笑的体操教练，在自己的小运动员中物色了三个佼佼者，作为七年后奥运女子体操赛的种子选手培养。

这三个孩子的年龄只有十岁上下，她们经受的腾挪摔打跟她们粉团般的稚嫩身体反差非常之大。终于，孩子们参加了第一场全国性的奥运选手选拔赛。其中一个孩子刚要上场，前面一个外省的小选手从高低杠上摔下来，当场休克。这个孩子看着抢救场面，哆哆嗦嗦小声问："待会儿你会站在下面吗？"

"什么？"

"待会儿你会站在下面吗？"

教练好不容易听明白，端着双臂很不情愿表达温情地说："我当然会站在下面保护你。现在你去做深呼吸。"女孩眼泪汪汪站到一边使劲呼吸，睫毛颤颤抖抖，整个人像一根可怜的小豆芽。哨子一响，这根豆芽蹿到高低杠上，教练虽然是在下面站着，可是他皱着眉头的脸，跟平时没有什么两样。

这段一大一小、双方完全没有对视的谈话，是奥运开幕式的前夜，我无意中从一部叫作《筑梦，2008》的纪录片中看到的。这部从北京申奥成功之日就开始拍摄、历时七年的纪录影片，对我的心灵产生了很大的冲击力，尤其是其中的这段对话。

奥运赛事一开始，我不由自主地关注女子体操。在女子体操资格赛第一场里，我果然看到已经长到了十六岁的"小豆芽"，在她完成动作的过程中，我听到解说员一直在惊呼："我们的这位体操新手简直就是一匹黑马！""她的表现真是太厉害了！"

因为她的另外两位小伙伴没有出现在赛场上，我不太敢确定那就是她，可是当她即将做完高低杠上的所有动作时，那位教练出现了，他绕过支撑高低杠的钢索，不动声色地面向女孩将要落地的位置。七年了，他没有任何变化，当别的教练拥抱自己运动员的时候，他仍然毫无这方面的表示。

在13日进行的女子体操团体赛上，中国队夺得金牌。其中程菲平衡木项目掉杠，给小豆芽带来了巨大的压力，但她沉着上场，以15.925的高分弥补了程菲失误带给中国队的损失。她拿到的总分仅次于老将程菲，果真成了当日赛场上最为醒目的一匹黑马。

没有人看出她是第一次参加世界级大赛，没有人相信她在最后时刻才出现在奥运名单上。人们评价她的心理素质特别好，只有我才会注意到，每一个项目开始之前，她都会像她儿时那样，垂下眼帘，深深地呼吸。

奥运女子体操个人全能的冠军已经产生了，我对于小豆芽甚至没有进入前六名毫不介意。我没有任何质疑地坚信，总有一天，女子体操全能的个人金牌会属于小豆芽。

也许是因为她有个山一样凝重的教练；也许是因为她早在蓓蕾般的年龄，就已经直面过了生命的惨烈。

七年了，她从幼年到青年，跨越了波澜壮阔的恐惧，她知道她的教练虽然什么样的宽慰话都不说，但关键时刻一定会在她的下面站着。

小豆芽邓琳琳，我由衷地向你，更向你的教练致敬！

中山码头

我住的地方与中山码头呈直线，登上公交31路即可抵达。可是很多很多年，哪怕是到了热河路，我也未打算多乘一站车去中山码头怀旧。

站在热河路口北望中山码头，人烟已渐趋稀薄，除了昔日下关发电厂的旧烟囱，举目皆为待建工地。

统称下关的这片城区，曾经民居店铺密集，旧街陋巷纵横，市井气息浓郁。儿时的最多记忆，是轮渡码头附近的小吃夜市。尤为历历在目的是悬挂纸灯笼的鸭血汤推车，它似一截老式木柜台，内嵌炉灶，外立玻璃食橱，推动时板凳倒扣于柜台，灯笼光和炉灶烟气随滚轮声响一路流动。到了地方放下板凳，食客顷刻满座。师傅抓一把处理好的鸭血入开水锅，悬肘提抓笊篱，转腕扣鸭血进蓝边碗，加一撮熟鸭肠，勾几味调料，撒若干青蒜花，舀一勺滚沸的鸭汤，就好了。我始终不明白，南京的鸭血汤何时变成了鸭血粉丝汤，前者是民国女学生穿的阴丹士林，后者是乡镇集市上卖的花布被面。

夜市小吃免不了馄饨面条糖粥藕，金灿灿、鼓泡泡的油炸豆腐干则最具特色，出锅后穿一根极纽的竹篾，食客颤悠悠举着啃一路。

下关为当时南京的重要交通枢纽，南京人出行，或在中山码头乘船，或在下关火车站乘火车。北上列车由专门的轮船运送过江，其拆卸组装的过程十分有趣，乘车者却不堪时间上的冗长。

我对这一切的熟悉，最初源自随母亲去浦口接父亲，父亲由北京返来，提前在浦口下车，会合我们后乘渡轮过江，这是一条省时捷径。下了轮渡穿越夜市去乘公交车，他俩喁喁说话，我举一串炸豆腐干跟着。

那时人们很少出远门，中山码头得以保留几分《清明上河图》的韵味。

长大后世事变迁，人们渐渐苦于舟车劳顿。我由插队的苏北返家，先乘运河小客轮至镇江，再换乘长江大客轮至南京，船刚过金陵造船厂，旅客们便肩扛手提挤满了甲板，生怕下船晚了上不了公交车。从 4 号码头下船，要在黑暗中步行相当路程方看到轮渡码头灯光。喘息声渐成一片喧嚣，人们扛行李的姿态变得千奇百怪，我也如跑单帮的小贩，肩上前后各搭了一只旅行袋。到了公交车站，客船人流与轮渡人流汇合，公交车瞬间成为"汪洋中的一条船"。终于挤上公交车的人无法搁置行李，一张脸即使能避过扁担，也免不了紧贴某只肮脏包袱。

受旅客流之累，码头夜市无处立脚，附近居民每日与旅客们"搏命"公交车，其中不乏背上绑着孩子的母亲。

我后来去武汉上学，往返搭乘上海与汉口间的客轮，第一次乘船，全家隆重送至 4 号码头，后来往返渐成常态，我独自轻装简行，最大的一件行李，是带给全班同学的一盒卤猪蹄。

有次 9 月开学，我在码头等候检票，见一股由下关火车站涌来的人流斜插民国大马路，直扑船票早已告罄的码头售票厅。其中一拖鞋男买到张假退票，被挡在检票闸口后，怒翻铁闸暴打卖假票的黄牛。围观者百般拉扯，码头工作人员又承诺解决一张散客票，这才避免一桩刑事案件。

天亮以后我散步至顶层甲板，见拖鞋男与一女子挤坐在散客用的草席上，靠着舱壁睡着了。该女子我在上海旅客住的三等舱见过，五官脸色皆淡，整个人宛似白描，此时在旭日的映照下，她有了淡红的颊和唇。

这似乎是一出现代版《秋江》，由上海港痴追至中山码头的，是个男人。

近日我终于故地重游，由轮渡码头沿漂亮的滨江风光带步行，在 4 号码头的老候船室一侧，拐入了修葺一新的民国大马路。在跨越废墟中的两道旧铁轨后，我抵达了热河路，眼前高架横亘，车来车往，当年的下关火车站已无迹可寻。

珠　　遇

小时候我对珠宝的认识，可能比别的孩子稍多一些。别的孩子见识珠宝是在电影院，电影院前厅悬挂着一批著名电影演员的照片，那里面的女演员们多半佩戴了珍珠首饰，其中王晓棠和上官云珠的美丽最是与珍珠相得益彰。

我由于生长在所谓的艺术圈，则能亲睹到一些艺术家在生活中的奢华。我发现在首饰材质的取舍上，其实存在着相当的局限，比如宝石和钻石之类一定会受到排斥，而最忌讳的就是金器。我猜想前者不免贴着资本主义的标签，后者则会让人联想到地主老财。于是最能恰当显示人民艺术家纯洁和高贵气质的就只有珍珠了。这就难怪暗色旗袍配珍珠首饰成了当时女演员们最经典的装扮。

这种经典的装扮，在刘少奇携夫人王光美女士访问印度尼西亚的时候，到达了峰巅——王光美身着一件浅蓝色的布质旗袍，简简单单配一对珍珠耳环和一条珍珠项链，其效果是倾倒世界。

那时人工养育珍珠的技术尚未成熟，真正的珍珠在市面上几乎见不到，再有名气的演员，也只能持外汇券到华侨商店去购买。所以女人们要想趋之若鹜，也是相当不容易的。好在我们是小孩子，只要积攒到几分零钱，就可以去买一只颜色花哨的锥形纸口袋，口袋里盛着一捧爆米花，运气好的话，可以在里面找到一只“珍珠戒指”——那是一颗穿在绳圈上的白色玻璃珠子。

有一次我的父亲到广州参加陶铸同志主持的文艺座谈会，返回的时候，竟然给我带来了一条“珍珠项链”！虽然项链上穿的是专为儿童设计的仿珍珠，但珠子的排列由大到小，尽头是旋转式的仿象牙锁扣，做工跟正规的珠链完全一样。这条项链把我搞得利令智昏，直到坐到了课堂上，还在没完没了地向人炫耀。这时后排的一位男生上黑板经过，他伸手一扯，我的珠串就砰然断裂——我永远都记得全班同学包括老师趴在地板上帮我捡拾“珍珠”的画面。

后来我在农村插队,发现农民罱上的塘泥堆在岸上,会发酵似的出现许多小孔,用铁锹挖下去,会挖到许多在泥里呼吸的河蚌,于是经常挖一筐回去炖蚌肉咸菜。在剖开的蚌壳里,有时会出现星星点点的小珍珠,比麦仁大不了多少,外形疙疙瘩瘩,我把它们收集在一只青霉素小瓶子里带回城,到底也没想出拿它们怎么办。

数十年的光阴过去,我对珍珠的感受已经发生了长久的疏离。倒不是因为如今珍珠易得,也不是因为名女人们已在竞相炫耀名贵钻石"鸽子蛋",而是我的心已经洗去了浮世的铅华。只是没有想到,今年来到苏州渭塘镇参加笔会,我对珍珠的心海,竟又重新泛起了涟漪。

渭塘是历史悠久的珍珠之乡,当一只并不显眼的珠蚌被打开,里面耀眼的珍珠石榴籽一般映入眼帘,拿起一抖,真正是"大珠小珠落玉盘"。让我倏然心惊的是,一颗硕大的彩珠牢牢地嵌在蚌壳上,怎么撬也撬不下来。我用指尖抚过中弹般的蚌壳,心想蚌是经历了怎样漫长的一种疼痛,才为人类造就了如此的奇观?

很小的时候,我就知道了珍珠的产生是因为"疼"——一粒沙子进入了蚌体排不出去,蚌只好用不断分泌的黏液来包裹那粒沙子,以缓解它带来的锐痛,沙子最终就被包裹成了珍珠。为什么年代越久珍珠越大?那是因为痛苦随着生命的历程加剧,而这个疼痛终生难解。

这粒在坚硬的蚌壳里安家的珍珠告诉我们,蚌所经历的那种伤及骨骼里的剧痛,人类或许根本无从想象。

在偌大的国际珠宝交易中心里,我看到这种无法摘取的珍珠,连同它依托的局部蚌壳被打造成了名贵的项坠。蚌壳的内壁古称"螺钿",它具有珐琅般的质地,天然的纹路在光线的映照下奇幻绚丽,于是这样的项坠就呈现出彩云追月的意境,跻身于世界各大名贵珠宝首饰的行列,美得凝重而奇特。

在渭塘的珍珠世界中踯躅良久,我终于把一枚洁白的"鸽子蛋"珍珠带回了家。这粒已令母体蚌脱离了痛苦的珍珠,安卧在一片薄薄的银叶片上,莹润如玉。

我将它挂在胸前,感到它获得了温暖。

我一直喜欢李商隐《锦瑟》里"沧海月明珠有泪"的诗句。那么,我所温暖的,就是一粒蚌的永恒的眼泪了。

着　落

每一年在办公桌上换上新台历，我第一件事是在上面标出父母的生日，第二件事就是每逢单月就在1号的框框里写一个“水”，每逢双月就在16号的框框里写上“电”和“气”。

相信每一个未在日历上做过记号的家庭，都有到我们的“垄断行业”客户服务中心狼狈报到，并缴纳滞纳金的教训。

偏偏这些“垄断行业”抄表的时间不一，缴费的规定期限也参差繁杂。比如我们这里，天然气要求在10号至21号缴费，电费在抄表当月的16号至月底收取。水费最糟糕，分明双月初抄了表，却是必须在单月1号之后才可以开始向它缴。有一次抄表员又一次上门抄表，声称我上次水费未缴，是他替我垫了钱，我一时真的以为遇到了拙劣的骗局，因为我强硬地认为，自己分明是不久之前刚去银行缴过水费的。

后来一查存根，那位老兄还真的是做了一回雷锋。

日月如梭到了挑衅一个人的诚信的程度，我的心得就是，一进新年，先把最容易忘掉的有线电视费缴掉。然后每次把天然气拖到16号和电费一块儿解决，这样可以把遗忘的风险降低一次。至于水费，不得已只好再单独到银行去排一次队。

不知从什么时候开始，排队的结果常常是徒劳而返，然后心急火燎地冲到另一个银行去碰运气。银行方面的解释刚开始是说“系统故障”，后来图穷匕首见，看见排队的人手里拿着缴费卡，往往主动上前“照会”“没办借记卡的本行概不接待”。起先一两家银行这样做，自从有关方面在媒体上宣布“各大银行不得拒绝现金缴费”之后，“各大银行”便一律取消了现金收费。中国的事情看来常要反着理解才不至于造成误会，比如实施房产新政的结果，就是房价涨得更加“叹为观止”。

老实讲，一段时间我和银行玩斗智玩得还挺不错。因为我无意中发现，省委领导居住区的农行仍然一直办理现金缴费。我就一直安然地待在这个避风港里，闲看外面的潮涨潮落、云卷云舒，这里排队所需要的耐心，也就当然可以忽略不计。

然而就在这个月，我进到银行看到无人排队，就知道省委领导的荫庇也已一去不再。

事实果然就是如此。

这里我需要说明一下，我不愿“归顺”借记卡的原因。

其实我可能是本城最早办借记卡的懒人之一，那时候只有交通银行开办了预缴电话费的业务，我马上去办了申请，正因此，我在以上的缴费陈述里没有提及电话费项目。一般来说，我在年底缴上一笔钱，就无须再去过问话费，感到用得差不多，也就到了年底，把拿到的年终奖金存一笔进去毫无负担感，应该说是相当省了心。

但是有一年毫无先兆地，电话停了机。我父亲给我打电话时吓了一跳，打了咨询电话，才知道是“欠费停机”。电信部门对办了预缴费的客户如此不仗义这是其一；我立刻赶往银行存钱，之后电话却继续停机，理由是现在存进去的钱半个月之后才能进入流程，借记卡关键时刻于事无补，这是其二；我又火速奔往电信大楼营业厅另缴当月话费，电话倒是通了，但这里的话费计次时间和预付存折上的时间是错开的，当事人两项一起缴时，至少有半个月被重复收费的嫌疑，这是其三。

有了这三点总结，借记卡有一个话费拜托给它已经是足矣。

但是，当所有的银行都建立起围剿同盟，我的现金缴费到底还有没有路可走呢？就算缴一笔钱办借记卡，对于我来说理论上不是问题，对于家里并没有一笔闲钱可以放进银行的口袋，让银行们率先享有的底层百姓，他们又该如何解决难题呢？

俗话说“天无绝人之路”。百般困顿之际，有同事向我指点迷津，说建行的营业大厅有一台多功能机可以办理自助缴费，不排队不看人脸色，一费一清，账面一目了然。我简直不相信在“风刀霜剑严相逼”的今天，金融场所还有一个角落如此给人尊严和愉悦。

不料，我果然用工资卡完成了一场对个人意愿的抗争。对于一个有关生存的问题有了着落的人来说，多功能机上的那一道道缴费程序，简直可以说是一个有趣的游戏。

再往后，我得以用工资卡办理各项代缴费的捆绑业务，每月代扣了什么费用，银行发来的手机短信一目了然。

一页让人焦头烂额、惴惴不安的缴费历史，终于就这样翻过去了。

子午线上的文德桥

那年我去采访一位警察的孩子，这是一个女孩，刚上初中。采访之前我先见到她的父亲，他是位交警，不善言辞，为人腼腆，采访中出现诸多静场。我只知道他的妻子遇车祸去世，他之前因为工作极少顾家，跟孩子甚少接触，妻子离去后，他对与女儿的相处完全无所措其手足，甚至不知如何进行日常对话，最后只好送孩子到姑姑家，自己过潦倒的鳏夫生活。

我见到他的女儿，她很平静地跟我叙述母亲的去世。她说母亲是一个会计，工作单位离他们夫子庙附近的家不远。那天早晨母亲去上班，刚骑车至文德桥边的菜场门口，就被一辆货运卡车撞倒，肇事车逃逸。母亲被人送进医院，因为身上没有任何证件，医院无法通知家属签字，母亲便被搁置在手术室外，直到断气。

十多年过去，我一直无法忘却这个故事，在表面的木讷和平静里，它演绎着无尽的悲怆。

连带着对我所挚爱的文德桥，也有了心情的复杂。

儿时我曾经十分痴迷文德桥，因为它有一个“秦淮半边月”的奇妙典故。说的是文德桥因为正好建在子午线上，每年农历十一月十五日的深夜子时，升至中天的圆月会把它在秦淮河里的影子一分为二，各投在文德桥的东西两侧。也就是说，无论从桥的哪侧往下看，河里都只有半枚月亮。

这种景观的奇异还在其次，它给人带来的诗意想象，可谓是非常之曼妙。当然还有其次——传说每年这一天的冬夜，文德桥上会有卖豆腐的小贩，他们挑一种带炭炉和铜炊锅的担子，每有客人问津，便从锅里舀出滚烫的白水煮豆腐，浇上简单的调料端给客人。试想，在凛冽寒风中跺着脚，等待月上中天的雅士们，用粗瓷碗暖着手，垂下蒙着水雾的眼睫毛吮吸豆腐汤的情景，怎么可能不给童年的我带来无穷的向往和诱惑？

每年的新日历一挂上墙，我就会在农历的十一月十五日这一天画上大大的记号。可是从小到大，到离开南京只身去农村插队，我的记号始终都是白画了。那个年代政治运动繁杂，大人没有心境陪我玩雅兴，往往父母一声质问："明天还上不上学啦?"一年一度的翘首期待便付诸东流。

小孩子是不可能深夜一个人去夫子庙的。

等到我长大成人，从农村回到南京，有了去探访秦淮半边月的自主权，很遗憾，文德桥已经由木桥改建成了水泥桥，据说改建后的文德桥偏离了子午线，秦淮半边月的奇景便再也无法呈现。

有人说，秦淮半边月奇观是古人留下的瑰宝。也就是说，古人把文德桥建在子午线上并非出于偶然。可是如果桥的选址不是偶然，举国上下的桥，可以有很多半边月出现，为什么独此秦淮河一桥呢？有一个传说最能说明半边月的绝无仅有了——在遥远的一个农历十一月十五日冬夜，喝醉了酒的李白登上文德桥，正好看到子时的圆月落到河里，碎为两半，他飞身一跃，跳下河去捞月亮，以此书写了诗人之死的浪漫篇章。

还有一件雅事不是传说，是有诗为证的。那就是当年住在淮清桥的清代作家吴敬梓为秦淮半边月所作的诗："天涯羁旅客，此夜共婵娟。底事秦淮水，不为人月圆?"

这首诗又让我想到了那个破碎的警察家庭。住在秦淮河边，悲在秦淮河畔。本来好好的家庭，他们的月亮却就此不再圆。

现在那个孩子也应该有了自己的丈夫和孩子，有了自己的美满家庭。可是我听说，那位父亲后来也死于一次车祸，他应该是以自己的生命殉了他的公职。

自主呼吸

我母亲住了近一年医院，正要出院，没想到忽然颅内出血，手术之后成了植物人。

我不能接受她醒不过来这个事实。可是医生说，之前她就多器官衰竭，他们最大的努力，就是争取她在ICU（重症监护室）长期存活，至于最终要想清醒，那只能说是很渺茫的一件事。

我还是拒绝相信她将一直昏迷。因为不久前，她还绘声绘色地跟我大聊她年轻时的往事，每当我俩并肩坐在沙发上，她便会硬塞给我一只耳麦，动员我跟她一起欣赏马连良。

她很得意地跟人说，她很快就能把我培养成京剧票友了。

结果她躺在仪器中间，这出血、那出血，头肿得笆斗大，嘴里填满纱布，鼻腔里塞着止血气囊，皮下太多的积液排不出去，只好用芒硝外敷，芒硝布袋吸了水，很快就坚硬得如同铠甲。可是我，坚持还把她当成跟我一块儿坐在沙发上的母亲，每一次来到ICU，我都对着她高谈阔论，天南地北，旧事新闻，柴米油盐，马连良、奚啸伯。有一次护士长听我说起母亲的中学同学，问我怎么会知道得那么清楚，我说，我跟我妈的相处，一直都像是朋友呀。

这时候，母亲的呼吸机监视屏上出现了集束形黄线，记录呼吸频率的数字开始节节攀升。

护士长无比惊喜，说："呀，奶奶有了自主呼吸！"

从此我知道，母亲不但是听得到我说话，她也是十分赞同我这个母女如朋友的定义的。

自那以后每隔一两天，我就在医生的特许下前往ICU与母亲聊一次天。事先换好平底鞋，准备好足够的话题，以便站在她的仪器中间，一口气就能跟她聊上一两个小时。

ICU空气凝重，病员们非重伤即重症，除了医护走动，没有任何闲杂人等。我每见到母亲，立即就会进入角色，说至兴起谈笑风生，完全做到了旁若无人。

如此时间过去了将近三个月，母亲的病友频繁转换，一些去了普通病房，一些去了另一个世界，而母亲虽然消了肿、减了很多药，却依然没有苏醒，甚至有的时候，所有的黄线都销声匿迹。

我没有泄气。

这一天，我跟母亲描绘央视戏曲频道播出的名家名段演唱会，我说："妈妈，你知道这台戏是为谁举办的吗？是为纪念马连良一百周年诞辰呀！舞台上有马连良的巨幅照片哩！想不到他如此儒雅英俊，眉眼之间真是太干净了！妈妈，以前的艺人并没有进过高等学府，他们怎么会那么有书卷气呢？"

母亲的嘴角似乎鼓动了一下，发出了一声轻微的"唔"，呼吸机监视屏随之出现了大量黄线。

这一个晚上，她的黄线一直就没有停。

我不知道从偶尔发出"唔"，到最终睁开眼睛，旅程是不是还有三个月那么长。不过既然我的内心已经充满了狂喜，还有什么努力我不能坚持呢？

我的女儿为了分享我的喜悦，跟着我去ICU欣赏外婆的黄线。我一面滔滔不绝，她一面笑，说："你大声地说了这么多有趣的事情，别的病人肯定也都听见了。说不定转到普通病房去的病人，也是沾了外婆的光才醒过来的哩。"

我赶紧巡视其他病人的呼吸机显示屏，果然，他们或多或少地都出现了自主呼吸！

母亲最终去了另一个世界。我宁愿相信，她是为了摆脱那些仪器和"铠甲"，为了永远不能剥夺的自主呼吸而离开的。而她飞身而去的那个地方，有马连良和奚啸伯！

自　助

我最喜欢去超大型的超市，推一辆小车满货场走上一趟，乐趣无限。如果不存在资金和运输方面的限制，看上什么能拿什么，那真是天堂般的体验。

我经常跟亲友们说，将来退休了，我也不上公园锻炼，我也不到女人俱乐部去练瑜伽，我就每天去一趟大超市，哪怕只买个针头线脑，也是一场身体和心灵的双亢奋。

我可能是单位里最热衷于阅读超市寄来的广告传单的人，有时候只为一件感兴趣的商品跑去超市，一圈转下来却装了一推车的东西。到了结账台前，方能冷静地估测它们的价值与家里冰箱、橱柜的空间是否成正比。于是经常出现这样的场面：我推着小车逆向行驶，把一些可要可不要的东西一件件送回架子上去。

为了防止购物无度，我不敢带上太多的钱，更不敢带信用卡。可是放回架子上的东西，每每令我耿耿于怀，往往再过一两日，我带上钱又跑一趟超市。

超市的这种自助方式，其实就是永远在制遗恨绵绵的大陷阱。

说到自助，当然不能不提到自助餐。我这种性格的人，一般都是自助餐的追随者。不过每吃一次，都有教训需要总结。比如一开始就改不了大吃西瓜和沙拉的毛病；比如吃到最后往往是吃了一大堆蔬菜，因为堆在托盘里好看；比如只因为盛饮料的瓶子别具一格，就抱着它喝了一肚子成分存疑的色素水。有一次吃肥牛自助烧烤，一看有各种零食，先不由分说拣了一托盘，结果用拼搏的意志把其中的话梅打扫完，舌酸牙倒，只能对着烤盘上的肥牛片望洋兴叹。

我总归是在胃里塞满了不相干的玩意儿之后，才有暇顾及大虾、烤翅和猪蹄这类重头食品，弄了来却吃不下，最后煞费苦心地把它们拆散，伪装成啃剩后的模样，藏在果皮的下面。

许多自助餐厅都有吃不完重罚的规定，我造假之后叫过服务员，心怀鬼胎地问:“我可以走了吗?”服务员往往诧异,说:“可以走了呀!”

吃过金陵饭店最高等级的自助餐,琳琅满目的西式名点名菜中,吃得最多的只有酸黄瓜。然后下次再去,就会一片善意地告诉别人:“这里面最值得一吃的就是金陵牛肉面。”

走廊上的病床

这张病床放在我母亲病房的斜对面。它所在的那段走廊呈环形，神龙见首不见尾。病床的一侧挨墙，一侧是很少有人光顾的工具间，所以具有相对的私密性。

我到水房打水，喜欢绕路从它的旁边走过，通常的情况下它裸露床垫，床头放一只寂寞的床头柜。它每晚的费用是4.5元钱，而病房里的床位，每晚的费用是它的10倍。

我见过这张病床住过两个人。一个是一位头发凌乱的愁苦男人，母亲病房的一位护工跟我提到他，称他是“一个可怜的人”。护工说，这个可怜的人种地赚不到钱，做一次化疗要一千多，一个疗程上万，他做不起。可怜的人好像喜欢倾诉，他对这位护工说：“我女儿跟你们一样，给人做保姆，一个月挣不了几个钱，她一家大小还要吃饭。”

可怜的人很少睡在床上，有天很晚了还不见他的踪影，夜班护士只好在他的床头柜上留了一张字条：“抽屉里有药。”可是这张字条直到第二天还是原封未动。后来这张病床又裸露出了床垫，我问护工可怜的男人去了哪里，她说：“回家去等死。”

后来又有病人光顾了这张床，是个穿旧中山装的瘦老人，风纪扣扣得一丝不苟，戴着老花镜正襟危坐，凑着小床头柜看一张别人遗弃的旧报纸。

这次是我给了他一个称号：“自尊的人”。因为自尊，他从不旁顾左右，更不和人搭话。我听到负责订餐的工作人员站在他的面前大声报菜单，结果他考虑良久，订了一份五角钱的粥、一只三角钱的馒头。

他倒是按时就寝，睡得白色被褥纹丝不乱，醒来之后从被子里伸出胳膊，在戴在手腕上的老式坦克链手表上吃力地辨认时间。

他也是肿瘤科的病人，住下以后输过一次液，晚上他睡下，把仔细洗过的抻得十分平整的白衬衫挂在输液架上，像床头立了一只人形风筝。

趁他睡着了，我从母亲的报纸里挑出一份近期的、完整且平整的《老年文汇周报·旧闻博览》，小心地放到他的小床头柜上。这时我发现，他的白衬衫其实是用廉价的黄色化纤布做的，只在领口和肘部以下接了白色纯棉布。黄白两色的接缝处，用缝纫机缝得工工整整。

自尊的人醒来后发现了报纸，他矜持地把它放进了床头柜抽屉，到了大家都午睡的时候，他才取出来，勾着头，贪婪地看。

次日的早晨，我去给母亲买早点，回来时电梯里只有我和一个农村来的中年人，他居然在我按过的楼层键上重复按了一次。我俩同时出了电梯之后，刚拐过那个环形的走廊，就听到有人大声喝道："怎么现在才来！"

这时候我才明白中年农村人是自尊的人的儿子，他来接他的父亲"出院"。

我从母亲的病房看出去，老人穿着露出白衬衫领口的中山装，挺直腰板端坐在护士站前的椅子上等电梯，他的身边只有一只寒酸的塑料袋，里面除了洗漱用品，还有一份叠得整整齐齐的报纸。

他也放弃了治疗，回家去"等死"。

走　四　方

这里说的“四方”，比一般概念上的“四方”稍大，借助的交通工具，也比一般的交通工具略多特色。

有一年乘《东方快车谋杀案》中的东方快车，由科隆去罗马。高龄的“东方快车”已陈旧不堪，卧铺车厢逼仄到六人对坐时必得促膝，车厢顶棚极度低矮，夜晚拉下中层吊铺，大家须匍匐着将自己如抽屉般插进铺位。

土耳其的双人火车卧铺更为袖珍，两人进去后面壁而坐，晚上打开座椅成一张铺，从壁上再拉下另一张铺，大家躺下后没有办法再下地去厕所。

土耳其人乘火车，火车已加速仍继续上攀。车门踏板上站满人，车门拉手上吊满人，车顶上坐满人，火车像只长满“毛刺”的巨虫。

尼泊尔没有火车，双向两车道山路，一旦发生车祸，暴晒在烈日下的车队似蜿蜒缠绕群山的彩绳。尼泊尔无论卡车、客车，统统画满莲花或神灯，用色极其浓艳。晒得黑亮的人们照例坐满车顶，换成我们早已中暑。

在尼泊尔乘独木舟，可见河岸沙石间时而匍匐一只鳄鱼，炽烈的阳光下懒得动身子，眼珠跟着独木舟动。

有次在雨后的原始森林里骑大象，大象沉重的脚慢吞吞踩踏浸透水的落叶，赶象的尼泊尔小孩用小竹竿指左指右，我便看到形形色色的鸟在枝叶间梳理湿羽毛，大大小小的动物在灌木丛中舔理尚在滴水的皮毛，全都专心致志。

去柬埔寨要小心脚被磨破，因为即使在暹粒城区的最中心，也是沙石铺路，沙粒动辄钻进了凉鞋。

初至埃及开罗，其街景会令人大开眼界。没有交警和红绿灯的街中心，不同时代的交通工具挤作一团，从高级跑车到掉漆吉普到拖拉机到牛车。

从开罗去亚历山大，被沙漠里的武装组织拦截检查，不知轻重的客人端起相机拍照，把导游吓出一身汗。

有次乘夜轮从意大利去希腊，途中遭遇风浪，到了舱室门口没有一个人能把磁卡塞进门锁。看到免税商店的营业员也在埋头呕吐，我条件反射冲往卫生间，途中被浪掀起狠狠抛往一根柱子——几乎体验到了“泰坦尼克号”的场景。

希腊著名的爱琴海三岛中，有座戴安娜生前最爱的伊特拉岛，小岛盛产开心果，美丽的白色地中海小屋星星点点，面朝湛蓝爱琴海。小岛杜绝任何机动车，旅客们下了轮船，一眼就见到了列队迎候的毛驴车。毛驴作为小岛的象征无处不在，就连旅游商店里的冰箱贴，也都是形形色色大脑袋大眼睛的可爱毛驴。

在这样的小岛上乘坐毛驴车，会产生不知今夕何夕的恍惚。

在日本上富士山，山道中会出现一支簪子形状的音乐符号，司机放慢车速，车轮下便传来低沉浑厚的音乐——这是一段靠路面震动传感的管风琴。日本的旅游大巴一般都使用提纯工艺精良的柴油，否则这段管风琴便形同虚设。

有年随五人小团去中欧，由匈牙利经奥地利至捷克，途中我不慎掉落一粒巧克力碎屑在座椅上，全程陪同的导游兼司机反复揩拭的痛惜表情至今使我内疚。这位先生以前是教师，从上海移民奥地利后，打拼多年才置下这辆用于谋生的豪华商务车。

很多年前，我在泰国金三角瞻仰可歌可泣的桂河大桥，之后乘坐湄南河上的木排屋。浓重的暮色里，满满的河水、低回的云、两岸的亚热带植物，全都如同泼墨。木排屋工作人员播放了一首《明天会更好》，开端几句“轻轻敲醒沉睡的心灵，慢慢张开你的眼睛，看看忙碌的世界是否依然孤独地转个不停”，我一时有要落泪的感觉，因觉得是为长眠于此的桂河大桥保卫战壮士的英灵所唱。

那一刻永生难忘。

我的树，我们家的树

前些天，我上班步行至单位附近，看到路边的绿地上倒了一棵小红叶树，它的根大部分露出了地面，枝叶还勉力地活着。我扶起它，感到它远比我想象的沉重。我试图用脚加培它根部的泥土，但是脚下是绿地，没有土。好不容易找到一块石头垫在根部使劲往下踩，手一松，树又倒下了。

我期待有园林工人或环卫工人对它采取措施，可是又是几天过去，它仍然躺着，枝上的叶子只剩下瑟瑟两片。

这天接近它之前，我四处寻觅支撑它的东西，捡到一根两尺来长的细树枝，顶端带个小杈。以它的体力应该无法撑住倒地树的重量，但几番尝试，它居然让小树颤巍巍地站住了。我一步几回头，感到我一走开它就会精疲力竭，然后双双轰然倒地。

这天夜里风雨交加，上班的路上，离小树很远我就开始搜寻可靠的支撑物，终于如愿找到一根又粗又直的树枝，顶上的杈就像是特地为完成支撑使命准备的。我拖着这根大树枝走了十来分钟，一路上遇到的人，不知道在怎样看我。好不容易抵达倒地树的所在，那棵树却不见了踪影。

我来来回回地走，替那棵树悲哀——它肯定是在风雨中彻底完了，然后被清理出了绿地。可是忽然之间，我认出了近在咫尺的它，它和那根不易被觉察的细树枝直溜溜地站着，和别的健康树融合成了一个整体。

我蹲在它们面前，无比惊喜："原来这就是我的树啊！"我摸摸它，又摸摸细树枝，说："你们怎么这么乖呀！"

然后那根新的大树杈就稳稳地加入了它们的联盟。

现在我每天看到"三足鼎立"的它们，发现它们浑然天成，几乎连颜色也分不出来。春天到来的时候，树枝们如果也能长出根，它们就形成"三结义"的奇观了吧。

想起以前送父亲回家，无意中看到停车的路边有棵树的底部深嵌着一圈铁丝，那大概是它幼时被人拴上的铁丝。父亲十分生气，说什么人干这样的事。我哥哥则跑步回家取来老虎钳，尽量不让这棵树疼地把铁丝钳断了。

我们都抚摩了那棵树的伤痕很久。

以后停车，我们一定尽量停在这棵树的旁边，看看它，摸摸它，说："这是我们家的树。"

那棵树的伤痕渐渐长平了，每次辨认它也都要费一番眼力了。

好　　人

那天秋阳还很烈，我陪父亲吃完苏州菜骑车回家，边骑边从车篓中的尼龙袋里掏遮阳帽戴。快到家时打算买点水果，赫然发现，尼龙袋里放零钱、手机和信用卡的小手袋不知去向。

满头汗立刻下来，拨转马头急急赶往苏州菜馆，到了菜馆，工作人员皆说无人捡到手袋。此时我才想到，有可能是之前骑车掏遮阳帽时，不慎将手袋带出了车篓。

虽然不敢抱希望，也还是"苟延残喘"，沿来路一路寻觅，逢人打听，遍看垃圾桶。手袋里的钱不值一提，信用卡可挂失，手机也只是三星的，可是手机丢了，重新收集里面的通讯录是个相当麻烦的工程。

我在街边的警务岗亭挂了失，满脑子想着是否立即买部新手机。到了家，座机的来电显示父亲曾来过电话，打过去他一开口，我的心扑通落回原处。父亲说："手机丢了吧？有人捡到了。你立刻去附近派出所领吧。"

就这样，我的小手袋原封不动地回到了我的手里。

警官只说拾金不昧的是位教师，跟我住同一个街道。我不知该如何表示感谢，好在我可以写一篇大家都可以看到的小文，作为当事人的他，也应该能够看到吧。

由衷地谢谢这位好人。

也就是在家附近的这条街上，有次我曾亲眼见到一位好人。那天我沿街步行回家，老远看到快车道中央有个突兀的小黑影，走了七八分钟，没有动静的小黑影变大，竟然是个跌坐在地的老人，满脸是血，手抓着身边的一辆没有任何支撑的自行车，手一松车便会压在他身上。无数汽车从他身体两侧呼啸而过，环卫工人慢悠悠地清扫落叶，对此皆置若罔闻。

我站住，想到我的父亲，克服踌躇心理穿过车流，走过去问他怎么了。老人说骑车横穿马路，路中车轮硌上一粒石子。我刚刚扶起自行车，围观者中便过来一位小伙子，二话不说扶起老人，为他擦脸上的血。眉目善良的小伙子让老人坐上自行车后架，他推车，我捡起老人滚落满地的水杯、眼镜盒、收音机，提着包一路跟随。根据围观者的提议，老人被推到附近一家中医诊所处理伤口，小伙子坚持垫付了医药费。小伙子所做的这一切，让我如老人的女儿般满心感激。

我忘了在这个事件中，以我的所作所为也算是一个好人。

无论哪个时代，我们身边总也还是好人多的吧。

原生态

看到如东一位女作家的书，写的全是她家乡的原生态，打鱼、织网、赶海……粗粝的背景和粗犷的人物，惊险或饶有兴味的故事，没有一样不令我心向往之。

我早已不是文艺青年，不会奢望海子诗句里的海边木屋。我只想让自己试试，是否有可能变身一个地道渔婆——头顶晒褪色的斗笠，满脸海风涂抹的黝黑，黄昏直起织网累弯的腰杆，手搭凉棚眺望归帆；或者在海风凛冽的冬夜里，点一盏渔火，熬一碗生滚粥，诸如此类。

我跟女作家说，我想去她的家乡体验生活。因为小时候学过织玻璃丝网兜，特地向她声明："我会织渔网。"

女作家回我一句："不可能。"

我不知道这个"不可能"是什么意思，是说织玻璃丝网兜与织渔网不是一个概念？是说我没有去一试的资格？因为忐忑，未敢追问。

进了三伏天的大暑，在两位同在渔村长大的男作家的帮助下，去海边的计划居然得以成行。到了渔港一看，海湾里万艘渔船落帆，光秃秃的桅杆似烈日下的森林。除了海鸟扑扇翅膀，全无人迹。

原来正好赶上了休渔期。

男作家领我到小洋口风景区管理中心，出来两位捧着矿泉水、塑料袋和一沓蓝色方巾的壮小伙。然后他们开上带凉棚的旅游电瓶车，带着我们径直驶出景区。我问去哪里，他们说："你不是要看渔民的原生态吗？休渔期无鱼可打，带你去渔民赶海的滩涂赶小海。"

我以前"赶"过这样的"海"，第一次是乘牛车，第二次是乘拖拉机，没想到这次是乘旅游电瓶车。担任司机和陪同的壮小伙，居然是景区管理中心的两位年轻老总。电瓶车翻过海堤停下，我脱掉鞋子，踏进正在退潮的海水。男作家甲说自幼在这片海滩摸爬滚打，没有新鲜感，志愿留守电瓶车。男作家乙则一面戴遮住脸的软边小草帽，一面追着我，邀我共涂从他女儿那里拿来的进口防晒膏。

以前我赶海，只管在潮水退尽的泥地上大步走。这次却得长途跋涉，蹚水到海天一线的地方。

海风猎猎，我的草帽被吹成朝上翻卷的“荷叶”。我为了模仿渔妇而穿的碎花小布衫和灯笼裤顷刻间灌满了海风。

天上的云倒映于海水，与水下的海泥波纹交相互动，如梦似幻。我提着一不当心就会灌满海水的裤脚，蹒跚似企鹅，不时停脚回望潮水，掂量何时脚下会被潮水吐出一块沙洲。

两位老总悠闲地聊着天，告诉我他们都是本科以上学历，平均年龄只有二十七岁。他俩边聊天边绕着圈子踏步，踏出一个圈，然后我看到圈里现出星星点点的文蛤脊背。

正好海水退到脚踝以下，我用解放出的双手拾捡文蛤。

我根本都不用踩踏海泥，我只需要捡现成的。

围着头巾挎着箩筐的渔妇们三三两两进得滩涂，看到我，没有一个不捂嘴笑。

上到赤日炎炎的海岸，电瓶车没有任何预兆地一直开进镇机关，然后我被带去洗脚——原来那方蓝色方巾是专用擦脚布。再之后进了餐厅取了托盘，与穿各种制服的渔业渔政、航道航运、检疫检察、公安保安等工作人员共进工作午餐。

如果我把工作餐的内容一一道来，大家就会知道，这个拥有一座外海离岸型深水港，且利用长江入海口水道通向黄海国际航路，兼有光电、风电、汽车电子、高效农业、石油钻探等设备或功能的沿海经济开发镇，福利是多么好。

我根本没有见识到真正的渔村，可是他们说，我已经体验到了原生态。

我大致明白了女作家何以会赠送我“不可能”三个字。

她笔下呈现的渔村，是三十多年前的渔村，而我潜意识里向往的原生态，甚至回溯到了《渔光曲》。历史的进程却是无法回溯的，所以，我怎么可能体验到她书里描绘的原生态呢？

烈性啤酒

我父亲年轻时好酒,好的当然是白酒,因为总跟会计预支跟人喝酒的费用,每次拿回家的工资都打折扣。透过家中半截柜上那个老鼠洞参差不齐的三夹板断面,可以看到柜内摆满了各种酒瓶——全是空的!至今不知父亲收集这些空瓶的动机,馋极之时望“瓶”兴叹吗?

父亲喝酒回来的模样千姿百态,最浓墨重彩的是被人架着,双膝拖地上尘土,形形色色的呕吐不过小菜一碟。有次故作未醉,进门后边跟家人寒暄,边蹲下身去,煞有介事在地板上叠他的围巾。

父亲总算是个有酒福的人,后半生可谓遍饮天下好酒。不过年过八十之后,酒力略逊酒心,畅饮之后每每闹牙齿闹便秘,只好改喝黄酒,又改喝红葡萄酒,然后定格于进口啤酒模式。

进口啤酒中,有一款红罐德啤最得其称许,喝完后鹤发童颜,眼中荡漾幸福之波。我问:“人生很美好吧?”他说:“太美好了!”

后来发现,这款德啤的货品上有“烈性啤酒”的标识,其实它也不过是酒精度为8°。

这很好呀,一罐啤酒就可以让父亲安全进入微醺境界。

鉴于父亲对“声色犬马”的初心不改,我出门在外发回微信,也总在他感兴趣的事物上图文并茂。比如欧洲早餐中口感一流的大片腌猪肉,比如英国炸鱼的绝配果醋。进入爱尔兰首都都柏林,我首先发去五颜六色的沿街公寓门照片,告诉父亲这种所谓的“都柏林之门”,创意来自家家户户的妻子,皆为防止其丈夫借喝醉酒之名,故意摸错邻家房门。

果然父亲分分钟追问:“可见都柏林的丈夫们好酒——那么他们喝的是什么酒呢?”

父亲很快从我的报道中悉识了博得都柏林丈夫们一醉的当地产黑啤健力士，悉识了由阿瑟·吉尼斯于1759年创建的酿酒公司的来龙去脉；甚至从我的绘声绘色中看到了这样的画面：技师在一品脱黑啤注入啤酒杯四分之三时松开气泵阀，让气泡沿杯壁下沉后呈旋涡状上升，此时注入剩下的四分之一黑啤——鲜啤入口前的华彩章节在双方气泡的激烈碰撞中完成！

离开都柏林之前，我带着父亲的期待亲临吉尼斯酿酒博物馆，发给父亲一张手持大杯新鲜黑啤的照片，又发去一段令杯中黑啤气泡激烈相撞的操作视频。

父亲说："感同身受！"又问，"健力士号称烈性黑啤，烈吗？"

我喝完那一大杯啤酒，去欣赏三一学院操场上的落叶，又去逛街，然后完好无损地自己回到饭店——酒烈吗？一点都不烈呀！这种酒至于让都柏林的丈夫们摸错家门吗？显然醉翁之意不在酒啰。

玫 红 色

百度上说,10 月中旬的英格兰已见寒意,可是出发前,有人转发朋友在伦敦的照片给我看,居然是露着胳膊的短袖 T 恤!这一信息导致我抽出箱子里的玫红冲锋衣,换进两条连衣裙。

结果是,连衣裙全程压箱底,衬衫直接转换羽绒服,应该由冲锋衣担当的着装过渡显示空白。

即便如此,我也并不后悔未带冲锋衣,甚至可以肯定,即便带了冲锋衣,我也不会拿出来穿。

原因很简单,同团的居然有三位身着同款玫红冲锋衣!虽然我是多年前配置的记者款,她们显然是出发前装备的仿制品。

初见之下,不解三位大妈何以参加这个性价比并不高的精品小团。她们发枯肤黄,脸上写满沧桑,从外形看,身份接近菜农或者保洁员。

不过时代发展至今天,人们的身份标签并非那么好贴。我工作的单位也有若干由菜农转换的保洁员,她们因失地补偿一跃而为"土豪",在空调大楼里干很轻的活儿,多数时间织毛线嗑瓜子,吃完工作午餐去健身房走走跑步机,然后提着漂亮的塑料小桶扭着腰肢去淋浴房——她们保养得比我们还娇嫩呢!

眼前这三位有钱却不娇嫩,她们到底是干啥的呢?

三位大妈不善言辞却身手矫健,在伦敦机场甫见接机大巴,三人跳出等待区,拖着箱子撒腿便追,差点逼停一辆从弯道驶来的工程车。

之后的日子,我充分领教了大妈们的三点玫红。最可气的是在霍华德庄园,无论是拍大明湖畔栖息的大雁,还是拍泊在幽深丛林间一弯碧水里的白天鹅,抑或是拍阿拉斯喷泉周围梦幻般的立体草坪或者灿烂如金雕般的满树秋叶,那三点玫红永远以猝不及防的神速与无所不在的神通闯入画面,在所有仙境般的诗意里打上俗世的印鉴。

我开始使劲躲避这三团玫红。在往巨人堤去的蜿蜒海岸上，为甩开她们我顶着海风奔跑，可是刚驻足准备拍呼啸而来的海浪，玫红又带着喘息出现在我的身边——因为没有周旋余地，它直接杵在了我的取景框前。

日日如此，玫红色几乎成了我诅咒的颜色。

事态的转折发生在某天的入住宾馆，我这屋与邻屋间有扇锁上的门，那可能是方便家人多的旅客入住时打开。我随意试了试门锁，之后便听见门铃响，打开一看，是玫红大妈之一，她脱掉了冲锋衣，只穿一件高领黑毛衣，竟然让人有耳目一新的感觉。她见到我，笑起来，说："这屋是你，我们就放心了——我们把沙发摞起来顶中间那扇门，顶了老半天呢！"我说："即使住了别人你们也可以放心，门是用宾馆钥匙才能打开的。"

这之后，我与三位大妈之间的关系似乎略近了一层，对玫红的憎恶感也悄然消退，我会主动告诉她们，哪个角度更合适取景。

大妈们似乎永远都在拍，百拍不厌，手机、相机、摄像机全方位，这几乎是初出国门者的通病。可是到了奥特莱斯购物村，她们竟然熟练地操作起信用卡和退税单，在微信上与儿女们往来沟通，为儿女们充当代购角色。

她们的身份于是又开始扑朔迷离。

终于在离开爱尔兰的飞机上，因为座位与大妈之一比邻，我有了一探究竟的机会。

飞机起飞后，大妈对着机翼下的爱尔兰大地摄像，用带着方言的普通话小声做解说，此后的交谈更是让我目瞪口呆！大妈说，最早她是20世纪90年代和女儿带着外孙女去的马尔代夫，之后去过的地方太多了，拿美国来说，去过了东、西海岸，又去乘了一回加勒比海邮轮。她说这次之所以跟朋友结伴而来，是因为老伴不肯再来欧洲了，说欧洲已经去遍了，倦了。

大妈说，欧洲她只有希腊没去过，问我希腊值得去吗。

我说值得去。

惭愧，她去过比我多很多的地方，而只有希腊我去过她没有。

回到国内，发现国内也降了温，再次装备上玫红冲锋衣的大妈们，在浦东机场跟我们挥手作别，她们看上去依然像菜农。

以后真的不能再"以衣帽取人"了。

展 销 会

有位一向洋派的同事，偶尔发现了展销会的趣味，于是慢慢变得热衷，到了展销会的最后一天，约这个约那个，去淘狠狠打折的商品。她的女儿很是悲愤，说："妈，你都堕落到穿展销会上的衣服了！"

我也不知道我是不是该惭愧，因为我一直就喜欢展销会。有次淘到一件非常时尚的白色大帽兜毛线小外套，因为缺扣子，只卖十元钱，我买回后穿上，用小抓卡夹住前襟拍照片，发到同学圈后引一片惊叹。其实很多时候跑过去，也就是买一袋油面筋，买一两斤莲子、小米或者鸡枞酱、腌萝卜什么的。

我逛食品展销会，学着大爷大妈们手握一根牙签，这里扎点东西品品，那里扎点东西尝尝——加了香菜的凉拌豆腐皮啦，煮得异香扑鼻的野山菌啦，切成小丁的哈尔滨灌肠啦，炸得酥脆的小海鱼啦……最魅力难当的要数煎锅里嗞嗞作响的培根，试吃过油汪汪一大片，即兴买一大袋，过后多半塞在冰箱冷冻室里独自憔悴。最为成功的经验，是用牦牛干替代饼干。饿时打开装得满满的玻璃饭盒，撕上二指宽一条，咀嚼得有滋有味，热量相当 OK。同事闻之瞠目，说："那种茶马古道裸运来的牛肉干你也敢吃？"可是你以为呢？那些高档商店里包装华丽的牛肉干说不定连是不是肉都要打个问号。

我喜欢买展销会上的外销小工具、小器皿，家里的橱柜里总能翻出一两把钳子、锯子或若干怪里怪气的粗陶碗。我给父亲买过的鸡翅木手杖和金丝楠木扳指，他一直夸手感甚佳；给女儿买过的洗衣篓和浴室地毡，她也承认确实漂亮。这些东西可买可不买，但买了都能换来几分喜悦。

这次的展销会，我用总爱掉壶嘴盖的旧壶换了只满足我全部心愿的好壶，看到它那么端庄漂亮地坐在煤气灶上，水开时呜呜欢叫，真是心花怒放。然后用再也擦不亮的旧锅换了只双料复底的流线型新锅，用报废的电水壶换了只《回家吃饭》里王小丫用的美人肩不锈钢小暖瓶，转眼间厨房变得“高大上”。

我在展销会上买过大连带鱼段，买过内蒙古小羊排，都极其物美价廉。这次买了蒙城牛骨头，炖了一大锅美味清汤，只花十元钱。

说实话，逛展销会确实需要心理上的无惧掉价。展销会开幕时彩旗猎猎，你要以明星的心态穿过风中仰合的充气拱门，跨过红地毯上雨天的积水，从容闪避红毯两侧“狗仔”似的小广告分发者。

上大学的时候，同学们给我个别号叫“西楼”，意指我总独自在宿舍楼上待着，吃饭也尽量用小电炉煮面条。偶尔在餐厅里遇见同学，他们会不约而同地惊问：“您亲自来吃饭？”

人总是这样，从刻意遁身世外，到回归草民世界的熙熙攘攘，也不过是一个小小的轮回。

“庸常”和“世俗”加起来简称“庸俗”，其实这两个字挺好。

新 大 米

入秋未几，闺密们已忙叨叨要买新米，然后告诉我，开车去了哪里哪里的乡下，买了怎样怎样的新米。当时我还真就在苏北“乡下”出差，车窗左右金色一片，可稻是稻，离脱胎换骨入得口腹，也还待假以时日。

果然她们追加一条信息，说买到的是翻新旧大米。

她们的新米心也未免太过急切。

说起彼此的新米情结，缘自初一那年深秋，学校组织下乡学农，刚去便下雨，同学们在生产队库房的稻草铺上说笑打闹，老师们瞧着门外的凄风苦雨愁肠百结。之后出现历史性一刻，社员们抬进热腾腾的新米饭和烧大白菜，片刻间被风卷残云。

老师们连点残汤和锅巴都没吃上。

至今闺密们仍会说，再没吃过那么好吃的新米饭和大白菜！

我们几个闺密，是班上第一批报名插队的积极分子，大动机是替家里分忧，小动机是试图天天享用新大米和现从地里拔取的白菜。头俩月天寒地冻农活寥寥，大家天天围着温暖的灶台煮新米饭，吃饱了窝在稻草堆里唱歌，人人长成吹气娃娃。孰料春荒接踵，老乡们带上队里证明结伙出门讨饭，我们从煮熟饭后很不君子地用锅铲划出各人定量，到用各色杂菜煮带米糠的糙米稀粥度日（不舍得再把新稻精加工成软糯好米），最终自告奋勇去挖河工地用苦力换取民工饭果腹。民工饭人均一斤米，灌进布袋扔入大锅煮到膨胀，领一只剥掉布袋在寒风里饕餮——米饭外烂内生，就着咸菜也能片刻吃光。当时的胃溃疡估计就是如此得下的。

出差返程路过一段省道，停车下田拍照，照片发至闺密圈，附以文字：“总在我们梦里出现的。稻田。”

梦中稻田不光象征丰收喜悦，也书写惨痛艰辛：从插秧到一遍遍耥耘拔草，手指周而复始溃烂化脓;秋风起穗黄田干,腿上奇痒无比的粪毒疮方收口呈金钱状斑纹。粒粒“盘中餐”,怎一句“汗滴禾下土”了得?

眼前的稻田呈辽阔的橘金色,边缘闪过些许亮光,有人开镰收割。我好想走过去,再握一回镰刀柄。

稻不高,割它要弯很低的腰。要用镰刀尖挑起倒伏在泥里的稻棵。要尽量拉开马步,拉得越开,一镰刀划过的稻垄就越多。

人侍弄稻子一生,姿态始终低至尘埃。

如此收获的新米怎能不黏、不白、不香、不圆?

今年入了冬,我与闺密们再度出发寻觅新米,目的地是著名米乡湖熟。

老太太们开车,爱跟导航仪较劲,同时各抒己见,错失若干匝道的同时,吵得没个消停。导航预计四十分钟的路程,用上三个小时,之后停车直闯小饭馆,打尖解饥。

一盆饭端上来,顷刻间全体眼睛发直——这就是五十年前秋风秋雨中永生难忘的那种新米饭啊!

小饭馆老板是个热心人,索性掏出手机唤来粮店老板,用最低价售给我们若干袋新大米。

新大米运回家,闺密圈好一番热闹,纷纷赞美:“新大米好好吃啊!”“重又回到少年时!”

过了一天,闺密圈出现歧义,据说某闺密的姐姐称了称大米,每只十公斤的米袋短缺一公斤大米。

谁的姐姐这么扫兴啊!新大米的引申意义如此丰厚,别这么理性行不行?

弃年而去

前年我去西班牙、葡萄牙旅行，去年我去英格兰、苏格兰和爱尔兰旅行，一位发小信誓旦旦都说要跟我一块儿去，为此郑重其事办理护照，东奔西跑准备签证材料，可是事到临头，她都放了我鸽子。

第一次她说女儿的婚纱店正好是生意旺季；第二次她说，女儿的店租约到期，要更换店址，七七八八烦心事一大堆，她再把外孙和家务扔给女儿，实在于心不忍。

这位发小，是我初中时的同学，因为两家离得很近，每天都是我去邀她一块儿上学。她家共五个兄弟姐妹，加上父亲母亲，七口人只住一间很小的平房，房子一隔为二，三个男孩住外间，父母和两个姑娘住里间，屋里除了床几乎没有其他家具，做饭和吃饭只能在昏暗窜风的老宅过道里将就。发小的父亲没有工作，靠从街道领些画扇面的小零活补贴家用，一家大小的日常开支主要仰靠母亲的微薄工资。发小是大女儿，自小为母亲分担艰辛，家务活都归她做，逢到过年，还要排各种队买定量食品，浆洗缝补一大家人的衣服被褥，冻疮生得满手满脚。不止一次将近年关，我陪她去亲戚家，代替母亲请求延长还债期限，亲戚半掩贴了红对联的门，冷冷地与我们对话，脸上的表情只有鄙夷没有怜悯。

后来我们同去苏北插队，不管队里分点什么，老乡给点什么，她都一样不舍得吃，星星点点积攒起来：芝麻、蚕豆、菜干、山芋干、小杂鱼干等等。等到过年，千辛万苦背回家——我不知道她的成就感是不是就体现在这些所谓的“年货”里。

几十年的光阴过去，发小的父母早已去了另一个世界，逢到过年，她还是要早早地腌肉腌鱼灌香肠、搓元宵做蛋饺炒什锦菜，把兄弟姐妹们邀过来吃一顿团圆饭。每次忙完年，她总要病一场，有次突犯眩晕栽下台阶，唯恐摔到怀里的外孙，将脸生生撞到墙上，养了好久五官才归位。

其实兄弟姐妹百般不领她这份情，人家有的入了香港籍，有的开酒吧住别墅，有的拿着近万元的高级职称退休工资，且各自均有儿孙，年节来时举家下馆子，或者想吃点啥去超市里现买。吃了她这顿团圆饭，人家就在嘀咕，你的意思是不是大家都得轮番搞这么一次烦琐老套的年饭工程啊？

我把其中的道理分析给她听，且提醒她，以前物质匮乏又没有保鲜条件，才不得已“忙年”，现在你腌的那些咸货，你那些大盆大碗势必吃上无数顿的老式菜肴，让具备了现代消费理念的兄弟姐妹及其家人情何以堪？这些道理对她而言，说了也白说。有种人是病入膏肓的无我主义论者，你不让他为一个年操心劳神，那还不如杀了他。

万万没料到，今年春节远还没有到的时候，她忽然在微信同学圈里宣告，已去上海办完赴美旅游的面签回来，出行时间正好是中国的年假期间，价格非常便宜。

她第一次使用她的护照，一飞就飞那么远，而且，她居然放弃了她视之为神圣的“年”，我不知道是什么给了她开悟和勇气。

不久前我请一起插过队的同学们吃饭，也算为她饯行。她新烫了头发高高兴兴地过来，拿个小本子，一条一条地向大家咨询出国须知，仔仔细细记录在案。发小相处没有隐私，她推心置腹，说，近些年她的腿和颈椎还有腰，都出现了或大或小的功能问题，前些时胃疾反复发作，险点诊断为肿瘤，此时恰遇赴美的旅游机会，仓促之间她当机立断报了名——她要借此断了自己的反悔后路。

她说她不能再等到没办法飞的时候才下决心去飞，她要赶紧去看看她没有看过的世界。

她说所以趁过年出门旅行，还因为不用上班的女儿女婿可以在家带外孙。至于他们三口过年期间靠什么果腹，发小笑道，他俩准备带着孩子，一家一家上舅舅、姨妈家蹭饭去。

我乐不可支——终于到了亲情反转的时刻。这几乎就是个富有喜剧色彩的结局了！

肥皂剧

天冷又感冒，接连几天窝在沙发里，心安理得地睡睡醒醒。日影在被子上来了又去，觉得如此堕落不好意思，于是打开电视机。蒙眬中一出韩剧始终在不遗余力地哭闹或质询——难道电视剧里的抒情桥段，皆发生在我睡着的时候？

之前出差或住会议宾馆，同屋总在我入睡后调暗灯光、降低电视机音量追看韩剧。我试与其分享悲欢，无奈韩剧篇幅巨长，且不似美剧，无论多少季，皆每集独立成章，故只得放弃对该韩剧来龙去脉的探寻，顾自睡我的。

以我陋见，韩国电影不乏上乘之作，轮到电视剧，则无所不用其极地夸大爱恨情仇，为此匪夷所思地姑息养奸。扼腕叹息的桥段过多，会让人观感疲倦，而我尤其不喜欢韩剧里总在制造莫名喧嚣的八婆和傻叔。

年轻人管这种剧叫脑残剧，说法未免刻薄，还是以前肥皂剧的说法比较善意。

发完两天烧，精神见好，再瞄瞄这出韩剧，竟然不觉间进入剧情，然后上午一个频道、下午一个频道，一天八集地看下去。

边看这出韩剧，边觉得韩国剧作家在克服弊端上用足了功夫，至少他们的男女主角不再是单一模式，即使身处百般悲催的苦情戏，也可以阳光可爱至极，而情节的设置，亦不至于再让人一叶知秋。

我有一点要致敬的感觉，因为即使是肥皂剧，韩剧的编剧也是用了艺术家的态度在寻求突破，并用艺术家的虔诚心争取观众。

此次的病卧沙发，使我领教了国内电视台商业运作上的令人抓狂。韩剧每一集的间隔区，广告长达二十分钟，其中一句“是不是肾透支了”的广告语尤其狂轰滥炸到令人发指。之前我会借此小睡，后来也溜去其他频道，瞧一眼国产电视剧。

万事皆怕比较，这一瞧，我几乎瞠目结舌。我们的编剧拾人牙慧，竟然原样照搬韩剧的豪门恩怨！就我们的国情而言，“豪门”的出道历史短浅，定位游移青涩，要让这样的急火焖饭去承受法式大宴的铺陈，捉襟见肘可以想见。最要命的是我们也照搬了爆炸头上别了小发夹的八婆和要多二有多二的傻叔，利用他们去无事生非大蹚浑水。然后不耐烦费心剧情，一旦出现人造纠葛，台词千篇一律是“不是你想的那样”，然后“你听我解释”——对方当然不听解释，剧情由此残喘。

而女人失意便去酒吧，几瓶啤酒后人事不知；女人有了委屈，投怀于不相干的男人，然后必被另一方看到；女人遭受遗弃，死活也要生下私生子……凡此种种韩剧的奔履，我们都在用得不亦乐乎。

国产豪门剧，那真是名副其实的肥皂剧——漫天飞扬劣质泡沫。

回想国产长篇电视剧，也有令人耳目一新的好作品，比如其中的《父母爱情》，实实在在地取材于生活，每一个人物都独具一格，每一集内容都饶有意味。消息说《父母爱情》已经在别的国家热播，这样的“干货”，你要是管它叫肥皂剧，那才真是脑残了吧。